裴度

大唐中兴宰相

青禾◎著

中国华侨出版社

内容简介

　　裴度是一位坚持国家统一，反对割据分裂的政治家。史称"以身系国之安危、时之轻重二十年"。这是关于这位具有全国影响的历史名人的第一部长篇小说。

　　小说从旷古未闻的暗杀当朝宰相事件开始，拉开大唐元和年间朝廷讨伐蔡州战争的序幕，小说围绕"恐怖长安"、"东京事变"、"裴度督军"、"淮西风云"、"再造辉煌"、"中流砥柱"、"不如归去"、"洛阳'残春'"等情节展开，在中央与地方，统一与割据长期而复杂的斗争中，塑造人物形象。小说以宏大的气势，张弛有致的情节，鲜活生动的细节描写，清丽明快的语言风格，生动再现公元 9 世纪初大唐帝国方方面面的生活图景。

目录
Contents

目录
Contents

目录
Contents

目录
Contents

第一章

恐怖长安

（一）

长安初夏的黎明，美丽而宁静。

风从旷野来，越过高高的城墙，像一个游手好闲的阔少爷，懒懒散散地漫步长安城，这里走走，那里看看，这里摸摸，那里动动，把大雁塔、小雁塔以及所有宫殿、寺院飞檐上的风铃摇响，把槐树叶上的露珠抖落，把东市、西市的各样各样商幡扯得东扭西歪……

宵禁已经结束，街上开始有人走动，那大都是赴早市的商人和上早朝的官员。稀稀拉拉的脚步声和马蹄声，反而使长安城显得更加寂静。

空气中荡漾着淡淡的茉莉花香。

这是唐宪宗元和十年（815年）六月初三的黎明。

大唐宰相武元衡推开房门，站在台阶上舒展一下手臂。有一颗流星从对面槐树上滑过，拖着长长的尾巴，武元衡愣了一下。他捋了一下花白的胡子，自言自语地说："不祥。"但他其实并不怎么在乎。他吸了一下鼻子，吸进一阵幽幽的花香。

对面的院墙下就有几株茉莉花。夜光下，白色的小花在微风中颤抖着，溢出一阵阵幽香。

武元衡，字伯苍，河南缑氏人，今年五十八岁。唐德宗建中四年（783年）进士及第，累辟使府，至监察御史，后为华原县令。时畿辅有镇军督将恃恩矜功者，多扰吏民，元衡苦之，乃称病去官。他自由自在地过了一段很长的诗人生活，放情事外，沉浮宴咏。德宗知其才，召授比部员外郎，迁左司郎中、御史中丞。唐宪宗元和二年（807年）正月，拜门下侍郎、平章事，赐金紫，兼判户部事。元和三年（808年），拜检校吏部尚书，兼门下侍郎、平章事，充剑南西川节度使，接高崇文镇成都。元和八年（813年），征还，重拜门下侍郎、平章事。

唐设中书省、门下省、尚书省，三省长官中书令、侍中、尚书令共议朝政，并为宰相。侍中是门下省的长官，原为正三品，唐代宗大历二年（767 年），升秩为正二品。门下侍郎是门下省的副职，原为正四品，大历中升秩为正三品。大历后，由于平叛战争紧急，侍中之位一般不单授，成为赏战功的荣誉衔，为将帅所遥领。所以，门下侍郎便成为门下省的最高负责人，真正的宰相。

武元衡由眼前的茉莉花想到前不久在唐昌观看到的玉蕊花。他与诗人王建、张籍等人作了同题诗。想起当时的情形，他情不自禁地微笑着摇了摇头。

武元衡的侍妾张氏走出来，把金鱼带挂在武元衡的腰上，说：

"老爷总是忘了带。"

"有什么用？"

武元衡不耐烦地说。

唐代官员有挂鱼符的制度。因为唐乃李家天下，鲤音同"李"，鲤鱼得了皇家的姓，成为官员的佩饰。五品以上的官员佩鱼，三品以上饰以金，四品、五品饰以银。佩金鱼，是一种高贵的象征。但安史之乱后，为赏战功，鱼袋之赐近乎泛滥，已失去往日的荣光。

张氏尴尬地笑了笑，说：

"佩着好看。"

"好看什么？"

"妾觉得好看。"

武元衡看了看张氏，夜光中，张氏显得妩媚动人。徒有其表，元衡摇了摇头。他突然想起远在成都的女诗人薛涛。她现在在做什么呢？

薛涛，字洪度，幼年随父亲薛郧从长安到成都。薛郧是一个小官吏，但很有文才。薛涛从小受父亲的影响，八岁便会作诗。有一次，父亲指着庭院中的梧桐，要她以此为题作诗，父亲先出上联："庭除一古桐，耸干入云中。"薛涛应声答下联："枝迎南北鸟，叶送往来风。"后父丧，家道中落，为养家糊口，不得已而入乐籍，成为一名乐伎。数年后脱名乐籍，以女诗人的身份出入幕府，与当地官吏和著名诗人唱酬诗歌，如元稹、白居易、刘禹锡、王建、杜牧等。武元衡入镇成都，与她有很深的交情，再度入朝为相后以薛涛才学出众，奏请授她为校书郎。宪宗皇帝是一个风流才子，又对武元衡十分信任，当即准其所请，授薛涛校书衔。著名诗人王建闻讯，写了一首《寄蜀中薛涛校书》，诗云："万里桥边女校书，琵琶花里闭门居。扫眉才子知多少，管领春风总不如。"

此时，武元衡的脑海里浮动着薛涛那醉人的微笑，耳畔响起她那甜美的声音："东阁移尊绮席陈，貂簪龙节更宜春。军城画角三声歌，云幕初垂红烛新。"这是几年前她送给他的诗。

"老爷。"

张氏的声音打断了武元衡的回忆。他感到十分扫兴。张氏的手上拿着一幅粉红色的诗笺。这是薛涛所创制的"薛涛笺"，也叫"浣花笺"，主要用于写短诗。唐代笺纸多用于写佛经和长篇书札，多为大幅。而唐代诗坛，喜作律绝短诗，不过四句、八句，大幅笺纸裁成小幅，很不方便，而且大小不一。"薛涛笺"的大小适宜，用于写诗，则一页之内能写下一首律诗或绝句，用于写信或文章，一页不够，可另写他页，各页尺寸划一，便于保管。薛涛创制此笺，本来为了自用，不想因为实用方便，制作精美，风行一时。张氏把手中的诗笺在他的眼前晃了晃说：

"老爷，这诗，她们说要拿去唱，行吗？"

"她们？是你的主意吧。"

"老爷……"

张氏嗲声嗲气地叫了一声。武元衡皱着眉头，挥手说道：

"拿去吧，拿去吧。"

这是武元衡昨晚写的一首诗，他并不认为这诗写得好，但他有诗名，工五言诗，每写一首，都在京城里传唱。这首诗题为《夏夜作》，诗云："夜久喧暂息，池台惟月明。无因驻清景，日出事还生。"

这时，仆人走过院子，说：

"老爷，该上朝了。"

武元衡无端地吃了一惊。刚才仆人走进来，竟如影子一般，没有声息。回头看，张氏也早已不在身边。想是她一时高兴，拿着他的诗到后院让家妓配乐去了。走得也太急了吧。武元衡穿过院子。

大门外，马早已备好。武元衡上马，说：

"走吧。"

（二）

武元衡的府第坐落在长安靖安坊。

靖安坊也叫靖安里，在朱雀门街东第二街第五坊，属西京万年县辖区。当时，许多名人都住在这里，如李宗闵、张籍、元稹、韩愈等。出了武府大门，顺着大街往北走便是大明宫的丹凤门。这是一条南北走向的大街，北与大明宫前的大道相接，南至启夏门，全长约十六里，由靖安坊向北，大约有十里。

宰相上朝，前有导从，后有骑卫，在老百姓看来，是十分威风的。两个导骑提着灯笼在前面开路，接着是两个骑卫，然后才是武元衡的坐骑，后面又有两个护卫。大街还很暗，那写着"武"字的灯笼放射出来的光，形成两团朦胧的黄色光球，缓缓向前移动，在路面上洒下一片散乱的影子，看起来有一点古怪。

街上冷冷清清的，偶尔有行人，也是远远地就避开，靠着里坊高高的围墙，无声地走动。路边槐树干的影子在里坊的围墙上鬼魅似的向后挪动着。武元衡抬头看了看天，天上星星闪烁，还早，不用走得太急。他闭上眼睛，让马信步而行。

这时，是他思维最清晰的时候。

自淮西叛逆以来，武元衡力主讨伐。去年九月宰相李吉甫病逝后，皇上便把讨伐淮西之事全部委予武元衡。

淮西作为唐朝众多方镇之一，自唐肃宗至德元载（756年）设立以来，治所、辖境屡有变迁。大历以后，治所才固定在蔡州，长期领有申州、光州、蔡州，十九个县，几十万人口。

七年多的安史之乱，使大唐帝国由盛而衰。各地将领拥兵自重，藩镇割据成了不治之症。淮西镇也称彰义镇，自李希烈任节度使以来，一直处于割据独立状态。建中三年（782年），李希烈与河北四镇共同叛乱，自称建兴王，兴元赦书颁布后，又建国大楚，自称皇帝，公然杀害朝廷使者颜真卿。贞元二年（786年）四月，淮西大将陈仙奇毒杀李希烈，归顺朝廷，不久，淮西兵马使吴少诚又杀死陈仙奇，为李希烈报仇。德宗皇帝无力讨伐，只好姑息，于同年七月二十二日任命吴少诚为淮西节度留后，不久，又任其为节度使。元和四年（809年），吴少诚病死，他的从弟吴少阳自称留后并请求朝廷任命，当时，朝廷对成德的战争已经展开，为避免两线作战，皇上只好授吴少阳为淮西留后，不久任其为彰义节度使。元和九年（814年）闰八月十二日，吴少阳病死，他的长子吴元济秘不发丧，以父亲的名义上表，请朝廷批准将节度使的职务转授给长子吴元济。皇上知其有诈，派遣太医以帮助吴少阳治病为由到蔡州探视真伪，吴元济又谎称父亲病情好转，将皇上派去的太医赶回。吴少阳的大将侯维满，判官苏兆、杨元卿等人劝告吴元济入朝，结果苏兆被绞死，侯维满被关押，只有杨元卿出使在京得于幸免。杨元卿将淮西的实际情况向宰相李吉甫报告。

清凉的晨风吹拂着，槐树叶发出轻微的赞美声。

武元衡的思维突然从大局跳到诗歌。前不久，他到安业坊唐昌观观赏了玉蕊花并写了一首诗："琪树芊芊玉蕊新，洞宫长闭彩霞春。日暮落英铺地雪，献花应过九天人。"

武元衡微微一笑，怎么又跳到诗歌上来呢？是风吹的吧。他又把思绪拉回来。

是啊，几十年来，淮西实际上是大唐帝国的国中之国。这是皇上所不能容忍的。元和十年（815年）正月十七日，皇上正式发布《讨吴元济诏》，征讨淮西的战争全面展开。

一个月前，皇上派御史中丞裴度到前线视察，一方面表示皇上对前方官兵的慰问，一方面调查战争久无进展的原因。回朝后，皇上问及诸将的才能，裴度说，李光颜见义能勇，终有所成。

裴度果然独具慧眼，不日，便传来李光颜在时曲大败淮军的捷报。这是征讨淮西近半年来所取得的最大胜利，杀敌数千人，大挫敌军锐气。

还有那考功郎中、知制诰韩愈的《论淮西事宜状》，也写得很不错……

他仿佛闻到一阵花香，说不清是茉莉花，还是玉蕊花。还是王仲初写得好啊，他又不由自主地想起王建的同题诗："一树茏葱玉刻成，飘廊点地色轻轻。女冠夜觅香来处，唯见阶前碎月明。"

就本质上来说，他更是一个诗人。思绪跳荡起伏，飘忽不定。但从韩愈想到韩愈的门生王建，从王建想到同题诗，也是有一点轨迹可循的。

"女冠夜觅香来处，唯见阶前碎月明。"

好句，老夫自愧不如，自愧不如啊。

武元衡还是闭着眼睛。

在他的眼里，是一片明媚的春光，是亭亭玉立的玉蕊花。

忽地一阵骚动，有人高叫：

"先把灯灭了。"

宰相的骑卫大声喝道：

"放肆。谁敢在相爷面前撒野！"

"我们要的就是武元衡的命！"

武元衡睁开眼睛，他似乎还没有从诗境中回到现实，有些茫然地看着黑暗而混乱的街面。

灯已被射灭，骑卫们已经逃散。当武元衡回过神来时，已被一群黑衣黑罩的刺客团团围住。

一个刺客说："快，拉到那边去。"

于是，便有一个人拉着他马上的缰绳，向东跑去。

事出突然，武元衡并不十分惊慌，毕竟是当过节度使的人。他喝道："何方蟊贼，胆敢如此放肆！帝京之内，岂容……"

他的话还没有说完，小腿上便挨了重重的一棒。武元衡大声喊道："来人啊。"

"快、快！"

为首的刺客一边小声催促他的同伙，一边用刀尖刺了武元衡的肩膀一下。武元衡忍住剧痛，大声喊叫：

"来人啊。"

街上冷冷清清。远远的街口仿佛有人走动。巡逻骑卒哪里去了？

刺客们很快把武元衡拉到一棵槐树下。他们把当朝宰相拉下马。

武元衡突然明白了刺杀他的是一些什么人，他挣扎着站了起来，看着这伙穷凶极恶的歹徒，脸上浮现出一丝冷笑。

几乎是同时，刺客挥起大刀，一道寒光，武元衡的头颅滚落到地上。

于是，那一丝冷笑便永远地留在了他的脸上。

刺客提着宰相血淋淋的头颅，扬长而去。

武元衡的随从们手执火把赶来，他们看到自己的主人倒在血泊中，头却不知哪里去了。巡逻的骑卒看到火把，冲过来，一看，大叫：

"贼人杀宰相啦！"

北边永乐坊、长兴坊的骑卒听到喊声，也跟着喊：

"贼人杀宰相啦！"

夜漏未尽，骑卒凄厉的恐怖的叫声在冷清的街面上滚动，一坊坊地往北滚，滚进了丹凤门，滚进朝堂。先到的朝臣们闻声，大吃一惊。他们你看我我看你，哪个宰相被杀了，哪个？

考功郎中、知制诰韩愈正倚在门边打瞌睡，他人胖，喜睡，特别是这夏日的早朝，总觉得睡不够。韩愈听到喊声，跳了起来。他刚刚上了《论淮西事宜状》，对形势有很清醒的认识。他走出门外，下了台阶。

从丹凤门慢悠悠地走来一匹马。

韩愈走过去。他认出了这是武元衡的坐骑。

"是他！"

韩愈的眼泪无声地掉了下来。

（三）

御史中丞、吏部侍郎裴度一觉醒来，不禁微微一笑。

他又做梦了，似梦非梦，还是那样一种情形：

他站在寺院的台阶上，看着来来往往的信男信女们。那时，他还没有留胡子，还年轻嘛，但他喜欢现在的胡子，他个子不高，长得也不潇洒，唯一可称道的就是这胡须，用他的仆人王义的话说，先生的胡子，既威严又可亲，既庄重又飘逸。没有胡子、没有功名的他站在寺院的台阶上一点也不潇洒，样子还有一点滑稽。不是吗？他手里拿着一只橘红色的袋子，东张西望地，还特别注意地朝女人们看，不大像一个正经的读书人。

裴度又一次微微地笑了一下。

那时他拾到这只袋子，估计是一位信女的遗物，里面的东西又十分珍贵，他不能不站在那里等。丢了这么贵重东西的人一定会再回来的。

他从早上一直站到下午，一步也不敢离去，尽管饥肠辘辘。终于有一个穿白衣白裙的少妇，神色慌张地走来，她指着裴度手中的袋子，怯生生地说：

"这位公子，那袋子是我的，我上午掉的。"

裴度看了她一眼，说：

"里面装的是什么？"

"里面有两条玉带和一条犀带。"

裴度走下台阶，把东西还给她，说：

"以后可要小心，这么贵重的东西。"

那少妇接过袋子，打开看了一眼，"扑通"一声跪下去：

"谢公子。这可是救命的东西！"

裴度一脸惊讶。那女子流着眼泪说：

"我父亲无罪被系，正在牢里受苦。这东西是想拿去打通关节的，价值千缗。我到香山，是祈求菩萨保佑的，匆忙之间，竟把它丢了，要是落到别人的手上，是别想……公子，这两样东西，公子随便挑一样吧，作为我给公子的报答。"

那女子依然跪着，双手高高地举起带子。

"我成什么人了？"裴度转身离去。

香山是个好地方。夕阳中的寺院应该是一片辉煌。可在梦中，什么都是阴暗的，只是在感觉上，落日的余晖特别美好。

有人在后面喊：

"公子，请留步。"

裴度以为又是那个女子，正想加快步伐，后面又喊了一句，他听出是一个男人的声音，便站住了。

从后面追上来的是一个道士。

裴度看了他一眼，笑了起来。早上，他在山门外碰见他，请他看相，他说，公子无富贵之相。裴度说，我将来要是当了宰相，一定请你喝酒。

那道士拉着他的袖子，又退了几步，把他上上下下看了一遍，说：

"公子大贵，大贵啊。"

"你是个骗钱的家伙，我可不上当。"

"要么，是早上我昏了头，要么，是你今天做了大好事。我一点也没骗你。我不要你的钱，分文不取。我只和你定一个约，今后大贵，请我喝酒。"

"我到哪里去请你？"

"我会登门拜访的。"

"一言为定。"

裴度的侍妾上官氏站在床边说：

"老爷，又做梦了吗？"

"你怎么知道？"

"看老爷笑得那么甜。梦见神女了？"

裴度捋了捋胡子，坐起来。上官氏为他穿衣，裴度说："还是那个梦。没完没了地做。"

"但老爷高兴，是吗？"

"连我自己也说不清楚，几十年前的事，似梦非梦地老出现在脑海里。"

"是个好兆头。老爷一准大富大贵。"

"鸡猪鱼蒜，逢着就吃……"

裴度还没说完，上官氏就接下去说：

"生老病死，时至则行。一切顺其自然。"

这是老爷的口头禅，她也会说。裴度摸了摸她的脸蛋，说：

"难道不是这样？"

"可老爷整天淮西，淮西的，好像淮西是一块病。"

"是一块病，大唐心病。大唐一统江山，岂容淮西自行其是。"

上官氏笑了起来："自行其是的又何止一个淮西。"

"所以是一块大心病。"

上官氏又笑了起来："我真不理解老爷，说起来很潇洒，一切顺其自然，可做起来却很认真、很执着，好像天下的苦难都装在老爷的心里。"

裴度捏了捏她的脸颊，说：

"老爷没有白疼你。"

"妾还是不理解。"

"那就慢慢来，有的是时间。"

上官氏笑了起来，在老爷的脸上亲了一下。别看老爷已过知命，比年轻人更有意思哩。

门外传来一声狗叫。

上官氏说："王义在门外等候多时了。"

穿了衣服，上官氏打开门。仆人王义在门口向老爷请安。一只灰色的狗跳上台阶，和王义跪在一起，也在向老爷请安。

裴度走出来，摸了摸他的爱犬。抬头看天，天上星光闪烁。有一颗流星划过天际。狗在他的脚下跳了起来，在院子里蹿来蹿去，显得有些烦躁不安。

裴度心中掠过一丝莫名的忧伤。

裴度走回房间，坐在灯下。上官氏为他梳了头，打了结子，又从衣帽架上取下一顶毡帽，戴在他的头上。

这是一顶扬州毡帽。

戴扬州毡帽是一种时髦。先是用细藤编的，叫席帽，取其轻。后来，因为它太薄，冬天不能御霜寒，夏天不能防暑气，改用细毛做成的毡子代藤。这种毡帽做工精细，贵其厚，冬暖夏凉，成为一种时尚。裴度的这顶毡帽，是驻镇扬州的淮南节度使送的。

吃了点心，裴度要上早朝。上官氏站在房门口说：

"老爷早去早回。"

裴度挥挥手，女人就是这样，很多话是多余的。

王义把马牵到大门外。裴度上了马石。裴度的狗突然冲出门外，在冷冷清清的街上转了一圈，又跑回来，在裴度的马前马后不停地跳着，低叫着。等主人上了马，王义蹲下来，摸了摸狗，说：

"回去，老爷上朝了。"

狗一动不动。

"将军，回去。"

裴度在马上说。

"将军"是裴度对他的爱犬的昵称。"将军"看了主人一眼，很不情愿地跳上台阶，却又不进去，坐在台阶上看主人离去。

王义说：

"这狗今天怎么啦？"

裴度说：

"随它去吧。"

街上很冷清，却很清爽。裴度深深地吸了一口气，说：

"王义，这是什么香？"

王义也吸一口气，说：

"老爷，好像是茉莉花香。"

（四）

裴度的府第坐落在通化里。通化里也称通化坊、敦化坊，位于长安城东南角最后一坊，它的南面，就是有名的曲江池。

马蹄发出脆响，节奏却十分缓慢，给人一种既清醒，又懒散的感觉。北边的槐树在黑暗中，缓缓地向后退去；南边，远远的曲江柳在清风中轻轻地摆动着婀娜的身姿。

黑暗中，依稀有什么在移动。一道闪光出现在树荫下，仿佛夜光在曲江池面上摇晃。

裴度微闭双眼，信马而行。

此时，他的脑海里浮现出韩愈《论淮西事宜状》的一些片段：

淮西三州之地，自少阳疾病，去年春夏以来，图为今日之事……譬如有人虽有十夫之力，自朝及夕，常自大呼跳跃，初虽可畏，其势不久，必自委顿，乘其力衰，三尺童子可使制其死命，况以三小州残弊困剧之余，而当天下之全力，其破败可立而待也。……夫兵不多不足以必胜，必胜之师必在速战。兵多而战不速，则所费必广。……

说得有理啊。

但是，如何才能达到速战呢? 从目前的态势看，不可能，没有强有力的、统一的指挥，各自为战，各有自己的小算盘。李光颜可用，但似非统帅之才……偌大的朝廷，要找出一个真正能在乱世中担此大任的人，也真难啊，如果郭子仪在世……裴度自嘲地笑了笑。如果是不存在的。

我行吗?

裴度又自嘲地笑了笑，官阶太低，皇上不可能派我去。

王义牵马走在前头，他感到有一点不对头，街上太静了。

几团黑影从池边迅速地向街道滚动。王义目不转睛地盯着这些不祥的黑影，他终于看清了，这是一伙刺客，他们的手中拿着明晃晃的剑。来者不善，而他和他的主人却手无寸铁。

王义大叫一声"不好"，拉着马跑了起来。

裴度睁开眼睛。

"老爷，有刺客。"

王义话声未落，一个刺客扑过来，一剑砍断了裴度的靴带。裴度身子一歪，勒紧缰绳，马跳了起来，刺客第二剑砍中裴度的背部。当马双蹄落地时，刺客再次出剑，这一次砍中裴度的头部。

裴度落马，跌进路旁的沟里。

王义扑了过来，抱住刺客，大叫：

"快来人，有刺客。"

刺客脱身不得，反剑砍断王义的一只手臂。

一团黑影蹿来。这是裴度的狗。

"将军"狂吠着扑过来，咬住刺客的手腕。剑从刺客的手中掉下来，刺客惨叫一声，仓皇而去。

所有这一切都在一刹那之间发生。

在树下接应的刺客还没有反应过来，"将军"已向他们扑去。刺客们纷纷后退。此时，裴府仆人闻声赶来。刺客们迅速向池边逃亡。"将军"咬住一个刺客的衣服，刺客断衣而去。

王义从血泊中爬起来，跑到沟边大叫：

"老爷，老爷！"

裴度醒来，伸手摸了摸头，头还在，只是扬州毡帽被砍破了一个大洞。

裴度爬起来，笑道：

"多亏了这毡帽。"

王义看到老爷没事，身子一软，晕死在沟边。

"将军"在裴度的身边跳来跳去，像是在庆幸主人化险为夷。

（五）

在皇帝的龙床上，郑妃一边嘻嘻地笑着，一边说：

"陛下，该上早朝了。"

"今早免朝。"皇帝说。

此时，皇帝正在郑妃的身上施恩。正是皇恩浩荡的时候。郑妃也舍不得让皇帝这么早就离开她，但她想起郭贵妃的话，还是不敢挽留，在皇帝的耳边悄悄地说：

"陛下是中兴之主，臣妾可不敢……"

"没你的事。不是还早吗？"

话虽这么说，唐宪宗李纯还是从郑妃的身上爬了起来。

郑妃本姓朱，润州人，原来是浙西叛将李琦的侍妾，李琦被诛，没入掖庭，为郭贵妃侍儿，后被宪宗临幸。李琦叛乱前，有个相士对李琦说，"朱氏有奇相，当生天子。"李琦暗自欢喜，以为自己会当皇帝，没承想很快就被官兵消灭，死于非命。郑妃果然有贵相，五年前生了一个皇子，这是唐宪宗十三子李忱，也就是后来的唐宣宗。这是后话。郑妃本来就讨皇帝喜欢，又生了个皇子，自然很受皇帝的宠幸。但她不敢造次，她的上面还有郭贵妃。郭贵妃虽无皇后之名，却有皇后之实，她是她的主子。

郭贵妃是大唐中兴名将、汾阳王郭子仪的孙女。郭子仪对唐室有再造之功，被尊为尚父。唐代宗把女儿嫁给他的儿子郭暧。她的父亲是驸马都尉郭暧，母亲是代宗之女升平公主。论辈分，升平公主是德宗之妹，顺宗之姑，宪宗的姑奶奶，作为升平公主的女儿郭氏应是宪宗的姑姑。由于她的家族显赫，在宫中地位很高。虽然宪宗皇帝对她不怎么好，一直没有册封为皇后，但也没有册封别人为皇后。所以，尽管郑妃备受宠幸，对于郭贵妃的话，她是不敢不听的。更何况，在她看来，郭贵妃的话也是对的，她说："我们应该以太宗皇帝的长孙皇后为榜样，帮助皇上成为一个圣明之君。"

唐宪宗李纯坐在榻沿，看见对面的屏风，自嘲地笑了笑。

龙床对面的屏风一共六扇，上面写着《君臣事迹》。这是八年前，李纯亲自从《尚书》《春秋后传》《史记》《汉书》《三国志》《新序》《吴越春秋》《宴子春秋》《说苑》等书上，将有君臣行事可为龟鉴者，集成十篇，并作了序言，命翰林学士白居易抄在屏风上。当初，他每读前代兴亡得失之事，总是感叹再三，反复其言，如今录在屏风上，实在是为了时时提醒自己和宰臣们，不要忘记前车之鉴。正如大臣们在贺表中所说的那样：

"取而作鉴，书以为屏。与其散在图书，心存而景慕，不若列之绘素，目睹而躬行，庶将为后事之师，不独观古人之象。"

"森然在目，如见其人。论列是非，既庶几为坐隅之戒；发挥献纳，亦足以开臣下之心。"

屏风是可移动的，高兴起来，要放在哪里就搬到哪里。

郑妃看了一下屏风，脸红了一下。今日早朝，她不该让皇上起得这么迟。

"陛下，臣妾知错了。"

"爱妃错在何处？"

"不该让陛下起得这么迟。"

"是啊，该罚。"

"臣妾认罚。"

"罚你把韩愈的《论淮西事宜状》背一遍。"

"后妃不得干预朝政，这是长孙皇后的教诲。"

"谁让你干预朝政？朕让你背一篇文章而已。谁让你偷看。"

"是陛下让臣妾念的。臣妾冤枉啊。"

李纯笑了起来，说：

"你背就是了。"

郑妃一边为皇帝背韩愈的上书，一边为皇帝穿衣。

在寝宫中和殿门外的台阶上，内侍陈弘志不停地走动着，显得有一点不耐烦。他是一个小太监，可他的志向并不小。他依附在大太监王守澄翼巢下，有点有恃无恐的味道。此时，宫中太监分两派，一派是以左神策军中尉吐突承璀为首的，吐突承璀自幼在东宫当宦官，既聪明又会讨小主人的喜欢，年龄与太子李纯相仿，跟太子一起长大，二人感情很深。太子即位后，即任命他为内常侍、知内侍省事、左监门将军，不久又任命他为左神策军中尉、功德使。另一派以右神策军中尉王守澄为首。王守澄拥护太子李恒，又得到李恒的生母郭贵妃的支持。两派各有后台，势均力敌。

太子李恒由于是近亲结婚的产物，无论身体和智力都远远不及宪宗诸子，加之父子两人性格不和，宪宗刚猛，敢做敢为，太子性格温和，办事缺少果断，很不合宪宗的心愿。吐突承璀觉察到皇帝的这个心思，便想投其所好，谋废太子，想另立澧王李恽。宪宗身边，一场无形的战争正在激烈展开。

陈弘志听到殿内动静，终于在门边站定。毕竟是个小太监，不敢太放肆。

吃过早点，宪宗亲了一下郑妃，传旨起驾宣政殿。宣政殿在大明宫正殿含元殿的后面，是天子常朝的地方。从寝宫出来，往西过紫宸门，南下便是宣政殿。

此时，天色未明，星光闪烁，空气清新。宪宗的心情很好，他深深地吸了一口新鲜的空气，想，今天对淮西讨伐要再作一次新的部署。请武元衡亲自挂帅出征，他任过西川节度使，文武双全，又力主讨伐淮西，很合朕意。当然，裴度也未尝不可，只是他现在的官阶太低。

宪宗仪仗行至紫宸门，有司上奏：宰相武元衡遇刺身亡。

宪宗愣了一下，说：

"什么？"

站在一边的陈弘志说：

"启禀皇上，武元衡遇刺身亡。"

"什么？"

"武元衡遇刺身亡。"

宪宗无力地挥一下手，说：

"摆驾延英殿。"

"遵旨。"陈弘志转身高声说，"皇上有旨，摆驾延英殿。"

陈弘志站得近，皇上脸上的表情看得十分清楚。他看到两行清泪从皇上的眼角无声地滚落下来，他的嘴角掠过一丝冷笑。他已经深深地陷入派别之争，站在郭贵妃一边，反对皇上另立太子。在有意无意之中，便会流露出与皇上对立的情绪。皇上伤心，他自然就感到高兴。当然，这也是他还年轻，不太老到之处。

很少人能听出小太监的那扬声高呼之中有什么不正常的东西。宪宗更没有觉察到，他已经为悲痛压倒，过了延英门，便放声大哭起来。

陈志弘在一边说：

"皇上节哀，保重龙体。"

陈弘志一边说，一边呈上绢子。宪宗拭泪，道：

"宣裴度。"

"遵旨。"

陈弘志走到殿门，高声宣旨：

"皇上有旨，宣御史中丞、刑部侍郎裴度觐见。"

从朝堂里传回来的消息是，裴度尚未来朝。

"岂有此理！"

宪宗生气地说。

宪宗话声刚落，一个内侍匆匆走来，跪奏：

"启禀皇上，有司报，御史中丞裴度亦遇刺……"

"什么？"

"裴度遇刺。"

"什么？"

"伤势不明。"

李纯靠在龙榻上，一时说不出话来。

陈弘志上前说：

"皇上，今日还早朝吗？"

李纯摆了一下手。陈弘志说了声遵旨，跳出门外，高声说：

"皇上有旨，今日免朝。"

天已微明。陈弘志的声音在宫中震荡着。晨风吹响风铃，叮叮当当，凄凄惶惶。

朝堂中，百官议论纷纷。有一个人声音最高，说，听说镇帅们都反对讨伐淮西，特别是成德的王承宗，说不准就是他干的。另一个声音说，这也太放肆了吧，帝都之内，宰相都敢杀，还有没有王法？和为贵，和为贵啊，准了吴元济之请，天下无事。这又是另一个人的声音。

站在门外的韩愈皱了一下眉头。他不想和他们争论，该说的话他在给皇上的上书中已经说了。

韩愈匆匆走下台阶。他要到通化坊，去探望受伤的裴度。

（六）

韩愈出了丹凤门，策马南行。他的马跑得并不快，他人胖，跑快了会喘，而且在京城里策马而奔，也显得不够庄重，尽管他心里很急，想知道裴度伤势如何。

天在不知不觉中亮了起来。街上的人也在不知不觉中多了起来，仿佛是从地下突然钻出来似的。人们失去平日的安详与从容，显得有些惊恐，不时地东张西望。

有一个人站在街口对另一个人说，你知道吗？长安县衙大门口贴了条子。什么条子？说武相爷是他们杀的，谁敢搜捕他们就先拿谁开刀。武相爷？连当朝宰相都敢杀，这还了得！可不是，就在刚才，在相府门前。

很快就围了一圈人。

听说万年县衙门口也有条子。有人高声说。不用说县衙，就连京兆府，金吾卫都有条子。都说了些什么？还不是威胁的话。连官府都敢威胁，还了得。宰相都杀了，还有什么做不得的？

韩愈摇了摇头。消息传得真快。不出所料，这是一起有预谋的暗杀行动。背后有人，不是一般的人，不可等闲视之啊。

说不定那些民谣也是他们造出来的。

韩愈想起前不久的一件事。

韩愈有两个侍妾，一个叫绛桃，一个叫柳枝，都能歌善舞。说不清他更喜欢谁，两个都很可爱。后来，柳枝不知为了什么，窬垣遁去，被家人追回。他便把爱专注在绛桃的身上了。

有一天，绛桃为他唱歌，歌词是他为她写的：

别来杨柳街头树，

摆弄春风只欲飞。

还有小园桃李在，

留花不放侍郎归。

她自然明白，唱得十分动情。人以情动，凡动了真情的，无不感人。一曲终了，韩愈向她招了招手，她便扔下琵琶，扑倒在他的怀里。

韩愈端起一杯酒，放在她的嘴唇边，绛桃一抑脖子，喝了。喝了酒，绛桃从他怀里滑了下来，拍手道：

"先生，妾为你唱段民谣如何？"

"什么民谣？"

绛桃在他的耳边小声说：

"下人们唱的，长安城里到处传着。"

韩愈来了兴趣，说："好啊，就来一段下里巴人吧，国中属而和者数千人嘛。"

"好，先生听着。"

绛桃唱起来：

"打麦麦打三三三……"

唱着，她便把袖子旋了起来：

"舞了也。"

"打麦麦打三三三——舞了也。"

她重复着原来的动作，一遍一遍地唱，节奏性很强，越唱越快，袖子也越旋越快。唱完，便咯咯咯地笑起来，做儿戏状。

"先生，好听吗？好看吗？妾再来一遍，好吗？"

韩愈有些茫然。调子好听，动作也好看，但是，这是什么意思呢？"打麦麦打三三三，舞了也。"不明白，不明白。

绛桃看先生出神，笑了起来，说：

"好听好看就行了，为什么要弄明白？"

"大家都这么唱吗？"

"都这么唱，不信，先生问他们。"

她指着站在门外的仆人们，仆人们都笑着点头。他们刚才就偷偷地笑过，因为这是他们从外面学来的，但他们唱起来没有她唱得好听，做起来也没有她做得好看，只是有一点滑稽而已。

现在明白了。

这是有人在有意造谣，造舆论，他们想对武元衡下手，是蓄谋已久了。

打麦者，打麦之时也。麦打者，盖暗中之击也。三三三，不正是今天吗？六月初三。舞了也。舞即武也。也就是说，他们早就想在这一天刺杀武元衡了。

这么一想，韩愈的心情更加沉重了。的确不能小觑藩镇的力量和他们的猖狂。韩愈不知不觉地夹了一下双腿，马昂了昂头，扬了扬尾巴，加快了速度。

突然一阵吆喝，几骑飞骑从身边掠过，韩愈一看，是中使。他还认得跑在前面的是宦官梁守谦。再定睛一看，自己已经走过了昌晋坊。

看中使向西而去，料定他们是奉旨去看望裴度的，便勒住缰绳，掉了马头，往回走。

他不想让人知道他去了裴度府。

（七）

梁守谦果然是奉旨来看望裴度的。

他们在府门外下马，便有仆人跑进去报告，说是中使至。

中使就是宫中的使者，也就是皇帝的使者，代表皇帝出来，谁都不敢怠慢。

唐代宦官，自唐玄宗之后，权力越来越大。先是高力士，煊赫一时，权倾朝野。文武百官对他毕恭毕敬，皇太子称他为"二兄"，王子、公主称他为"阿翁"，驸马、宗亲称他为"爷"，皇帝本人也不直呼其名，而称他为将军。然后是在安史之乱时，拥立唐肃宗自称"老奴"的李辅国，拥立唐代宗的程元振、鱼朝恩，再后来便是俱文珍。俱文珍是唐德宗后期重用的宦官，贞元二十一年（805年）正月，德宗驾崩，太子李诵即位，是为唐顺宗。顺宗在位七个多月，虽然中风，却任用王叔文等人进行改革，但俱文珍等人利用顺宗的病进行逼宫，使太子李纯提前做了皇帝，因此也就成了拥立宪宗的功臣，当上右卫大将军，主持内侍省事务。俱文珍居功擅权，引起其他宦官的不满，他们在宪宗面前说俱文珍的坏话，宪宗也开始讨厌他，不再施加恩宠。元和八年（813年）俱文珍死去。

现在，宦官分成两派，梁守谦属于王守澄一派。

听说中使到，裴度挣扎着要从榻上爬起来。上官氏说：

"先生受了伤，中使是来探伤的，不必太拘礼节。"

裴度说：

“我不能让中使感到伤得很重，这样会让皇上伤心，也会让那些别有用心的人有机可乘。”

上官氏只好扶他坐了起来。

裴度刚刚坐起来，梁守谦就已走上台阶。他在门外拱手道：

“裴大人受惊了。”

裴度在上官氏的搀扶下，站起来：

“中使降临，有失远迎，失礼，失礼。”

梁守谦快步而入，连说：

“大人请坐，请坐。”

说着，就过去扶裴度，等他坐下，自己才坐下。

梁守谦是宦官中比较能干的一个，在对待藩镇的问题上，倾向于采取强硬态度，内心对裴度的学识为人，也十分佩服，尽管裴度此时在朝中地位不是很高，但他对他还是很尊重的。跟在他后面的，还有御医林中。

坐定之后，梁守谦说：

“皇上对大人遇刺，非常关切，特遣我来探视问安，并请御医为大人看伤。”

裴度说：

“谢皇上。下官不日即可上朝，请中使禀奏皇上，不要为下官担忧。”

“朝廷顿失武大人，皇上悲痛万分。大人国之栋梁，万不可再有闪失。请林御医为大人疗伤。”

裴度再次对皇上的关怀表示感谢。

梁守谦走后，林中留下来为裴度治伤。林中看了裴度的伤口，说：

“贼人虽凶，却未伤着要害。大人大难不死，必有后福啊。”

说着，便拿出一包药：

“这是在下祖传秘方，‘如意金枪散’，药到伤愈。半月之内，包大人健步如飞，且不见半点伤痕。”

裴度拱手道：

"谢太医。这'如意金枪散'怕是轻易不用的吧。从没听说过。"

"可以说从未用过。家父临终前嘱咐，此药神奇，轻易不用，用必在其所。自进了太医署，宫中就更用不着了。"

裴度说：

"恕在下冒昧，药是为了救死扶伤的，如此神奇之药，不用于世，可惜。"

"大人的意思是……"

"当今正在用兵之际，如能用于军中，必能造福国家。"

"大人所言极是，只是没有机会。"

"我来想办法。"

"其实，这也是先父的遗愿。所谓'用必在其所'是也。"

"很好。"

裴度高兴地说。

太医走后，裴度自言自语地说：

"人心可用啊。"

上官氏笑了笑，说：

"先治自己的伤吧。"

裴度说：

"我的伤不要紧，我自己知道。先把这'如意金枪散'给王义送去。"

上官氏领命而去。不一会儿，却又回来了，她的身后跟着王义夫妇。王义跪在地上，执意不用药。裴度说：

"你伤重，你用。"

"老爷不先用，小人死也不用。"

裴度知他固执，只好说：

"那我就先用吧。"

裴度看了上官氏一眼，上官氏领会他的意思，给老爷用药时轻轻地抹，省下一大半，留给王义。裴度一定要王义当场敷上。王义见老爷已上了药，只好遵命。王义的妻子杜飞燕接过药，吸了一口气，脱口道：

"啊，如意金枪散。"

裴度说：

"你怎么知道这药？"

飞燕跪道：

"妾父三十年前，曾用过此药。"

"令遵大人是……"

"江湖上卖艺为生，实不足道。"

裴度笑了笑，不再问下去。飞燕为丈夫解下衣袖，轻轻敷药。王义坐在那里，先是无声地落泪，接着便哭出声来。裴度关切地说：

"疼吗？"

王义说：

"不疼。只是想起这断臂……"

"我会养你们一辈子的。只要我裴度有一口饭吃，就饿不着你们一家子。"

"不，老爷，小人只是为今后不能跟随老爷左右，侍候老爷而伤心。"

裴度一时无言。他感到惭愧，对跟随自己多年的下人一点也不了解。这简直有一点以小人之心度君子之腹了。

飞燕突然跪在地上说：

"老爷要是不嫌弃，妾可代夫君之劳。"

王义也跟着跪下去说：

"老爷，就让贱内代劳，她比我强。"

裴度有一些不知所措，说：

"起来，都起来说话。"

"老爷不答应，我们就不起来。"

裴度为难地说：

"我如何答应？我怎么能带着一个女人到处走，成何体统？"

王义说：

"她有一身好武艺，要是今早跟随老爷的不是我而是她，那些贼人就休想动老爷一根毫毛。"

裴度有些吃惊，他从未听说过王义的妻子有武艺。不过现在想来，她的动作一贯利索，与众不同。但是，把一个女人带在身边到处走，诸多不便，更何况，人们也会说三道四。

"不行，不行。你们起来吧。"

王义还要说什么，飞燕悄悄地动了一下他的袖子，站了起来。王义也跟着站起来，夫妻俩退下之后，裴度对上官氏说：

"真是难得他们夫妇，如此忠义。要不是王义拼死相救，老夫早就死在贼人的剑下了。"

上官氏说：

"也是老爷为人好，得人心。常言道，主贤仆忠。"

裴度感叹道：

"上有明君，下有义士，我裴度能不尽力？"

说话间，只见一个壮士手握利剑，跃进大厅，裴度以为又来刺客，正待喊人，上官氏下意识扑向老爷，用自己的身子护着老爷。裴度的爱犬"将军"也跟着蹿了进来，迅速地在那壮士身边绕了一周。

只见那壮士向裴度一揖，便在大厅里舞起剑来。

那壮士的剑法实在精彩。先是看到人舞剑，然后便只看到人影与剑光的交错，再看，人影消逝，剑光流动。只见一团剑光，时前时后，时左时右，时上时下，变化无常。

上官氏记得项庄舞剑之说，不敢有半点疏忽，一直用身子护着老爷。裴度先是吃惊，但很快就镇定下来，要真是刺客，有如此好的剑法，早就动手了。

突然，银色的剑光在裴度面前打住，化为一个人形。那壮士"扑通"一声跪了下去，说：

"奴才杜飞燕叩见大人。"

裴度哈哈大笑。上官氏松了一口气，扑过去拍了一下飞燕的肩膀，笑道：

"你可真把我吓死了。"

飞燕不好意思地说：

"老爷是怎么看出来的？"

裴度说：

"要是突然闯进一个外人，'将军'能那么安静地看你舞剑吗？"

"什么都瞒不过老爷的眼睛。"

"开头也真让你给吓一跳。"

王义不知何时闪了进来，跪在地上说：

"老爷这下可放心了吧，她完全可以胜任。"

"起来吧。我答应就是。"

（八）

兵部侍郎许孟容手里捏着一张白纸，气得直跺脚，连声说：

"放肆，放肆，太放肆了。"

许侍郎的气是冲着白纸上的几个字来的。纸上只有八个字："毋急捕我，我先杀汝。"

这是刺杀武元衡的贼人贴在金吾卫、京兆府和长安县、万年县衙的纸条。这是威胁，更是示威。

许孟容今年七十三岁，举进士，入仕途已经五十年了，他什么世面没有见过？但是，如此猖獗的贼人，却是他第一次遇见的。武元衡遇害，皇上悲痛不食，辍朝五日，并册赠司徒，谥曰"忠愍"。这对死者自然是一种安慰。但是对贼人的搜捕却不得力，刺客逍遥法外，正气不能抬头。尽管加强了宰相的保卫，宰相住宅和出入朝堂都加派金吾骑兵全副武装保卫，他们所经过的大街也都严格搜索，但是朝臣们天不亮还是不敢出门，早朝都不能准时。更可悲的是，有些大臣还主张对淮西罢兵，以平息方镇的不满。这不是大倒退吗？这样下去元和以来的大好局面就要毁于一旦。

许侍郎再一次顿足，心中的闷气也随之从他的口中吹出，雪白的胡子在他的胸前抖了一下。他决定入宫面圣。

唐宪宗李纯这几天心情一直不好。刺杀武元衡的凶手至今还未捕获，裴度也还没有康复。前几天下了一场大雨，京城里积水三尺多深，淹了几千户人家。含元殿无缘无故倒了一根柱子。这一切都不是好兆头。

下一步棋如何走？讨伐淮西的战争能否取得胜利？还有成德的王承宗，平卢的李师道，他们都在观望，他们实际上是吴元济一类的，宽恕了一个吴元济，就等于宽恕了一群吴元济，宽恕了一群吴元济，大唐江山不能统一，就愧对太宗皇帝，这是他所不能容忍的。

郑妃看皇上闷闷不乐，鼓动他去看马球。打马球起源于吐蕃，西传波斯，后再传至长安，称"波罗"。大唐皇帝中，喜欢打马球的不少，中宗、玄宗都是马球好手。宪宗喜欢打，也喜欢看。二队对垒，"护军对引相向去，风呼月旋朋先开"。有音乐助兴，"内人唱好龟兹急"，有人击鼓呐喊助威，"击鼓腾腾树赤旗"，场面十分壮观。剧烈的对抗，飞驰的奔马，"对御难争第一筹"，激起心中无穷竞争与胜利的欲望。这对于想当中兴之君的李纯来说，实在是再好不过的运动了。

宫中有很好的球场，离寝宫最近的是大明宫东苑的亭子殿。

两人刚刚上马，内侍奏兵部侍郎许孟容求见。李纯看了郑妃一眼，郑妃要当贤妃，向他微微一笑，表示赞同。李纯转而对内侍说：

"摆驾延英殿。"

朝臣请求觐见，皇帝随时允许，这也是李纯的开明之处。更主要的是宪宗皇帝对这位三朝元老印象很好。

许孟容在德宗朝任礼部员外郎。元和初，迁刑部侍郎、尚书右丞。元和四年（809 年），拜京兆尹。当时，有一个神策军吏叫李昱，借了长安一个富商八千贯钱不还，许孟容派人把他抓起来，让他限期归还，逾期不还，就处死。这件事在长安引起很大的震动。自唐德宗兴元年间以来，禁军由于护驾有功，又有宦官作为后盾，无法无天，为非作歹，地方官都拿他们没有办法。许孟容刚正不阿，以法绳之。神策军全都感到震惊，他们通过宦官，向皇帝诉冤。宪宗听了一面之词，立即派中使宣旨，将李昱送还本军。许孟容就是不送。中使再至，许孟容还是不放人。他上朝面圣，说：

"臣诚知不奉诏当诛。只是微臣职司辇毂，应当为陛下弹抑豪强。李昱不还钱，臣就不能放人。"

李纯听了，觉得有道理，准其所奏。

自此豪强敛迹，许孟容威望大震。

对于这样的大臣，李纯自然另眼看待。

许孟容匆匆赶到，跪在地上还喘着气，上气接不着下气。宪宗说：

"爱卿请起。赐坐。"

"谢陛下。"

许孟容叩了头，才站起来，坐到椅子上去。

"陛下，自六月初三，微臣恨不能与陛下分忧，寝食不安。自古以来，无有宰相横尸大街，而刺客却逍遥法外，这是朝廷的奇耻大辱！"

许孟容的话触到了李纯的痛处，说：

"爱卿休言，朕即下诏，严加搜捕。"

"非严不示其威。重赏之下，必有勇夫。赏罚分明，贼人必无藏身之处。"

李纯沉吟片刻，对内侍说：

"传朕旨意，着有司诏布天下，贼人凶狡窃发，歼我股肱，朕通宵忘寐，何痛如之。天下之恶，天下共诛。有能获贼者，赏钱万缗，官五品，敢庇匿助贼者，举族诛之。"

许孟容伏地泣道：

"陛下英明。"

"爱卿请起。贼人刺杀武元衡，刺伤裴度，皆力主讨伐淮西的大臣，其意图十分明显，背后必有人指使。"

"陛下英明。臣闻昔汉廷有一汲黯，奸臣尚为寝谋。今主上英明，朝廷未有过失，而狂贼敢如此猖獗无状，宁谓我大唐无人乎？"

汲黯是汉朝大臣，汉景帝时任太子洗马，武帝时任主爵都尉，为人性倨，敢直谏，时称"汲直"。许孟容这样说很在理，也很有鼓动性，李纯听了不由得不为之动容。

李纯站了起来，说：

"可恶至极！爱卿有何良策？"

"自古以来，祸福相依。转祸为福，正当其时。"

"如何转祸为福？"

"陛下断贼所想，乱必得治。"

"如何断其所想？"

"起裴中丞为相。"

"以裴度为相？"

"正是。"

"有人请罢裴度官，以安恒、郓之心。"

"陛下！"许侍郎吃了一惊。

宪宗说：

"若罢裴度官，让贼人奸谋得逞，朝廷再无纲纪可言。我用裴度一人，足可破二贼。"

"陛下英明。陛下若进而以裴度为相，令主兵柄，是以向朝廷内外表明陛下削藩的决心，同时大索贼党，穷其奸源，不愁贼人不除。"

"就依爱卿之请。"

"陛下英明。裴度为相，国之大幸。可喜可贺！"

许孟容走后，李纯的心情变得很好。他突然悟到，这几天之所以心情不好，实际上是还没有下决心的缘故。

人在犹豫不决的时候，心态不佳。

几天后，唐宪宗任命裴度为中书侍郎、平章事，接替武元衡主持讨伐淮西事宜。并特许裴度可以不必等候宣政殿上朝，直接入延英殿奏见。

第二章
东京事变

（一）

在长安东市的"波斯"酒楼，一个军士喝得酩酊大醉，这人叫张晏，是成德军驻长安进奏院的军士。

进奏院是各地藩镇设在京师的办事机构，最初称上都留后院，大历十二年（777 年）改为上都进奏院，设有进奏官等人，负责藩镇所来奏章的上呈及皇帝诏书和各种公文的传送。

与此相适应的是朝廷设立在各方镇的监军院。诸镇藩帅的拥立，都要得到监军院的认可，并奏报朝廷批准。监军院和进奏院不仅是朝廷与方镇联系的桥梁，也成为朝廷在各方镇实施统治的象征。

成德军的进奏院近日来成为长安百姓议论的中心。

前不久，成德军节度使王承宗派牙将尹少卿入朝奏事，为淮西吴元济说情。尹少卿到了中书省，说话很不谦逊，中书侍郎武元衡当场将他喝斥出去。此后，王承宗向皇帝上书，攻击毁谤武元衡。接着便发生刺杀武元衡事件。人们完全有理由怀疑王承宗是刺杀武元衡的幕后指使者。

张晏等人是最近从恒州到进奏院的，他们行踪诡秘，很多人都怀疑他们就是刺客。恒州就是镇州，成德军节度使的治所。

和张晏一起来的有李惠嵩、李寓、严清等人，他们正喝得高兴，放肆地笑着。

有一个军士从外面匆匆走来，附在李寓的耳边说：

"风声越来越紧。"

李寓高声叫道：

"怕什么？胆小鬼。"

"听说皇上下了诏，搜查很严，连王公卿相家的夹墙和双层楼层都查了。"

"又不是我们干的，怕什么？"

"都说是我们干的。"

张晏大声嚷道：

"就是我们干的，怕什么？脑袋掉了，二十年后还长出一个来。"

严清搂着一个酒楼中的胡姬，说：

"美人，喜不喜欢英雄啊？"

"当然。"

"我们就是英雄。"

"说得好，"张晏跳过去，搂起另一个胡姬，"人生在世，英雄一时，死何足惧？"

"自古英雄爱美人，美人惜英雄。来来来，再唱一曲，为英雄祝酒。"

胡姬们都嘻嘻哈哈地笑起来。

这时，酒楼的一个伙计悄悄地闪出后门。

当天晚上，神策军将王士则率领神策军，包围了成德进奏院，逮捕了张晏等八个军士，并指控他们就是刺杀武元衡和刺伤裴度的凶手。

宪宗皇帝接到奏报后，命令京兆尹裴武、监察御史陈中师审讯复查。

张晏等人对刺杀武元衡、刺伤裴度的罪行供认不讳，并交出凶器。

六月二十八日，唐宪宗发布《诛杀武元衡贼张晏等敕》。敕文上说：

> 张晏、李惠嵩、李寓、严清，受命孽臣，害我良弼，凶虐之甚，古今所无。虽奸源不穷，而天网难漏，擒捕斯获，兵刃具存，自相证明，遂得情实。宜从极法，以快众心。张晏等人，如更有亲族，并宜搜检。

朝廷在独柳树处死了张晏等人。独柳树是朝廷处死钦犯的地方。杀了张晏等人，长安人心稍安。

几天后，唐宪宗又颁布《绝王承宗朝贡敕》，历数王承宗之罪：

自元和五年（810年）以来，朝廷对王承宗"洗涤疵瑕，累加奖授，列在藩方之重，待以中正之途"，但王承宗却"动思弃命，恣逞非心，横厉无畏，朝廷以其先祖常立忠勋，每为含容，庶闻悛革"。近来王承宗更是"妄陈表章，潜遣奸人，窃怀兵刃，贼杀元辅，毒伤宪臣，纵其凶残，无所顾忌，推穷事迹，罪状彰明"。

在历数王承宗罪状之后，诏令绝其朝贡，使其反省。希望其能幡然改过，束身归朝，等待处理。并指出，王承宗的罪过，不在成德三军，为不使战火殃及百姓，所以暂时断绝朝贡，而未加讨伐。如果仍不自新，朝廷将兴师问罪。

诏书写得义正词严，又很有策略。

（二）

消息传到平卢节度使李师道的耳朵里，李师道对部将刘悟及侍妾蒲大姊、袁七娘等人说了声"这个昏君"，便哈哈大笑起来。

李师道是诸镇节度使中比较有头脑的一个。

李师道的祖先是高句丽人，父亲李正己，本名怀玉，生于平卢，乾元元年（758年），平卢节度使王玄志卒，李怀玉杀其子而拥立他的表兄侯希逸为军帅。侯用为兵马使。后军人叛乱，驱逐侯希逸，拥立李怀玉为帅，朝廷因授平卢、淄青节度观察使，青州刺史，并赐名正己。以后朝廷一再加封，官至平章事、太子太保、司徒。四十九岁时病死，赠太尉。李正己死后，二十八年间，平卢节度使换了三个，都是他的儿子，先是李纳，李纳死后是李师古，李师古死后是李师道。

李师古死时，李师道知密州事。师古的仆人秘不发丧，派人到密州迎立李师道。朝廷的任命却久久不下达。李师道想加兵四境，逼朝廷承认，节度判官高沐极力劝阻。他的侍妾袁七娘给他出了一个点子，说朝廷正在推行两税法，我们也在境内推行两税法，遵守盐法，向朝廷申报官员，派人到朝廷奏事，必然会得到朝廷的承认。李师道依其计，果然得到朝廷的承认。当时，杜黄裳当宰相，力主统一，想利用李师道立足未定之际，把平卢分为几个镇，削弱他的力量。但当时朝廷正在征讨蜀川，宪宗皇帝不想两面用兵，作了妥协，命建王李审遥领节度，授李师道为节度留后。以后，又加检校工部尚书，兼郓州大都督府长史，充平卢、淄青节度副使，知节度事。成了平卢、淄青的实际统帅。这样，从李正己到李师道，李家据有郓、曹等十二州凡六十年。

说李师道比较有头脑，主要表现在：对内，他懂得控制，部将持兵在外者，都把他们的妻子儿女留在郓州，作为人质。如果发现有谁想归顺朝廷的，就把他的全家都杀光。这样就把部下牢牢掌握在自己的手中。对外，他懂得联合对抗朝廷，不让朝廷各个击破。元和以来，朝廷先破蜀川，后伐成德，成德未就，又降魏博，接着又征讨淮西。这样下去，平卢能得到安宁吗？所以，在朝廷征讨成德时，他暗中派兵支援王承宗。魏博节度使田季安死后，由于儿子年幼，部下拥立田季安的同宗、内兵马使田兴为节度留后。田兴有归顺朝廷的意向，并下令斩杀了反对归顺朝廷的蒋士则等人。朝廷派时任知制诰的裴度到魏博宣慰。裴度带去了朝廷的信任和一百五十万缗，以及魏、博、贝、卫、澶、相六州百姓免租税一年的宣赐，与田兴大谈君臣上下之义及皇上对魏博的厚望，田兴又陪裴度遍行六州州县，宣示朝廷诏令。李师道怕魏博归顺，祸及平卢，联合成德王承宗，淮西吴少阳派使者到魏州，力劝田兴不要归顺。虽然没有成功，却显示了他与朝廷对抗的决心。

朝廷讨伐淮西，他明目张胆地加以反对，不断上书，为吴元济求情，请求赦免。直接出兵彭城一带，袭击官军，支援吴元济。李师道认为朝廷用兵最重要的莫过于粮草的供应，如能将朝廷在河阴仓院所存的江淮租赋烧毁，必会动摇军心。于是，四月十日夜晚，李师道派几十人突袭河阴转运院，杀伤守军十余人，放火将库中钱帛三十万缗、匹，谷三万余斛、仓库五十五间全部烧毁。

李师道本想这一着会动摇朝廷征讨淮西的决心。没想到朝廷派裴度到前线宣慰三军，紧接着，李光颜又在时曲大败淮西军。这时，李师道的另一个侍妾蒲大姊给他出了一个点子，说，天子之所以锐意讨伐淮、蔡，主要是因为武元衡、裴度之流的赞同，如果派人把他们杀了，其他宰臣一定不敢再主张讨伐，一定会劝说天子罢兵。李师道一听，说得在理，便派訾嘉珍、门察等人潜入西京，刺杀武元衡、裴度。

真正的凶手是他李师道，而朝廷却拿王承宗是问，这正是李师道哈哈大笑，并说李纯是昏君的原因。

蒲大姊、袁七娘跟着笑，笑得很开心。

刘悟也笑，但笑得很勉强。

刘悟的祖父曾任平卢节度使。刘悟从小有勇力，跟随叔父宣武节度使刘逸准在汴梁。他叔叔在洛中有几百万缗钱，刘悟全偷了，用光了，害怕被叔叔发现，便逃到郓州，投奔李师古。后因在打马球时，冲撞了李师古的马仆，触怒了李师古，李师古要杀他，他大声说："杀了我，你会后悔的。"李师古笑了起来，说他有胆识，免他一死，把他留在身边。后因战功，升兵马使。

刘悟为人机灵，不想在一棵树上吊死。李师道一再反对朝廷，他认为并非明智之举。他知道劝告是没有用的，反而会惹来杀身之祸。他只是等待时机，寻找自己的出路。

李师道看了刘悟一眼，说：

"你认为，我们下一步棋如何走更好？"

刘悟说：

"一切听从明公调遣。"

两个侍妾在一边笑了起来，说：

"刘将军只会冲锋陷阵，运筹帷幄还得靠老爷自己啊。"

刘悟说：

"正是正是，二位夫人说得是。末将告退。"

李师道把手一挥，刘悟低头退出。看着刘悟唯唯诺诺的样子，李师道的心里升起些许疑惑，他好像和从前不大一样。太老实了，老实得让人不大放心。

"你们说，刘悟这个人靠得住吗？"

当刘悟消逝在大门外时，李师道问两个侍妾。两个女人对看了一下，说：

"不要问靠得住靠不住，只要问抓得住抓不住。"

李师道笑了起来，搂起她们，一人亲一下，说：

"说得好，说得好。只要我能抓得住他，他就得听我的。"

蒲大姊说：

"老爷不是问下一步棋怎么走吗？我们姊妹有个主意。"

"快讲。"

"朝廷虽杀错了人，但削藩的决心却是十分明白的。死了一个武元衡，来了一个裴度，听说这个裴度也不是个省油的灯。"

"可惜没把他杀了。"

"要杀他不难，只要老爷再派一些人，潜入西京，迟早总会成功的。"

"就依你们的办法，再派訾嘉珍他们前去。"

"不，这一次要换人。"袁七娘说。

"那就让圆静大师派人去。"

"圆静大师另有大用。"

"那么让谁去呢？"

"如果老爷信得过，就让我们两人去如何？"

李师道看着两个爱妾，有些舍不得，说：

"先说说你们的大主意吧。"

蒲大姊说：

"先乱东京，乱而取之。"

袁七娘说：

"东京守军大都屯守伊阙，以防淮西，城内空虚，取之不难。失去东京，朝廷准罢淮西之兵，这叫什么？"

蒲大姊说：

"围魏救赵。"

"就是。改一个名，叫乱洛救蔡。"

两个女人一唱一和，说得李师道心花怒放。他跳了起来，拉着两个女人往卧室跑。两个女人嘻嘻哈哈地跟着跑。进了内室，李师道把两个女人的衣服脱个精光。他常说，这是他对她们最好的赏赐。

正在兴头上，忽报李文会求见。李师道皱了一下眉头，对两个侍妾说："你们等着。"就回到大堂。

李文会是节度判官，李师道的心腹。他带来了一封信，这信是一个叫张籍的名士写来的。不久前，李文会建议，说成大事者都要广纳人才，张籍是个名诗人，仕途不得意，可请他到郓州。李师道接受了这个建议，请张籍，许以高官。

信是张籍的答复，是一首诗：

节妇吟

君知妾有夫，赠妾双明珠；

感君缠绵意，系在红罗襦。

妾家高楼连苑起，良人执戟明光里。

知君用心如日月，事夫誓拟同生死。

还君明珠双泪垂，恨不相逢未嫁时。

李师道读罢，说：

"什么意思？把自己当女人了？"

"明公，这是回绝。"

"什么，回绝？这些文人，酸溜溜的，算了。"

他把信扔到地上，李文会捡了信，不便再说什么。

李师道回到卧室，一会儿，便传出李师道的笑声：

"有人把自己当女人，还写什么诗。你们才是真正的女人！"

李文会苦笑一下，退了出去。

卧室里的声音越来越响。

"老爷，你还是让我们到上都去吧，我们受不了了。"这是蒲大姊的声音。

"青天白日的，多难为情啊。"这是袁七娘的声音。

"要是老爷将来当了皇帝，一定是一个风流天子。"

"真是让人销魂啊。"

李师道笑呵呵地从床上爬起来，说：

"你们刚才说要亲自出马，到东京刺杀裴度？"

"老爷舍得？"

"江山与美人，老爷我都要。"

"不是老爷，是王爷。"蒲大姊说。

"不是王爷是皇上。"袁七娘说。

"那就谢主龙恩吧。"

李师道哈哈大笑。

（三）

裴度下朝，乘马慢慢地走在大街上。飞燕在一边小声说：

"老爷，快一点走，街上不安全。"

裴度说：

"没事，还是大唐的天下。身为大唐宰相都这么担惊受怕的，老百姓怎么过日子？"

飞燕无奈，只得把眼睛放亮一些，警惕地看着过往的行人车马。自从武元衡遇刺，朝廷加强了宰相的警卫，宰相上下朝，都有金吾卫骑兵护送。但飞燕还是不放心。别看这些金吾卫骑兵的样子很威风，都是一些纨绔子弟，平时欺侮老百姓很能干，真到了紧要关头，个个都贪生怕死，逃之夭夭。她从不把老爷的安全寄托在这些人的身上。

她看对面的槐树下，有两个女人一直跟着老爷的队伍，便对跟从的金吾卫骑兵说，去把那两个女人赶走。裴度笑了起来，说：

"没有必要草木皆兵。"

对于赶走女人这样的事，金吾卫骑兵还是愿意干的，两个金吾卫骑兵走到路边，对那两个女人说：

"快走，难道你们没有看到'回避'二字吗？"

那两个女人嘻嘻地笑着，说，我们不识字，不懂得京城的规矩。金吾卫骑兵也跟着笑起来，说，那就赶快走开，省得惹麻烦。

那两个女人还是笑，站着不动。怎么还不走？你们走我们不走，不就得了。那两个金吾卫骑兵又笑起来，这两个女人还真有点意思。边说也就边往回走。

飞燕始终十分警觉地看着她们的一举一动。女人对女人特别敏感，她看出，这两个女人不是好人。当然，只要她们离得远远的，老爷就没有危险。

裴度边走边想着刚才与皇上讨论的问题。

下了朝，皇上把他单独留下来，君臣二人在延英殿谈了好一会儿，主要是关于淮西战事。

裴度向皇上建言：

"淮西，腹心之疾，不得不除。且朝廷业已讨之，两河藩镇跋扈者，将视此为高下，不可中止。"

裴度说这话的意思是要进一步坚定皇帝讨伐淮西的决心。由于淮西战场进展缓慢，更由于李师道、王承宗等镇的反对，朝廷请求罢兵的呼声汹汹。

宪宗说：

"朕誓以太宗文皇帝为榜样，志在中兴，淮西必讨，藩镇必平。朕所虑者，非讨与不讨，是如何讨伐，更有成效。"

"陛下圣明。"

接下来，君臣二人一起分析战事进展不快的原因。裴度认为，淮西战事没有进展，主要是主帅不得力。

一个月前他从淮西回朝，就认为严绶不是统帅之才，不能责以戎事。他对严绶是了解的。严绶是蜀人，父亲严丹担任过殿中侍御史。大历中，进士及第，贞元初历由侍御史充宣歙团练副使、刑部员外郎。贞元十二年（796年）以后，严绶虽历任河东节度使、尚书右仆射、荆南节度使等要职，却从未指挥过大的战役。元和初年征刘辟，严绶因功受赏，其实当时参战是他的牙将李光颜兄弟。在荆南任职期间，溆州蛮叛乱，最后招抚讨平的也是他的部下李忠烈等人。严绶为人势利，不大气。此次负责全面指挥讨伐淮西战争，没有制定统一的攻讨方略，置协调全局于不顾，企图与其他方向的征淮西军队争先立功，结果，因小胜而大意，在磁丘被吴元济夜袭，官军大败，严绶率残部奔逃五十里，退守唐州。但是，严绶是宪宗亲自决定任用的，宪宗考虑再三，还是想再给严绶一些时间，以观后效。

裴度没有十分坚持，他也找不到合适的人选去替代严绶。

在包围淮西的诸道军队将领中，李光颜作战最为积极，所立战功居多，但从资历来看，李光颜原是严绶在河东节度使时的裨将，现在独当一面，担任忠武节度使已经是破格提拔，如再升任诸军统帅，怕其他将领不服。再者，李光颜虽作战勇敢，但作为统帅也许尚欠经验。

河阳节度使乌重胤也是一员战将，但资历太浅，五年前还是一个兵马使，因与吐突承璀共同拘捕卢从史，才得到提升，由他担任主帅显然从资历和经验上都不能服众。

鄂岳观察使柳公绰呢，书生气太重。不行。

裴度想到了宣武节度使韩弘。

皇上好像对他的印象不错。但在裴度看来，此人善于投机，不宜为帅。当然，韩弘有他的优势，他资历比较深，自从贞元十五年（799 年）为宣武节度留后，汴州刺史，至今已十六个年头了，而且宣武辖汴、宋、亳三州，户殷兵众，战略地位十分重要。皇上也许是从这个角度考虑的吧。

裴度想到武元衡，如果他不死，出为三军统帅，最为合适。但他立即自嘲地笑了笑。又是一个"如果"。"如果"是不存在的，总是"如果"是一种怯弱的表现，不敢正视现实，才会老想到"如果"，给自己设置一个后路。

裴度最后想到自己。

他很想亲自到淮西，但刚刚接任宰相之职，他想对全面工作有一个了解，他知道，只有把握全局的人，才能很好地指挥局部战争。任何一个局部都是全局的一部分，所谓牵一发而动全身，就是这个道理。

裴度就这么想着，不知不觉就到了自己的府第。

自从担任宰相，裴度就搬了新住处。新府第在永乐坊，在武元衡故居靖安坊的北面。与通化里相比，这里是长安的中心了。

裴度跳下马石时，飞燕说："那两个女人跟过来了，就躲在对面的槐树下。"裴度笑了笑，没有说什么。等先生进了府门，飞燕转身向对面的槐树走去。却不见那两个女人的踪影。飞燕拔出剑，在槐树干上砍了一下，狠狠地说："这就是你们的榜样。"

（四）

裴度刚刚在大厅坐定，王义就呈上一封信。

信是连州刺史刘禹锡寄来的。

裴度与刘禹锡的交往比较早。他与卢番、卢顼兄弟都是刘太真的门生，关系很好，而卢氏兄弟是刘禹锡母亲卢夫人家族的重要成员。刘禹锡因参与王叔文永贞变革而被贬，先为郎州司马。说来也是他运气不佳。半年前，他向皇上建议，重新起用因永贞变革而被贬的刘禹锡、柳宗元等人，刘禹锡从郎州回到长安，到玄都观看花，写了一首诗，诗云：

> 紫陌红尘拂面来，
> 无人不道看花回。
> 玄都观里桃千树，
> 尽是刘郎去后栽。

不能不说这是一首好诗，可有人说这是对朝廷不满的宣泄，因而诏而复出，为播州刺史，官虽进而地益远。播州地处边远，在唐为下州，州民不足五百户。诏书已下，时任御史中丞的裴度上奏，为刘禹锡说情。他说：

"刘禹锡有母，年八十余。今播州西南极远，猿穴所居，人迹罕至。禹锡诚合得罪，然其老母必去不得，则与此子为死别，实在是太伤心了。"

宪宗说：

"为人子尤当自谨，不应给双亲带来忧虑，刘禹锡是应加重责罚。"

裴度说：

"陛下方侍太后，按常理应对刘禹锡有所怜悯才对。不应因为刘禹锡的过错而有伤陛下的孝理之风。臣伏请陛下屈法，稍移近处。"

宪宗沉思了好久，说：

"朕刚才所言，是责备为人子的，并不想让他的母亲伤心。"

听说退朝之后，皇上对内侍说过这样的话："裴度爱我很深切。"第二天，刘禹锡改连州刺史。

裴度拆开刘禹锡的信，信中除对他遇刺受伤表示慰问外，还附了两首诗，这是悼念武元衡的诗，题为《代靖安佳人怨》：

> 宝马鸣珂踏晓尘，
> 鱼文匕首犯车茵。
> 适来行哭里门外，
> 昨夜华堂歌舞人。
>
> 秉烛朝天遂不回，
> 路人弹指望高台。
> 墙东便是伤心处，
> 夜夜秋萤飞去来。

裴度读罢，泪流满面。一来，这诗再次勾起他对武元衡的思念，二来，他为刘禹锡的真情所感动。

武元衡对刘禹锡并不好，甚至可以说很不好。

在贞元变革中，武元衡是反对派。武元衡任御史中丞时，刘禹锡任监察御史，是他的部下。后来，武元衡为德宗山陵仪仗使，刘禹锡求充仪仗判官，武元衡不同意，得罪了王叔文，几天后，被贬为右庶子。宪宗即位，刘禹锡、柳宗元等八人贬为远州司马。武元衡一再反对起用他们，刘禹锡诏而复出不能不说武元衡是主要的原因。

"刘二十八，真君子也。"

裴度感慨地说。刘二十八就是刘禹锡，刘禹锡在族内子弟中排行第二十八，故称。行第作为家内称呼，魏晋以来已有，隋唐之际渐成风气，常人初次见面，先问姓氏行第，问后即以行第相称。是的，不因为个人的恩怨喜恶论是非，能为国家痛失栋梁之才而感到悲哀，这样的人是不多的。刘禹锡是个有用之才，一旦有机会，我一定为他进言，让朝廷再度起用。裴度这样想着的时候，王义进来报道：

"考功郎中、知制诰韩愈韩大人求见。"

"请进，快请进。"

裴度高兴地说。他正想就讨伐淮西之事，详细地征求他的意见。

自德宗朝，宰相不得在家中见客。但宪宗皇帝特许裴度可以在家中会见各方面官员。

胖乎乎的韩愈走上台阶似乎有一点喘，他见裴度迎出门来，就要下跪，被裴度双手扶起。论资历、论官职、论年龄，裴度都在韩愈之上。

两人相扶着走进大厅，分主宾坐下。

韩愈说：

"明公出任宰相，人心大快啊。"

"也有不高兴的。"

"那自然是吴元济、李师道、王承宗之流。要是让他们高兴，国家就要分裂，百姓就要遭殃。"

"朝廷中也有人反对讨伐，主张罢兵，以大人之见，是什么原因？"

"以下官之见，是一个'怯'字在作怪，求稳怕乱，怕把藩镇惹急了，联合起来造反，出现建中之乱。"

裴度点了点头，韩愈说得有道理。

唐德宗为了削藩，讨伐成德，结果，战局逆转，讨伐军反戈，长安沦陷，德宗皇帝不得不仓皇离京，出走奉天，避难山南。几乎酿成大祸，断送大唐江山。后来由于李晟等人力战，才转危为安。虽然事过三十年，但人们对灾难记忆犹新，心有余悸，这是可以理解的。

"一个'怯'字，还有一个'忍'字，委曲求全。长此以往，国将不国。"

"明公所言极是。今非昔比，朝廷只要下决心，处事得力，完全可以取胜。"

两人就讨伐淮西谈得十分投机。最后，韩愈说：

"以下官之见，裴公亲自挂帅，胜利就更有把握。"

"如果皇上让我去，韩大人也去吗？"

"愿随裴公左右。"

两人哈哈大笑。

谈过正事，话题扯到一些生活琐事、趣闻趣事。裴度小声说：

"听说韩大人新近走了一位美人，可有此事？"

"明公消息灵通啊。"

"宰相者，总理天下之事也。"

韩愈大笑起来，脸上的肌肉随之抖颤，样子十分滑稽。

"明公还知道下官的什么事？"

"我还听说，大人上了华山顶下不来，大哭大叫，还写了遗书。果有此事？"

"当时的情形实在吓人，万里晴空"忽"地一下变得阴风阵阵，乌云罩顶。我以为是上天对我的惩罚，再也下不来了。"

"天是莫测，神秘的。"裴度说，"我总是做梦，做同样的梦。一个天神，自称廉贞将军，怒目相对，不知何故？"

两人越说越感到亲切。

（五）

一支商队刚刚走出登封县城，就被官兵拦住。

这些官兵是从洛阳西南重镇伊阙来的。近来淮西叛军经常逼近东都郊区进行抢劫、骚扰，东京留守吕元膺派出几千军队进驻伊阙，以防万一。

走在商队前头的是一个三十来岁的书生，看来是一个儒商。他笑嘻嘻地走到骑兵前，说：

"将军，我们是从西京来的，刚才在城里已经查过了。"

那为首的骑兵听到人家称他将军，愣了一下，接着便高兴地笑了起来，说：

"查过了也得查，这是例行公事。"

话是这么说，查起来也就不像个查的样子，几个人围着车子看了看，敲了敲，也就放行了。那商人在骑兵们的手上，每人放一把碎银子。同时主动打开其中一辆车子，里面装的全是钱。

那商人说：

"家父许了愿，要是赚了钱，就要重修嵩山佛光寺。"

有钱捐寺院、修寺院是一时的风气，上至皇帝，下到百姓莫不如此。那为首的骑兵伸出大拇指，说："好，好。"同时扔给他一块牌子，说，"拿着这块牌子，一路上可以通行无阻。"

那儒商一看，这是一块东京留守的令牌。

商队出城不远，便拐入上嵩山的小道。儒商扔了令牌，顺嘴还说了句，这些个笨蛋！另一个走在后面的人跳下马，把令牌拾了起来，说，还是藏着吧，说不准什么时候能用得上。

这两个人不是别人，正是在西京刺杀武元衡的凶手訾嘉珍和门察。

他们奉李师道之命，到嵩山佛光寺找圆静大师，共同策划在东京洛阳发动兵变，制造混乱，干扰朝廷对淮西的作战计划和决心。

几辆车子里除了钱就是武器。钱当然不是为了重新装修什么佛光寺，而是兵变的经费，一共一千万钱。跟车的马夫全是平卢军的士兵化装的。

訾嘉珍的商队在山上绕了半天，来到佛光寺的后门。山门上有一副联：

松树夜灯禅影静

莎庭春雨道心空

圆静大师坐在禅房里喝茶，一个小和尚走进来，在他的耳边小声说："他们来了。"

圆静大师摸了摸胡子，继续喝他的茶。

圆静大师已经八十五岁了，胡子雪白雪白的，十分好看。而他的脸上，从眉毛到嘴角，从眼睛到耳朵，无处不写着一个"慈"字和一个"善"字。谁能说他不是一个禅性十足、超凡脱俗的长老？

訾嘉珍和门察无声地走来，垂立在大师的身边。

圆静做了一个手势，訾嘉珍连忙把李师道的书信呈上。大师慢慢地看完信，把信递给身边的小和尚。小和尚拿了信，走到对面的佛灯前，点燃，放进香炉中。这一切都是在无声中进行的。

好一会儿，才听得大师说：

"李师道可好？"

"帅爷很好。"

"还那么好色？"

訾嘉珍与门察对看了一下，不敢出声。

"魏夫人呢？"

大师问的是李师道的夫人魏氏。

"还是老样子，念佛。从不出门。"

"读的是《坐禅三昧经》？"

"是的。帅爷说……"

圆静大师抬了一下手：

"容老衲细做安排。"

两人无声退出。

訾嘉珍和门察一直走出山门，走进松树林，才吐了一口气，他们对看了一下，异口同声地说：

"这个老颓驴！"

说完大笑一阵。他们对于圆静大师，有一种复杂的感情，叫既佩服又痛恨。

圆静大师当年是史思明的部将，史思明杀安庆绪，留子史朝义守邺城，还军范阳，在范阳称帝。他是大燕皇帝的御前侍卫，骠骑将军。史思明被他的儿子史朝义杀害之后，圆静悄然离去，不知所终。

当他重新出现时，已是一个少林高僧了。

谁也弄不清他是如何结识李师道的。有的说是因为李师道的夫人，她是一个佛门俗家弟子。有的说是圆静主动投靠李师道的，为的是他们对大唐江山共同的仇恨。还有的说，他们实际上是在青州的妓院里认识的，共同的爱好使他们成了忘年之交。而更合理的说法是，圆静大师曾经是李师道的父亲李怀玉的救命恩人。当初，平卢节度使王玄志在死前发现李怀玉怀有异志，派人暗杀李怀玉，是圆静大师救了他。他便在王玄志死后，杀死了王的儿子，拥立他的表兄侯希逸为青州统帅。

所有的这些，都是传说。

訾嘉珍说：

"帅爷派我们来可不是到这里吃斋念佛的。"

"放心好了，老颓驴绝不会让我们闲着。"

"西京的事全坏在他的手里，我说多去几个人，他偏不干。"

"我们能说什么？连帅爷都让他几分。"

正说着，訾嘉珍忽见一团黑影从松林深处蹿来，大叫不好，拉着门察就跑。门察跟出松林，转头一看，什么也没有，说：

"你见鬼了。"

"是条狗。"

门察笑了起来，说：

"你是一朝被蛇咬，三年怕草绳。"

訾嘉珍回头看了一下，什么也没有，自己也笑了起来。

原来，当初刺杀裴度时，正是他被裴度的狗咬住了衣服，要不是他机灵，割断衣服，说不定在独柳树被朝廷杀头就不是张晏而是他訾嘉珍了。

訾嘉珍下意识地拉了拉自己的衣服。当初那件衣服在过黄河时扔到河里去了，这衣服是青州"白日梦"妓院，一个相好的妓女送的。"白日梦"是青州军妓馆的名称，名是蒲大姊起的。李师道治军有方，这也是一个方面，他懂得收买人心。那些军妓有来自江南，也有来自塞北，还有不少胡姬，当然也有本地的。燕赵佳人，吴越娇娃，异国情种，要有尽有。

"这鬼地方，连蚊子都是公的，如何能消受得了。"訾嘉珍说。越是有危险的任务，他越是想发泄，在死之前表示自己还活着。

"晚上下山。"

"如何等到晚上，现在就下去。听说登封城里也有不少胡姬，很够味的。"

訾、门二人离开松树林时，一个小和尚从树上跳了下来。他匆匆跑回佛光寺，走进圆静大师的禅房，说：

"师父，他们又下山了。"

圆静大师一动也不动，连眼皮都没有抬一下。

"干什么去？"

"去找，找女……"

"凡夫俗子。"

小和尚无声地退下。

（六）

东京留守、检校工部尚书、都畿防御使吕元膺接到宰相裴度的信，感到有些意外。

吕元膺，字景夫，郓州东平人，今年六十七岁。祖上做过右拾遗、殿中侍御史之类的小官，他是他们家族的光荣，至少是近百年来官职最高的一个人。东京留守地位相当于节度使，且比一般节度使更为重要。按惯例，留守赐旗甲，与方镇同。但是，吕元膺受任时不赐。朝议时，大臣们认为，正因为朝廷对淮西用兵，东都洛阳显得十分重要，才让吕元膺出任留守，不宜削其仪制，这样有损于东京留守的威望。宪宗皇帝还是不同意赐旗甲。留守不赐旗甲，从吕元膺开始。

裴度的信便是针对这件事，来做吕元膺的工作的。

裴度说，赐旗甲其实只是一种形式，并不能表示什么，皇上任命你担任这么重要的责任本身才是对明公真正的信任。为人臣子受命于危难之际，首先考虑的是国家的安危，而不是虚荣。留守不赐旗甲，这也是皇上改革弊端的一项措施。皇上主张人主应推诚，不重形式，人臣应尽忠，不设虚事，上不疑下，下不欺上，君臣一心，各司其职，使国家达到大治。我们应理解皇上的一片苦心。

读了裴度的信，吕元膺有些感动，他与裴度虽然同朝为官，但二人之间没有什么私交。他给他写信，完全是从国家的利益着想，难得他一片好心。可我吕元膺不是那种量小的人。

他随即写了一封回信，内容只有六个字："请明公放心。"

吕元膺是一个有气度、有胆识的人，有两件事一直为朝野称道。

他在担任蕲州刺史时，有一年岁末视察州监狱。有一个囚犯说："某家中有七十岁老父老母，日夜盼望着我回家，可是，明天就是正月初一，我却不能回去和老人家团圆。"说着便号啕大哭。吕元膺为之感动，说："我放你回家过年，过了年，你准时回来。"狱史说："贼不可纵。"元膺说："我以忠信待之。"命狱史下了那个囚犯的镣铐，放他回去。其他有类似情况的也都放了。过了年，被放出去的囚犯没有不按时回来的。这件事影响很大，听说境内的盗贼感其义，相引而去。

另一件事，就是反对吐突承璀出任讨伐成德王承宗的招讨处置使。

元和初年对西川、夏绥、镇海等藩镇用兵的胜利，使宪宗皇帝对全面解决藩镇割据增强了信心。他决心以更加强硬的态度来对待藩镇的挑战。元和四年（809 年）三月，成德军节度使王士真去世，其子王承宗自为留后，并上表请朝廷任命他为节度使。朝廷决定讨伐并任命神策军中尉吐突承璀为左右神策军，河中、河阳、浙西、宣翕余等道行营兵马使、招讨处置等使，也就是讨伐军的统帅。

时任给事中的吕元膺和京兆尹许孟容等人极力反对。吕元膺说："承璀虽贵宠，然内臣也。若为帅总兵，恐不为诸将所服。"在众多官员的压力下，宪宗不得已，只好下诏削去吐突承璀四道兵马使头衔，改镇州以东招抚处置等使为宣慰使。

但是，由于宪宗对吐突承璀的特殊感情，虽其名号降低，实际上全面指挥讨伐成德军的地位并没有改变。结果，无功而还。朝廷只好下诏赦免王承宗，复其官爵。实际上是承认讨伐的失败。

吕元膺想，当年讨伐成德，虽时机不够成熟，但如用人得当，并不是没有成功的希望。

现在讨伐淮西，是不是也有用人不当的问题呢？

吕元膺摇了摇头。

王承宗比当年更器张，李师道更是明目张胆地支持淮西。严绶按兵不动，局势不容乐观。

吕元膺对身边裨将说：

"传我命令，视察伊阙。"

吕元膺出巡的队伍虽然没有旗甲，却依然威风凛凛。一个将军的威望不在旌旗的多少，而在他本人的威信。

吕元膺在马上想起裴度的信，不禁微微一笑。有这样的人当宰相，让人放心。

（七）

走在吕无膺视察队伍最后面的是小将李再兴和杨进。

杨进的表兄就是那个几年前在蕲州监狱里被吕元膺放出去探望父母的囚犯。而李再兴跟随吕元膺已经十几年了。最初是当仆人，吕元膺在草市将他买回，他死了父亲，无钱安葬，把自己卖了。当时他还是一个八九岁的孩子。十年后，他对他说，你正年轻，也不能当一辈子仆人。于是就让他到军队里去，几年间从士卒升到小将。

出城时杨进轻轻地叫了一声李再兴。李再兴看了他一眼，并没有理会他的意思，杨进用嘴朝路边努了努。李再兴一看，路边有几个人很眼熟，却想不起在哪里见过。杨进轻轻地说了句：

"进奏院。"

李再兴这才想起来，他们化了装，所以一下子认不出来。

这些人在"西凉"酒楼见过。他们是李师道驻东京进奏院的人。李师道的平卢军在西京和东京都设有进奏院。那天他们到"西凉"酒楼喝酒，这几个人主动过来打招呼，说是交个朋友，"四海之内皆兄弟也"。他们出手十分大方，叫了好酒好菜，还叫了几个西凉舞姬来陪酒。一切费用他们全包了。那天的确玩得十分痛快，从下午一直玩到第二天凌晨。半夜里醒来，身边还躺了一个西凉女。可以说是他们几十年来玩得最痛快的一天。

可是，出了酒楼，风一吹，他们便问自己，这些平卢人，他们想干什么？

李再兴问杨进，杨进问李再兴，他们都回答不了。白吃白喝白玩？世界上哪有这种好事，他们一定有目的，可什么目的呢？一个东京留守府的小将，无权无势，对他们有什么用？

过几天，有人找上门来，对李再兴说：

"平卢李公李仆射，你们听说过吗？"

"大名鼎鼎，如雷贯耳。"

几年前，李师道又加了检校尚书右仆射的衔。

"李公十分器重你，想请你到平卢，当随军。"

"不可能吧。没有朝廷的任命，怎么能当得了。"

"朝廷任命还不是李公一句话？"

"你是谁？"

那人不说话，从袖子里掏出一锭金子，放在桌上。

"一天后听你的回音。"

那人前脚走，杨进后脚进。杨进遇到的事情和他一样。他们把金子放在桌上。金子在桌上闪光，他们这边看看，走过那边再看看，越看越觉得可爱，也越觉得蹊跷。不能说黄灿灿的金子没有吸引力，也不能不说平卢所许的官位是个美差，偌大的节度使府，只配随军四人。

但他们不能辜负吕元膺，他们不是忘恩负义之人。再说，李师道绝不会平白无故地给钱给官。

李再兴说：

"我们最好把此事报告留守大人。"

"先别急，"杨进说，"我们得弄清楚他们到底要干什么？"

一天后，他们答应接受平卢的官职，并介绍三个兵卒入伙，又拿了五十两银子的介绍费。

"他们出城做什么？"李再兴小声说。

杨进说：

"城外一定有他们的同伙。后面那些人，鬼鬼祟祟的，也是他们的同伙。来者不善啊。"

李再兴说了声"你去我留下"，便伏在马背哎哟哎哟地叫起来。杨进夹了一下马肚子，跑到前面，对吕元膺说：

"老爷，李再兴肚子痛，伏在马背上叫唤。"

吕元膺说：

"快扶他回去，伊阙不要去了。"

"谢老爷。"

杨进退回来，扶着李再兴回家。

李再兴的家里有一个士兵在等待，那是他们派进进奏院的，叫石六郎。六郎一见他们就说：

"禀二位将军，他们要烧宫殿。"

"什么时候？"

"明天。"

"还干什么？"

"听说还要抢劫北市和南市，杀人。"

"知道了，你快回去，不要暴露。和他们一起干。"

"遵命。"

六郎走后，杨进说，我出城告变，你快到留守府，请他们加强戒备，万一他们袭击留守府，后果不堪设想。

杨进说着，跳上马就走了。

李再兴不知不觉地按了一下腰间的佩刀，他感到责任重大。他匆匆走到门口，突然又把脚步放慢下来。李师道既然想收买他们，难道不会再收买其他人？那么，留守府内，还有谁被收买了呢？我让六郎不要暴露，而我一进留守府，让他们加强戒备，不就暴露了吗？我们在明处，人家在暗处。怎么办呢？

李再兴正犹豫着，门外闪进一个人，这人正是上次给金子的人。

"将军别来无恙！"

李再兴拱手道：

"托李仆射之福，还算平安。"

"吕爷出城了？"

"出城了。"

"做什么？"

"说是到伊阙看看。"

"防着吴元济。"

"可不是。"

那人冷笑一声，从袖子里又拿出两锭金子放在桌上。李再兴装出很贪婪地看着那闪光的金子，嘴上说：

"无功不受禄，无功不受禄啊。"

"只要你把吕元膺杀了，包你有用不完的金子。"

李再兴心里一惊，装出害怕的样子说：

"吕爷是朝廷重臣，身边侍卫……"

"你和杨进不正是他身边的人吗？"

"不，我不敢。"

"你收了李仆射的金子，不干也得干。张扬出去，你和杨进，一个也活不成，吕元膺不杀你们，裴度也饶不了你们。"

李再兴低着头，什么也不说。他不能回答得太干脆，太干脆了人家不相信。那人说：

"干，还是不干？"

"什么时候？"

"今晚。"

"他在伊阙。"

"正是大好机会。"

"能问一下你是谁吗？"

那人哈哈一笑："现在也不怕让你知道，訾嘉珍。"

李再兴摸了摸桌上的金子，说："再给一倍就干。"

訾嘉珍再从袖子里掏出两锭金子，放在桌上："明天早上，我在进奏院备好盒子等你。"

"盒子？"

"好装吕元膺的头颅啊。"

李再兴的心颤了一下，果然是一伙杀人不眨眼的家伙。

（八）

訾嘉珍一直把李再兴送到城外，才放心地回到进奏院。

訾嘉珍想，圆静大师果然厉害，他深知人的弱点。有钱能使鬼推磨，自古皆然。东京的兵全在伊阙，东京空虚，如杀了吕元膺，则东京唾手可得。

可他万没想到，此时，吕元膺已在杨进的陪同下，秘密返回洛阳。

这天夜里，李师道的东京进奏院大院内，灯火通明。厨房里热气腾腾，洋溢着牛肉和羊肉的香味。石六郎和另一个人抬着一坛酒，问门察：

"老爷，酒放在哪里？"

"放到院子里去。摆上十几桌，让兄弟们喝个够。"

"有那么多人？"石六郎明知故问。

"少废话。"

"是，老爷。"

过一会儿，喝酒的果然有百多人。訾嘉珍举起一只大碗，说：

"明天一早，血洗洛阳城。"

"就我们这些人？"

石六郎问。

门察说：

"我们在城外有几千人，明天就进城。东京，明天就是我们的了。"

石六郎看了一下身边的士兵。那士兵看了一下大门，大门早已关死，他们出不去。

门察看了訾嘉珍一下，訾嘉珍朝他点了点头，门察说：

"现在，各队长注意，听訾将军将令。"

石六郎扫了一眼院子里的贼人，没有一个站出来的，也看不出哪一个是队长，大家都端着碗喝酒。

訾嘉珍放下碗，跳到一只凳子上，说：

"一队，烧上阳宫，走东边，从提象门进，直入，烧丽春殿……"

石六郎正好分配在一队，但他不知道自己的队长是谁。他忍不住问道：

"怎么进去？难道没有人看门？"

门察说：

"就你话多。那里自然有我们的人，开了门等着的。"

"……放了火就走。二队北上，从长乐门入，烧集贤殿。……"

有人喊道：

"遵命。"

听声音，那人在最东边的那一桌，石六郎偷偷地扫了一下，一桌全是陌生的脸孔。

"三队，烧北市；四队，烧南市……"

各队都有人喊遵命，六郎都不认得。心想，果然安排得十分周密，要真让他们的阴谋得逞，东京必然大乱。

突然有人喊：

"外面有动静。"

几乎是同时，有人在外面喊：

"进奏院所有人等听着，你们已被官兵包围了……"

院外火把照亮了整个天空，人声沸腾，官兵不少。院内一片惊慌，六郎一下子蹿到门边，想打开大门。门察早已注意他的一举一动，冲过去，一剑将他刺倒。

"开门吧，投降吧。"

石六郎躺在血泊中，他听出这是李再兴的声音。

门察指着六郎喊道：

"谁敢抗命，他就是下场。"

官兵从外面把火把扔进来，院子里着了火，浓烟滚滚。訾嘉珍把手一挥，说：

"大家不要慌，跟我来，从后门突围。"

石六郎挣扎着爬起来，拉开门闩。官兵冲了进来。六郎来不及躲过，被自己人踩死在大门内。院子里一阵厮杀，来不及撤退的贼人全被杀死，但大部分贼人已退入二道门。

訾嘉珍、门察率部在后院上了马，冲出后门。

伊阙的官兵还没有到，包围进奏院的是留在城里的官兵，大多是一些老弱病残者，声势虽大，却没有什么战斗力，经不起贼人的冲击。很快，贼人便突破包围圈，向南逃窜。

訾嘉珍、门察率部冲出长厦门，渡过伊水，逃入西南山区。

（九）

吕元膺重新部署东京的防务，由防御判官王茂元负责城内安全，由李再兴、杨进率领两千从伊阙回师的军队，封锁西南山区，务擒叛兵。

吕元膺出了布告，重赏协助官兵缉捕叛乱者。

东都洛阳西南方向，与邓州、虢州交接，山高林深，山民不从事农业，专以打猎为生，人人矫捷勇猛，人称"山棚"。这些"山棚"是很好的兵源。圆静大师看准了这一点，向李师道建议，在这一带山区购买了十几处田地，让山棚们住下来，并要了一些钱，把他们养起来，一旦需要，把他们集中起来，发给武器，便是一支很好的军队。

就在两天前，圆静大师悄然来到山区的一座小庙里，他只等待訾嘉珍他们在城里起事，就升火为号，集中山棚，到东京接应。

没想到事情败露，他说了声"这群笨蛋"，又回嵩山去了。

一个山棚打了一只鹿，卖鹿肉时被叛兵抢走了，一怒之下，下了山，把官兵带到叛兵躲藏的地方。叛兵全部落网。

訾嘉珍和门察被捕时正在吃鹿肉，烤鹿肉很香，加上山棚自酿的酒，不亚于东京的西凉酒楼。只是少了陪酒的西凉舞姬。

他不知道鹿肉是抢来的，他给每个叛兵都发了不少钱，怕就怕他们到处抢劫，惹恼山棚。当官兵包围他们住的院落时，他拿起剑，砍死了那个抢鹿肉的士兵。

訾嘉珍、门察被带回东京，吕元膺亲自审问他们。他们供出了圆静大师。于是，吕元膺命李再兴、杨进二人带兵包围了佛光寺。

圆静大师在他的禅房里喝茶。李再兴、杨进二人带兵进来时，他平静地对站在一边的小和尚说：

"给二位将军进茶。"

小和尚要倒茶，李再兴制止了他。

圆静说：

"可惜。"

"有什么好可惜的？"

"那是上好的建州茶。"

"少说废话，跟我们走。"

"更可惜的是没有血洗东京。"

"你还是个出家人吗？"

"我本来就不是。走吧。"

他走出房门，在门槛上一顿，门槛断成两段。李再兴、杨进退了一步，按住自己的剑。

"胆小鬼。"

圆静大师跳了起来，头撞到院子正中的松树干上。血从他的头上流下来，把他的脸染红，把他雪白的胡子染红。他慢慢地坐在院子里，双手合掌，口念"南无阿弥陀佛"。

他死了，脸上还留着慈祥的微笑。

李再兴、杨进对看了一下。要不是亲眼所见，谁能相信他是一个杀人魔王？还会以为他是一个得道的高僧。

吕元膺押着訾、门二人进京面圣。

吕元膺向皇上禀奏东都事变的经过并请求讨伐李师道。他说：

"近日藩镇跋扈不臣，有可宽容处置者，但对李师道绝不能宽容，他是所有藩镇中最凶狠、最狡猾者。他策划破坏粮仓、暗杀宰臣、焚烧宫殿、血洗东京，忤逆朝廷，非杀不可。"

宪宗说：

"爱卿所言极是，李师道罪不可赦，讨伐之事，朕将从容处之。"

"臣还有一事禀奏。"

"爱卿但说不妨。"

"东京兵力不足，防务空虚。万一有人再像李师道那样，突然袭击，老臣怕无力应付，有负圣命。所以老臣请准招募洛南山区打猎的山棚来保卫宫城。"

宪宗说：

"山棚可信？"

"可信。"

"那就依卿所奏。"

"陛下圣明。"

（十）

吕无膂退朝之后，前往永乐坊拜访裴度。

裴度听说吕元膂来访，整衣出迎。他们以前没有深交，但从这次东京事变中，他了解了这个人，这个人值得敬重，更何况，他整整大他16岁。

裴度在院子里遇见吕元膂，拱手道：

"吕大人大驾光临，有失远迎，失敬，失敬。"

"下官特来向大人表示感谢。"

"谢什么？"

"谢大人的信。"

"不妥之处，请大人见谅。"

"以信见心，下官为之感动。"

吕元膂说着就要行礼，裴度连忙扶起。二人相扶着上了台阶，进了大厅，分主宾坐下。上茶之后，裴度说：

"这次东都事变，吕大人处变不惊，指挥若定，裴度实在佩服。"

"这完全是因为皇上洪福齐天，才使东京化险为夷。"

"吕大人功不可没。"

"惭愧，惭愧。下官此次进京，一是向皇上禀报东京之事，二是请伐李师道。"

吕元膂还没说完，裴度就说：

"不伐李师道，天理不容。"

吕元膂为之一振，说：

"果然英雄所见略同。"

裴度接下去说：

"只是现在不是时候。"

吕元膺吃了一惊，裴度微微一笑，向他分析现在不是讨伐李师道的时候的原因，之后又说：

"李师道不得人心。他不但与朝廷抗命，且对四邻用兵。再这样下去离众叛亲离的日子就不远了。朝廷现在还是集中精力，首先解决淮西之事。"

吕元膺想了想，说：

"大人说得有理。只是淮西战事，没有一个得力的主帅，怕难以取胜。"

"吕大人以为何人任主帅最合适？"

"大人亲自挂帅最好。"

"我？"

"非你莫属。"

裴度笑着摇了摇头，说：

"看来，眼下皇上不会让我去。"

果然不出裴度所料，几天后，也就是元和十年（815 年）九月初五，唐宪宗任命宣武节度使韩弘为进攻淮西各路军队的都统。

吕元膺和裴度走进大厅之后，飞燕对站在门外的王义说：

"老爷交给你了，我到外面看看。"

"又是那两个女人？"

"如今变成男人了。"

"不可能吧。"

"女扮男装。"

"你怎么看得出来？"

"女人可能骗男人，却骗不了女人。"

"那可真要小心啊。"

飞燕到后院，换了一身女装从后门出来，绕了一圈，走到那两个女人后面。那两个扮成男装的女人在门外槐树下站了一会儿，一阵交头接耳之后就走了。

飞燕悄悄地跟在她们的后面，转了几条街，来到一家名为"居家乐"的客店。等她们二人进店后，飞燕也跟了进去，店主正要问，她无声地指了指业已上楼的那两个人。店主以为她是妓女，朝她微笑地点了点头，让她上去。

那两人一进房间就把门关上。

飞燕跳到窗边，用舌头舔破一点窗纸，朝里看。果然是两个女人。她们正在那里换装，相视而笑。

一个说：

"裴度老贼果然防备甚严。"

"等着吧，总是有机会的。"另一个说。

"听说东京出了事。圆静大师也死了。"

"这个颓驴！"

两个女人交换了一下眼神，嘻嘻地笑了起来。

这两个女人显然是平卢派来的，与圆静和尚是一伙的。弄清她们的来路，飞燕转身下楼。店主有些同情地看了她一眼。她向他笑了笑，扔给他一串铜钱。

第三章
裴度督军

（一）

元和十二年（817年）夏天的一个早晨，裴度奉诏进宫。

清风习习，暗香浮动。裴度深深地吸了一口气，情不自禁地回头看了一下南边街面，心中掠过一阵悲哀。两年前，就是在这一阵阵茉莉花的幽香之中，武元衡倒在不远的那棵槐树下，他的头颅至今还不知道在哪里。

武元衡是因为力主讨伐淮西而惨遭不幸的。而讨伐淮西的战争已进入第四个年头，吴元济仍然在蔡州逍遥。用什么来告慰武元衡的亡灵呢？

裴度下意识地摸了一下头上的扬州毡帽。

杜飞燕警惕地扫视着街面，不放过任何可疑的人。两年前，由于她的失误，两个女刺客在她的眼皮底下逃之夭夭，她至今仍感到十分羞愧。那天她从"居家乐"客店出来后，到万年县衙报了案，等她带着捕快重返客店，那两个女人已经不见踪影了。

当时她为什么不进去逮住她们而要去报什么案？难道她一个人对付不了她们两个？

她看到老爷伸手摸毡帽，心里再一次感到内疚。她不忍心再催促老爷，因为老爷有老爷的习惯、道理。说来也是，一个当朝宰相，走在京城的大街上，匆匆忙忙，慌慌张张，成何体统？她只恨这长安的街道，怎么这么长，这长安的人，怎么这么多。

更让她恼火的是，各种各样的人都有，男人、女人，还有不男不女的，奇装异服，光怪陆离。车、马、驴，还有骆驼……任何人，在任何车上、马上、驴子上、骆驼上都可能突然抽出刀、拔出剑、射出箭，防不胜防。

她恨不能多长几双眼睛，前后左右都能看得见。是啊，我要是像观音菩萨那样，有千只眼，千只手就好了。

前面的四岔路口传来一阵喧哗，紧接着，一队人马喧嚣而过。裴度勒住马绳，让他们先过。他看出，这是另一位宰相李逢吉。李逢吉的队伍向东而去，看来是到曲江池游玩去了。今天是旬休日，他本来也想出城散散心，没想到还没出门，中使便传，皇帝召见。

在几天前的朝议上，李逢吉、王涯等人竞相发表意见，认为数年来朝廷师老财竭，还是对淮西罢兵为好。

李、王二人的意见不无道理。

三年多来，朝廷讨伐淮西的战争，由于用人不当，虽有小胜，总体上却呈现一种相持状态，且有两次重大的失败。一次是铁城之败，当时身为统帅的唐邓节度使高霞寓的军队几乎全军覆灭，朝廷上下一片罢兵之声，当时他主张再战，而另一位宰相韦贯之坚决主张罢兵。皇上支持他而罢免了韦贯之，罢战之声稍息。第二次是今年二月的申州之败，唐宗室子嗣曹王李皋之子，鄂、岳、沔、蕲、安、黄团练观察使李道古从南线进攻申州，轻敌冒进，中了敌军的埋伏，损失惨重。虽然在北线战场上出现转机，李光颜攻取淮西重镇郾城，但吴元济派亲信董重质率军进守洄曲，李光颜军南下受阻，北线战场再度陷入僵局。

长期的战争使朝廷财政困难重重。为了保障前方军队的各种物资及钱粮草料的供给，日征月敛，百姓疲惫不堪。在向前方运输物资的道路上，牛马死于路边者随处可见。农民因将牛马供给运输使用，只好以驴耕地，不满之声时有所闻。罢兵的呼声越来越高。

要罢兵，朝廷现在也有很好的台阶可下。因为皇帝刚刚接到吴元济的奏章，表示愿意只身归朝请罪。

李逢吉、王涯的意见得到大多数朝臣的附和。只有裴度默默无言。皇上知道他有不同的想法，转而问裴度：

"裴爱卿有何想法？"

李逢吉和翰林学士令狐楚对看了一下，嘴角上露出一丝冷笑，在这个时候你裴度再反对罢兵，怕是没人赞同了。有道是，孤掌难鸣。看你裴度有多大的本事。

裴度就站在李逢吉的对面。刚才他不说话，可他的脑子在转动，他的眼睛也没有闭着。

裴度出列，所有的眼睛都盯着他看。只见他不慌不忙地说出几个字：

"陛下，臣请亲自前往前线督战。"

所有人都傻了眼。

不讲战与罢，只讲，我亲自出马。所有持罢兵之说的人都没有办法接他的话题。宪宗微微一笑，果然不同凡响。

裴度也微微一笑。

那天，他说得好。当然不是临时闪出来的念头，这是他深思熟虑的结果。

"老爷，到了。"

飞燕的声音打断了他的思路，他已经来到大明宫丹凤门前。

（二）

宪宗皇帝在延英殿接见了他。

李纯坐在殿内。殿内一派昏暗，而院子里却一片光明。看着裴度从院子里走过来，李纯想，这个宰相个子小小的，其貌不扬。听说他常常对着镜子说，"尔身不长，尔貌不扬，胡为而相？"古人云，不可以貌取人。果然。裴度那么小的个子，却装着那么大的世界，朝议汹汹，不为所动，真股肱也。

见裴度走进院子，太监陈弘志迎上去，说：

"皇上已经等相爷多时了。"

裴度对他微微一笑，点了点头，对他的殷勤表示感谢。陈弘志乐颠颠地在前面引路。陈弘志对朝臣历来十分傲慢，因为许多朝臣为了取得皇帝的信任，暗中巴结宦官，在宦官面前低声下气，包括当朝宰相李逢吉。而裴度与众不同，对于宦官，从来都是不卑不亢，敢于得罪宦官，也敢于为宦官说话，标准只有一个，是对还是错。

有两件事给陈弘志留下很深的印象。

第一件是五年前的事。五坊小使林中到了圭县，县令裴寰没有接待好他，他回宫后，便诬陷裴寰出言不逊，对皇上无礼。皇上下令逮捕裴寰，想以大不敬论罪。宰相武元衡婉言为其辩护，皇上不听。裴度上殿见驾，力言裴寰无罪，说得皇上很恼火。可他还是坚持说，裴寰是个县令，他爱护百姓，不给百姓增加负担，怎么能加罪呢？一直到了第二天，皇上才消了气，下令释放裴寰。

第二件是前年的事。在淮西前线，李光颜为了解救河阳节度使乌重胤，来不及请示统军都统韩弘，派部将田颖、宋朝隐率军袭击淮西军小殷桥城垒，迫使淮西军撤回攻击乌重胤的军队，解救了乌重胤。但韩弘事后却认为李光颜违反军令，下令让李光颜将田、宋二将押至都统行营，准备按军法从事。李光颜无法违抗韩弘的命令，只好忍痛送田、宋二将上路，军中将士无不愤恨和惋惜。正好中使景忠信来到陈州，当他了解情况之后，立刻矫称宪宗有诏令，暂时将田、宋二人押于所在之处，听候处理。景忠信飞马回京，向皇上说明情况。矫诏是死罪，但裴度极力为他说话，事出有因，情有可原。皇上赦免景忠信矫诏之罪，诏令释免田、宋二人。

林中、景忠信和陈弘志的关系都很好，他们一个说裴度的坏话，一个说裴度的好话，说得裴度在陈弘志心中高高大大的。从本质上来说，陈弘志是小人。但天下小人有两种：一种自知是小人，心中仰慕或忌妒君子；一种自以为是君子，是圣人，唯我独尊。陈弘志属于前者。

"小心台阶。"

上台阶时，陈弘志小声讨好地说，裴度再一次朝他微微一笑，笑得陈弘志心里美滋滋的。

裴度伏地三呼万岁，李纯说了声"爱卿平身，赐坐"，陈弘志扶着椅子，让裴度安安稳稳地坐下来，才回到皇帝身后。

李纯开门见山地说：

"爱卿果真愿意为朕前往督战？"

裴度站起来，说：

"臣誓不与此贼俱生。"

"以爱卿之见，有必胜的把握？"

"臣观吴元济表，此贼处境已十分窘迫。只是因为我各路将帅人心不齐，没有集中力量进攻，吴元济才没有投降。如果臣亲自去行营督战，各位将帅担心臣争夺他们的功劳，必争先进攻消灭敌人。"

李纯频频点头。

接着，裴度向皇帝分析了必胜的各方面的原因。

"实际上，吴元济之败，已在必然，就像瓜熟蒂落一样自然。现在，瓜熟而蒂不落者，只是因为没有风，臣前往督战，就像一阵风，把已经熟了的瓜吹到地上。"

"好个瓜熟蒂落之说啊。"

李纯做了个手势，让裴度坐下。自从讨伐淮西以来，他没有听到过这样乐观的估计，总是困难困难，罢兵罢兵，简直烦透了。他不能后退，他想当一个像太宗文皇帝那样的圣明之君，他想再创贞观、开元的盛世，第一步就是要削藩，一个小小的淮西都治不了，河北三镇就更不用说了。他需要支持，可真心实意地支持他的人实在不多，特别是在困难和失败的时候。

裴度坐下来，慢慢地向皇帝分析整个战争的形势。

"陛下，从财政上看，不要让李逢吉所说的困难吓倒。是的，几年来的战争，的确消耗了不少财力，使朝廷的财政陷入困境，但是，如果不争取战争的最后胜利，财政将会出现更大的问题，不但原有割据的藩镇不纳赋税，其他方镇也会争相效仿，淮西自重，必然影响江淮赋税，后果不堪设想。"

李纯倒抽了一口冷气。他其实也看到了这个问题。到那个时候，就不是中兴的问题，而是能不能使大唐江山再支撑下去的问题了。

"臣以为，目前财政实际上已出现了转机。"

李纯的眼睛亮了一下。

"陛下圣明，多次出内府钱帛以供军，不但大大缓解了前线军供不足，而且鼓舞了前方士气，此其一；其二，漕运有了明显改善。去年设淮、颍水运使以来，江南杨子院米可沿淮水逆流而上，经寿州入颍水，再经颍州至项城，由贡城入殷水而至郾城前线，这样，既加快了供军的速度，又省去了绕汴水运输的七万六千贯的费用；其三，盐铁副使程异督财赋予江淮，于闰六月归来，得供军钱一百八十万缗，可缓前方之急；其四，皇甫镈判度支主财政以来，虽有不尽如人意之处，但储供办集，的确为朝廷积聚了大批急需的钱财，李修上任润州刺史、浙西观察使以来，也为朝廷提供了大量的钱粮；其五，在陛下的讽喻之下，各道已开始供纳助军，虽数量有限但可解一时之急；其六，自五月罢河北之兵，所节省之费，亦可用于淮西。"

李纯想，果然是朕的好宰相，总百官，治万事，事事清楚。

"相比之下，淮西经过数年战争，多年的积蓄已基本耗尽，将士有断炊之虞，百姓无隔夜之粮，投官军者日夜相继，淮西的经济支撑能力真正到了尽头。"

李纯兴奋地站了起来，裴度也跟着站起来，李纯说：

"爱卿言之有据，再说，再说。"

"在军事上，官兵对淮西的合围之势实际上已经形成。西线，官兵虽有两次失败，但新任唐邓节度使李愬正在积极备兵；南线李道古虽败于申州，吴元济也无力反攻，处于相持状态；东线寿州团练使李文通进军固始，对光州形成压力，使吴元济无法从东线抽出兵力支持北线。而在北线，官兵则一直处于优势。李光颜郾城一战，对吴元济震动很大。吴元济现在实际上是在作困兽之斗，吴元济上表请求束身归朝，正好说明吴元济在军事上已处于最后崩溃的边缘。因此，朝廷在军事上取得最后的胜利是完全有把握的。”

“好，好。就依爱卿所奏，朕即任命爱卿为门下侍郎、同平章事、兼彰义节度使，充淮西宣慰招讨处置使，总领淮西军事。”

“臣遵旨谢恩。只是有几个请求。”

“爱卿请讲。”

“韩弘已为都统，臣不宜再有招讨一职。”

李纯想了想，觉得有理，便说：

“那就只授宣慰处置使吧。”

“请以刑部侍郎马总为宣慰副使，太子右庶子韩愈为彰义军行军司马，礼部员外郎李宗闵为判官书记。”

“就依爱卿所请。”

“请以户部侍郎崔群为中书侍郎平章事，代臣辅政。”

崔群，字敦诗，清河武城人。十九岁登进士第，又制策登科，授秘书省校书郎，累迁右补阙。元和初，诏为翰林学士，历中书舍人。崔群历来以谠言正论闻名于世，佞臣邪人无不畏惧，数年来他的论奏，宪宗无不听纳。甚至下过这样的旨意：“自今后学士进状，并取崔群连署，然后进来。”

李纯想了想，说：

“依卿所请，崔群为相。让李逢吉到东川去当节度使，爱卿以为如何？”

裴度愣了一下，没想到皇上对他如此信任。居然要把李逢吉调走，分明是要让他放心督军。既然这样，那就让令狐楚也走吧。他说：

“翰林学士令狐楚数进罢兵……”

他还没有说完，李纯就说：

“那就降为中书舍人。”

"右神武将军张茂和有胆识、有谋略，臣请为都押牙官。"

"一切从爱卿所请。"

裴度伏在地上说：

"主忧臣辱，义在必死。臣若贼灭，则朝天有期；贼在，则归阙无日。"

说着，他便流出了眼泪。李纯站起来，将他从地上扶起，也流出了眼泪。

陈弘志把脸转向一边。他进宫十几年，从来没有见过这样感人的场景。他从此明白，人有各种各样的活法，他的活法只是其中一种。他不能改变自己，只好这样活下去。他第一次为自己的活法感到有些悲哀。

而裴度的活法才是真正的活法，这种活法，能载入史册，传之千秋。

第二天，宪宗下诏，正式把讨伐淮西的重任放在裴度的身上。诏曰：

> 辅弼之臣，军国是赖。兴化致理，秉钧以居；取威定功，则分阃而出。所以同君臣之体，一中外之任焉。属者问罪汝南，致诛淮右，盖欲刷其污俗，吊彼顽人。虽挈地求生者实繁有徒，而婴城执迷者未革其志，何兽困而犹斗，岂鸟穷之无归欤？由是遥听鼓声，近辍枢衡，授以成算，董兹戎旃。朝议大夫、守中书侍郎、同平章事、飞骑尉、赐紫金鱼袋裴度，为时降生，协朕梦卜，精辨宣力，坚明纳忠。当轴而才谋老成，运筹而智略有定。司其枢务，备知四方之事；付以兵要，必得万人之心。是用祷于上玄，拣比吉日，带宰相之印绶，所以尊其名；赐诸侯之斧钺，所以重其命。尔宜宣布清问，恢壮皇猷，感励连营，荡平多垒，招怀孤疾，字抚夷伤。况淮西一军，素效忠节，过海赴难，史册书勋。建中初，攻破襄阳，擒灭崇义。比者胁于凶逆，归命无由。每念前劳，当思安抚。所以内辍辅臣，俾为师率，实欲保全慰谕，各使得宜。汝往钦哉！无越我丕训。可门下侍郎、同中书门下平章事、蔡州刺史、充彰义军节度使、申光蔡观察等使，仍充淮西宣慰处置使。

皇帝诏书下达后，裴度立即把他向皇上推荐到淮西的所有官员请到府上，向他们通报情况，征求他们的意见。韩愈等人无不十分高兴，只有张茂和默然无言。裴度问他：

"张将军似有难言之处？"

"末将近来身体常感不适。"

"可请医家诊视。"

"只是，只是……请明公奏明圣上，末将有病在身，等病好之后……"

裴度勃然变色道：

"将军常常自言有胆有识，恨无报效朝廷的机会。原来是叶公好龙！老夫真是有眼无珠。"

"末将并非贪生怕死之徒，只是，只是……"

"我明白了，你是怕淮蔡不平，老夫无功！"

裴度愤而入朝，奏请杀张茂和，以励行者！宪宗说，"张家一门忠诚恭顺，朕为你将他贬到远远的地方去吧。"张茂和是已故上谷郡王张孝忠的儿子、义武军节度使张茂昭的弟弟。他的父兄对朝廷有功。第二天，宪宗下诏，贬张茂和为永州司马。同时任命嘉王傅高承简为都押牙。高承简是元和初平定西川的大将高崇文的儿子。

元和十二年（817年）八月初三，裴度出师淮西。唐宪宗御通化门，为他送行。同时，敕神策军三百人卫从，赐通天御带一条。

这是近年来，朝臣所受的最大恩宠和信任。

（三）

李纯从通化门回宫，一脸春风。

他先到郭贵妃宫中，很久没有来了，不来不好。郭贵妃听说皇上驾到，喜出望外，出宫迎接。正好太子李恒也在母妃宫中，一起跪在宫门外。

看到太子，李纯感到有些意外。他不大喜欢这个儿子，一直想废掉他，立澧王李恽为太子。

李恒今年二十一岁，显得有些文弱，有些迟钝。

"都起来吧。"

李纯说着，径自走进宫殿。

郭贵妃说：

"恭喜陛下。"

李纯愣了一下：

"朕何喜之有？"

"裴度督军，淮西不日可平，即为大喜啊。"

李纯的脸上这才露出笑容。李恒站在一边，看父皇有了笑容，才说：

"儿臣给父皇请安。"

李纯的笑容马上消逝，板起脸孔说：

"近日读的什么书？"

"禀父皇，儿臣近日读《贞观政要》，颇有心得。"

"《教戒太子诸王第十一》开篇是怎么说的？"

郭贵妃为儿子捏了一把汗，她知道儿子智力差，记忆力不好，怕他在皇上的面前出丑。太子看了一眼母妃，让她放心。太子背道：

"贞观七年，上谓太子左庶子于志宁、杜正伦曰：'卿等辅导太子，常须为说百姓利害事。朕年十八，犹在人间，百姓艰难，无不谙练。……'"

李纯挥挥手，不让他再背下去。自己说：

"太宗文皇帝曾对吴王李恪说，'父之爱子，人之常情，非待教训而知也。子能忠孝则善矣！若不遵诲诱，忘弃礼法，必自致刑戮。父虽爱子，将如之何？昔汉武既崩，昭帝嗣位，燕王旦骄纵张狂不服，霍光遣一折简诛之，则身死国除。夫为人臣子不得不慎！'"

李恒唯唯诺诺地说：

"儿臣一定慎记在心……"

李恒还没说完，李纯便站起来，说：

"起驾。"

这两个字是对内侍陈弘志说的。陈弘志看了一下郭贵妃，皇上说走就走，完全不给郭贵妃和太子留一点面子。郭贵妃微微一笑，说：

"陛下日理万机，臣妾不能早晚服侍左右。陛下一定要注意自己的龙体。"

"知道了。"

李纯边走边说。

陈弘志看了郭贵妃一下，十分尴尬地跟着出了宫门。贵妃与太子在门外跪送皇上。等皇帝走过院子，出了大门，太子跳了起来，说：

"什么意思？父皇的话是什么意思？"

郭贵妃一时无言。

"平日里，母妃总是说父皇心情不好，今天的心情总算很好了吧？他对我什么都不满意。都不满意！难道我做得不好，还不够孝顺？要废废好了，我不稀罕。"

"放肆！"

郭贵妃拉下脸来，太子不敢再作声了。好一会儿，她把儿子拉到身边，说：

"傻孩子，这是关系到我们母子生死存亡的大事，怎能信口雌黄！"

"那我们怎么办呢？"

太子掉下了眼泪。

"从长计议吧。"

这时，宫女报，宦官王守澄求见。母子俩眼睛一亮，郭贵妃说：

"快快有请。"

宪宗回到寝宫，郑妃呈上一个盒子，说：

"这是柳泌呈送来的长生不老丸。"

李纯打开盒子，把那丸子拿在手上玩着。郑妃说：

"说是用温酒调服，空腹服。"

李纯把它放到盒子里。

这个柳泌，原名杨仁画，少习医术，没有多大的出息。以后出为道士，说是得到老子真传，能炼长生不老药。

李纯想当明君，也想长生不老。他曾问裴度：

"神仙之事是否可信？"

裴度说：

"神仙之说，出于道家，所宗《老子》五千文为本。老子指归，与经无异。后代好怪之流，假托老子神仙之说。故秦始皇遣方士载男女入海求仙，汉武帝嫁女与方士求不死药，二主受惑，卒无所得。文皇帝服胡僧长生药，遂致暴疾不救。古诗云：'服食求神仙，多为药所误。'诚哉是言也。君人者，但务求理。四海乐推，社稷延永，自然长年也。"

他当时听得十分在理，可过后又想试试，所以就让柳泌在兴唐观炼丹。

李纯又从盒子把药丸拿出来，看了又看。对郑妃说：

"这丸子是乳色的，样子倒是十分可爱的。"

"听说炼了七七四十九天。"

"那就吃一个试试。"

"陛下，臣妾以为……再说，也没有温酒。"

"那就不吃。"

"陛下正当盛年，英武过人，这丸子不吃更好。"

李纯再次把丸子放回盒子里。

（四）

郾城，忠武军节度使李光颜行营。

行营外，一面写着"李"字的军旗在高高的旗杆上随风飘扬。旗杆下的军士直挺挺地站着，手按佩刀，一动不动。正午的阳光直射在他的脸上，汗水顺着脸颊落到胸前。一只蚂蚁爬到他的手背上，他看了看，反手将它揉死。

一队巡逻的骑兵缓缓走过。

一匹快马从远处跑来，带来一团团尘埃。一个军士跳下马，快步走进行营。

辕门外，侍卫的刀挡住了他的去路。他举了举手中的令牌，侍卫放行。

这是一个从汴州来的军士，他的后面跟着讨淮西诸军行营都统、宣武节度使韩弘的使者。一个都统的使者摆了这么大的架子，李光颜实在看不过去。但是，他了解韩弘其人，也知道皇上对韩弘的宽容，更何况，上次由于救援乌重胤，韩弘以违反军令论处，差一点送了两位爱将的生命，这次不想再得罪他，忍气吞声，出辕门迎接。

那使者倒不十分傲慢，见了李光颜连忙下马，说了许多客气话。因为使者出发前，韩弘反复嘱咐，要尊重李光颜。

这正是韩弘高明之处。韩弘镇汴州二十年，既不反对朝廷，也不积极维护统一。他知道，其他藩镇越是反对朝廷，他在朝廷的地位就越重要。正是因为有了淮西的反叛，汴州的重要性才越发体现出来，朝廷才会越发倚重他。事实正如他所料，自讨伐淮西以来，他的官越封越大，授司徒、平章事，甚至让他担任讨伐军的都统。他才不会努力去讨伐，人都不离开汴州，只派他的儿子率三千兵卒隶属李光颜指挥，做个样子。他知道，打输了，最多把他的统帅换掉，打赢了，少不了他这个统帅的功劳。看看，这次裴度督军，也只是宣慰处置使，没有免去他的都统之职。

他只认准一条，要强大自己。二十年来，四州征赋皆为已有，未尝上供，有私钱百万贯、粟三百万斛、马七千匹，兵械称是。有了这些，吴元济怕他，李师道怕他，朝廷也让他三分。

当然，他也不想得罪其他节度使。上次以违抗命令为由，处置李光颜的部将，也只是想给他一点颜色看看，不让他太卖力。而这次，他派使者来，却有他另外的打算。

坐定之后，使者拱手道：

"本使令公德公私爱，忧公暴露，欲进一妓，以慰公征役之思，谨以候命。"

李光颜暗暗吃惊，这个韩弘，真是有手段啊，对老夫又打又拉，打也好，拉也好，无非是让老夫失去斗志。也好，既来之，则安之，老夫自有安排。他将了将花白的胡子说：

"都统大人好意，老夫怎敢不领，只是今日没有准备，匆匆纳之不恭。不如明日纳之，如何？"

第二天，李光颜大宴军士。三军咸集，场面十分壮观。

韩弘的使者看到如此隆重的场面，十分高兴，得意扬扬地带着美人走进行营。

这是韩弘特地从汴州城里挑选出来的美妇人，教以歌舞弦管六博之艺，饰之珠翠金玉衣服之具。单她身上的衣服首饰，就值几万。

使者行了礼，李光颜说，"请进吧。"使者示意，美人从门外缓缓而进，脸带微笑，步履春风。一阵微微的玉佩之声，还夹带着一阵似有似无的幽香。

一座皆惊。这不是人，分明是下凡的九天仙女！

李光颜坐在座位上，一脸严肃地对使者说：

"令公怜光颜离家室太久，舍美妓见赠，实在是让人感动。但是，光颜受国家恩深，誓不与逆贼同生日月之下。如今，光颜部下数万人，哪个不是背妻子、蹈白刃？我李光颜怎么能以女色为乐？"

说着说着，眼泪不知不觉地掉了下来。

堂下的将士们也都感动得掉下眼泪。

使者听了也很感动，但他从来没有经历过这种场面，一时不知如何是好。

李光颜命侍者拿出五十匹帛酬谢使者，希望他把妓女带回去。他对使者说：

"请为光颜多谢令公。光颜事君许国之心，至死无二。"

使者对李光颜肃然起敬。他还能有什么话说呢？

使者带着妓女走后，部将田颖、宋朝隐对李光颜说：

"明公如此坚定为朝廷效忠，我等定以死相报。"

所有人都跟着说：

"我等定以死相报。"

刚刚投降的郾城令董昌龄和郾城守将邓怀金更是感动得涕泪皆下，他们在淮西十几年，哪里见过这种情形？淮西没有真情和忠信，只有威逼和利诱。

几个月前，李光颜败吴元济之众三万人于郾城外，吴元济的大将张伯良逃到蔡州。郾城守将邓怀金想投降，与郾城令董昌龄商量。董昌龄是蔡州人，吴元济任命他为郾城令时，把他的母亲杨氏扣为人质。杨氏深明大义，对儿子说，"归顺朝廷而死，贤于反叛朝廷而生。你脱离叛贼，我因此而死，你是一个孝子；你协从叛贼，我因此而生，就等于杀了我。"董昌龄早有归顺朝廷之意，两人一拍即合。董昌龄说："城中将士的父母妻子都被当成人质留在蔡州，如果不战而降，家属一定会遭到吴元济的屠杀。不如请李将军来攻城，我们举烽火求救。等救兵将至，官军迎击之，必然败之。到时，我们再以城降。这样，或许能使我们在蔡州的亲属免于一死。"他们派人出城，取得李光颜的支持。依计行事，吴元济援军很快就被击退，董昌龄执印，帅吏列于门外，邓怀金与诸将素服倒戈，列于门内。李光颜受降入城。

董昌龄、邓怀金跪在地上，流着眼泪说：

"有明公在，则吴逆无不平之理。"

李光颜说：

"众将军过誉了。光颜一武夫，不足以平天下，唯宰相裴公，才是定国安邦之才。"

正说着，报子飞报：

"门下侍郎、同中书门下平章事、蔡州刺史、彰义军节度使、申光蔡观察使、淮西宣慰处置使裴度裴大人到。"

（五）

蔡州城像一只巨大的乌龟，死气沉沉地匍匐在淮西大地上。

城墙上，几队巡逻兵来回走动，每次碰面，都说：

"有情况吗？"

"没有。"

对话显得短促、机械，不带任何感情色彩。

有一个士兵在城头拐角处撒尿，一边撒一边看着城外路上扬起的灰尘。撒了尿，情不自禁地打了一个哆嗦。他拉起裤头，跑到角楼对队长说：

"又来人了。我们快下去，别让他们又占了便宜。"

队长是个高个子，正抱着胳膊打瞌睡，一听跳了起来，带着一队人匆匆下城，他们在城墙脚跳上骡子，走出城门。

这是淮西有名的骡子军。由于长期战争，淮西战马奇缺，吴元济的伯父吴少诚发明了以骡代马。骡子军都是一些强壮勇悍骑兵，他们的战甲上都画有雷公符，上面写着"雷公护我，速破官军"。

另一队骡子军跟在后面跑。他们跑得更快。他们上吊桥时，看到后面的骡子军不跟了，下了护城河，原来河里有一头死驴。

高个队长鄙视地看了他们一眼，说："连死驴也要，真是饿疯了。"他们跑过吊桥，迎面拦住了从北面来的马队。

"干什么的？"

高个子队长说。

这马队样子像是商队。淮西被官兵包围了三年，来往商队却从没断过。特别是郓州的盐，从来没有断过，从郓州到蔡州要经过宁陵、雍丘，宁陵、雍丘属宣武节度使韩弘的辖地，韩弘知而不禁。

来的正是运盐的马队。

"运盐的。"

声音很细，回答却很干脆。

队长愣了一下。一般的商人，大都是低声下气地说，"做一点小本生意，请多关照"，然后就塞给他们一些钱。当兵的就把他们骂一通，他们再塞一些钱，然后才放行。

"难道你们不知道盐是吴大帅专营的吗？"

从后面又走过一个骑兵，对前面的人悄悄地说了句："这就是骡子军吗？你看他的长腿，一伸直就着地了，还骑什么骡子啊。"说着，两个人便嘻嘻地笑了一阵。

高个子队长一见他们如此放肆，还敢取笑他，大声说：

"没收。"

"谁敢动手？带我们去见吴爷。"从后面上来的人说，话声软绵绵的。

高个队长呵呵一笑，又是一个娘娘腔。

"好大的口气啊！"

队长不买账，近来各种冒牌货很多，大都拿吴元济做挡箭牌。

那人扔下一块牌子。牌子掉在地上，队长犹豫了一下，跳下去，从地上捡起牌子，一看，是郓州节度使李师道李帅爷的令牌。连忙拱手作揖，说：

"小的有眼不识泰山，有眼不识泰山，请将爷见谅。"

来人哈哈大笑，掀开头巾，原来是两个女人。

"带我们去见吴帅。"

队长愣在那里，不知如何是好。他不相信这两个女人真是李师道派来的。

这两个女人不是别人，正是李师道的爱妾蒲大姊和袁七娘。她们在京城没有落网，纯属侥幸。她们改换女装，去了一趟进奏院，回来便听说官兵来搜过，店主不想惹麻烦，赶她们走。不赶她们也得走。换了几家客店，觉得不安全，便回郓州。现在听说裴度到淮西，她们也跟着来，想完成京城未就之事。

"怎么不走？"蒲大姊说。

"给他们几个钱，淮西人全饿昏了头。"袁七娘扔出一块银子。

一道银色的弧光闪过，队长伸手接住，在手中掂了掂，眉开眼笑地说：

"二位女将军有请。"

他们走到城门，被刚才的那队骡子军挡住。为首的是一个矮个子，他们在护城河里捞到的那头死驴早就烂了，不能吃。他们看到好处，自然不轻易放过，更何况，带队的是两个如花似玉的女人。

两队骡子军在城门口吵了起来，互不相让，最后，大家把刀子抽出来。蒲大姊、袁七娘乐得在那里看热闹。

忽然有人叫道：

"张将军来了。"

两队骡子军各自收了武器，不敢作声。

来人正是刚刚从郾城败回的张伯良。他不声不响地走到两个队长中间，挥起手，左右开弓，每人一鞭子。血从他们的脸上流下来，他们一动也不敢动。

蒲、袁二人在马上拱手道：

"张将军别来无恙。"

"原来是二位夫人驾到，请，请，快快有请。"

张伯良回头对两个队长吆喝一声，"还不快滚。"便带着蒲、袁二人及其马队进了城。

两个队长怒目相对了一下，高个子队长向后做了个手势，带着自己的人先走了。他得了钱，不想与这些倒霉蛋计较。

（六）

淮西王吴元济在府第接见了李师道的使者。

吴元济的府第称牙城，是蔡州的城中之城，墙高二丈，厚可行人，院内可容三千士兵。进了大院，还有一道小门，里面又是一番天地，五开间，三进高宅大院。蒲大姊、袁七娘对看了一下。她们是第一次来。这气魄比李师道大得多。

转过长廊是花厅，吴元济就坐在花厅的卧榻上。这是带屏风的卧榻，屏风上画的是几个骑马的胡姬，妖娆动人。

从屏风后面传出悦耳的音乐。这音乐，单纯清亮，却又悠远凄凉。

两个女人眼睛一亮，这是一个长得十分英俊的男人。

吴元济今年三十五岁，看起来比实际年龄要小一些。他笑嘻嘻地站起来，走到门前，慌得两个女人就要下跪，他一手拉一个，说：

"免了，免了。"

这时，乐声断了。原来在屏风后面奏乐的是个小女孩，她听到陌生女人的声音，好奇地跑到屏风边，探头偷看。

这女孩叫沈翘翘，今年十三岁，原在蔡州一家妓院做歌女，天生一副好嗓子，对于音律，更是一听就通。她奏的是方响。

方响是打击乐。通常由十六枚大小相同，厚薄不一的方铁板组成，用小铁锤击奏。沈翘翘现在演奏的方响，是用十六枚玉块组成的，光亮皎洁，可照十几步远，用犀牛角制成的小锤子击奏，声音清亮悦耳。架子是檀香木做成的，芳香袭人。这是吴元济的祖传之宝。听说，是李希烈于大梁称王时，西域商人进贡的。后陈仙奇杀李希烈得之，吴少诚杀陈仙奇又得之。传吴少阳，再传吴元济。

张伯良就站在两个女人的后面，吴元济也不和他招呼，径自拉着两个女人往回走。张伯良进也不是，退也不是。屋里传来另一个人的声音：

"张将军有请。"

说话的是吴元济的判官刘协庶。刘判官本来坐在吴元济的斜对面，在跟吴元济报告裴度到郾城视察各军的情况，吴元济站起来，他也跟着站起来，走到房门边。

吴元济坐下来，让两个女人坐在他的身边，一人一边。

"久闻二位美人的大名，总是想，是何等尤物，让李大郎如此倾倒。今日一见，果然百闻不如一见。"

两个女人嘻嘻地笑了起来，蒲大姊说：

"吴爷真会说话，一开口就讨人喜欢。难怪我们李爷说，让你们到蔡州见见世面，见了吴爷，才知道天底下有男人！朝廷打了三年，也奈何他不得。"

袁七娘不说话，只是看着吴元济笑。吴元济说：

"如何只是笑？"

"吴爷也是百闻不如一见啊。好香。"

蒲大姊也说，是啊，好香。她们一进来就闻到阵阵幽香。这是方响架子檀香木散发出来的。

吴元济这才想起音乐声中断了。他敲了敲榻板，说：

"偷懒。"

沈翘翘伸了一下舌头，跳回去。于是堂上又响起悦耳的音乐。

两个女人说：

"吴大帅这里，像天堂一样啊。"

说得吴元济心花怒放。

刘判官说：

"二位夫人远道而来，一定有重要军情相告。"

两个女人收起笑容，说：

"没有什么军情，我们是为裴度而来的。"

"难道他是一个美男子？"

吴元济说着笑了起来。蒲大姊说：

"他要是有吴爷的一半才貌，我们也不会这么累。"

"累？"

"整天跟踪一个丑八怪，你说累不累？"

"丑八怪，好，说得好。我早听说，裴度其貌不扬。"

"短小得很。"

"朝中无人啊。"

"二位夫人难道看上了这个小个子宰相？"

"我们是来要他的命。"

"果然是女中豪杰。"

一直到这时，刘伯良才找到插话的机会，说：

"帅爷，末将听说，裴度近日要视察方城沱口。"

吴元济看了一下刘判官，刘判官点了点头，表示情报可靠。刘伯良心里一阵不快，难道我说的就不算？吴元济看了他一眼。刘伯良心里一惊，难道我的不快在脸上表现出来了？他强笑道：

"这正是裴度的死期。我们可在五沟事先埋下伏兵。"

蒲大姊与袁七娘雀跃道：

"这一下可好了。"

（七）

正午时分，一队骡子军涌进一家叫"波斯之夜"的酒楼。

蔡州城的夜晚是安静的，吴元济有令，夜晚百姓不许出门，也不许点灯。蔡州城的白天也是安静的，吴元济还有令，百姓无事不得在街上游荡，不得交头接耳，不得互相串门。

店主见进来的是一伙军士，不敢怠慢，笑脸相迎。高个子队长把一锭银子放在桌上，说：

"上好的酒菜，上好的胡姬。"

店主看着桌上的银子，不敢相信那是真的。近日来，当官当兵的白吃白喝，几乎每天都有，谁敢说一个不字？

"军爷，不用这么多。"

店主不敢去拿那银子。队长说：

"拿着，我们兄弟每天都要来吃。"

店主心里一惊，这十几个人，每天都来，不把我这小店吃倒了？但回念一想，他们就是不给银子，每天都来吃，你又能怎么样？便收了银子赔笑道：

"好说，好说。"

"要上好的，酒和女人，都要上好的。"

店主收钱进去，十几个胡姬笑嘻嘻地出来，不一会儿，酒菜也上来了。

这十几个骡子军就在这里又吃又喝又玩，一直闹到天黑。队长搂着一个胡姬，大声喊：

"店主，点灯。"

店主赔笑道：

"军爷，上头不准点灯。"

"你是赶我们走？"

"不，不，哪里敢？"

"那就点灯来，老子要乐一乐。"

店主把门、窗都关严实了，又用布把门缝、窗缝遮好了，这才点了灯上来。

看来，这些骡子军也有一点心虚，不敢闹太久，一会儿就走了。

店主松了一口气。他一直提着一颗心，掀开窗缝偷偷看了好几回，好在巡逻队没有在这里停留。

店主息了灯，关了门，正在暗暗庆幸时，人有敲门。店主双腿发软，这个时候敲门不是好事。

店主战战兢兢地开了门。

门外站着一队骡子军。不是刚刚走的那一队，为首的是一个矮个子。

矮个子队长说：

"店主吗？"

"是的。"

"跟我们走一趟。"

"去哪里？"

"你装糊涂？"

"我没犯法。"

"点灯，难道不是犯法？"

"我没点灯。"

矮个子队长走到桌前，拿起灯，说：

"你自己摸一摸，还烫着。"

店主无话可说。

"军爷我从不冤枉好人。"

"军爷……"

队长不说话，只是把手伸得长长的。店主会意，虽不情愿，也只好把中午的那锭银子拿出来。

队长接过银子，在手上掂了掂，又放回店主的手里，说：

"从明天起，我们来这里吃饭。要上好的酒菜，上好的胡姬。听明白了？我们可没有白吃你的。这是白花花的银子，看清楚了。"

说着，矮个子队长带着他的骡子军，扬长而去。

（八）

裴度视察方城沱口。

沱口离五沟不远，五沟驻有吴元济贼军。行军司马韩愈和判官李宗闵主张多带一些侍卫，裴度却坚持要轻车简从。从京城出来，皇帝赐给他三百名神策军作为侍卫，他只挑了几十个人，其余的都留在郾城。

裴度今天的心情很好。他视察了几个地方，看到李光颜治军有方，军纪严明，士气高涨，这给他增添了几分胜利的信心。听说西线，唐邓节度使李愬也是治军有方。他相信，因为李愬是名将李晟之后，有乃父之风。等视察了北线，再到西线去看看。

对面的路上有一对夫妻在吵架。

一个高个子男人正在打他的妻子，又打又骂。女的说："我就是不走。"男的说："不走老子揍死你。"另有一对男女在那里劝架。风把他们的叫骂声送过来。裴度说：

"过去看看。"

韩愈和李宗闵都表示同意，他们有一个共同的特点，比较接近民众，关心百姓疾苦。飞燕说：

"老爷，这里离敌军不远，过去太危险。再说，蔡州百姓都是刁民，还是不去的好。"

裴度不以为然地说：

"所谓刁民都是世道逼出来的。太宗文皇帝时，河清海宴，就没有听说蔡州地面上有什么刁民。"

韩愈说：

"明公说得有理。就本质来说，老百姓都是善良的。只要引导得好，他们都是朝廷忠实的子民。"

飞燕没有办法，只好走到前面，先去看个究竟再说。她走近那两对男女，一下子就认出这两个女人就是企图在京城刺杀相爷的女贼。冷笑道：

"原来是你们。"

说着便拔出剑。

裴度说：

"休得鲁莽。"

"她们就是那两个女刺客。"

侍卫们一听有刺客，一下子冲过来，把那两对男女团团围住。

蒲大姊哭道：

"大人，我们是从蔡州逃出来的。想投奔官军。"

高个子男人又打了一下蒲大姊，说：

"老子叫你回去，你偏不，在里被人当作刺客。"

"就是死在这里也不回蔡州受罪。"

裴度和韩愈对看了一下，不辨真假。袁七娘拉了一下身边矮个子男人，两个人一起跪了下去，袁七娘说：

"老爷，要是你把我们当刺客，就把我们杀了。反正我们在蔡州也活不成。与其死于吴元济的残暴，还不如做朝廷的刀下鬼。"

裴度和韩愈又对看了一下。他们的骨子里浸透儒家思想，以民为本，爱民如子，这是他们为官的本分。他们开始怀疑她们是刺客。因为女刺客从西京跟到淮西，而且一跟好几年，这样的事情似乎不大可能。裴度理解飞燕的心情，但她也可能因为过度紧张而认错了人。

飞燕向前逼近一步，蒲大姊和袁七娘说：

"将军，杀吧，我们死在官兵的手上，死而无憾。"

飞燕气得手发抖，可没有老爷的命令她不敢动手。李宗闵一直在一边观察这两个女人和她们的丈夫。他们不像是一般的老百姓，当然，也不像刺客。他突然想起一个辨别真伪的方法，开口道：

"你们可知道来的是什么人？"

蒲大姊、袁七娘异口同声地说：

"知道。"

众人大吃一惊。侍卫们紧握手中兵器。她们接着说：

"是朝廷大官，是好人。"

众人松了一口气。飞燕喊道：

"你们撒谎！你们就是烧成灰我也认得。"

裴度说：

"既是百姓，就放他们走吧。到郾城，往北边去。你，"他转而对高个子男人说，"也跟着走吧，吴元济的末日就要到了。"

"官兵能打得过他们吗？都三年了。要是再打不进蔡州，我的老母亲就活不成了。她老人家八十多岁了，还在蔡州城里。"

"放心好了。"韩愈说，"这一次朝廷不会放过他的。"

侍卫们听说要放他们走，松了一口气，散开来。就在这一刹那间，两个女人一跃而起，从怀里拔出匕首，扑向裴度的坐骑。

飞燕大叫一声："老爷当心。"跳到裴度的马前，与两个女人厮杀起来。

裴度的马惊起，差一点把他掀到地上。

侍卫们冲过去，将他们团团围住。就在这时，一声炮响，杀声震天，从五沟方向杀出一群骡子军。韩愈与李宗闵从来没有见过这种场面，一时吓住了，不知如何是好。裴度大叫：

"快走。"

于是三个人掉头就跑。

韩愈的马跑得最慢，眼看着就要被一个骡子军追上了。韩愈想，这下完了，所有的一切，全完了，诗和文，修身齐家治国平天下，全成了泡影。人生就是一个泡影。前不久他写了一首《示儿》诗，说得有些得意扬扬，"始我来京师，止携一束书。辛勤三十年，以有此屋庐。"可笑，多可笑啊。还有那《论淮西事宜状》，更是可笑，什么"残弊困剧之余……其破败可立而待也"。可笑，真是可笑至极啊！

韩愈气喘吁吁，脸上的肉上下左右不停地向外冲撞，在他的感觉中，随时都可能坠落。他突然有一种了然之感，还跑什么呢？死了算了。

韩愈勒住缰绳，马高高地扬起前蹄，着地之后又弓起背，跳了一下，站住了。

韩愈掉转马头，冲着两个冲过来的骡子军微微一笑。

这一笑把那两个骡子军吓住了。他们站在那里，不敢冲过来。

就在这个时候，从沟里响起一片杀声，杀出一群官兵。

原来李光颜早就派部将田布带领两百名骑兵埋伏在沟里，暗中保护裴度。那两个骡子军掉头就跑。

韩愈发出一阵神经质的笑声。裴度和李宗闵掉过头来，走到韩愈的身边。裴度拍拍他的肩膀，说：

"比在华山上如何？"

韩愈再一次哈哈大笑起来。裴度也跟着笑，笑得很开心。李宗闵被他们笑得莫名其妙：死里逃生，有什么好笑的？

可裴度他们还在笑，越笑越开心，笑声越笑越清朗。李宗闵也忍不住，跟着他们笑起来。

飞燕从后面追过来，关切地说：

"老爷，没事吧。"

谁知三个老爷都看着她，没有答话。

原来，一阵厮杀，杜飞燕把头巾杀掉了，露出女人的本来面目，加之心急气喘，胸部起伏，脸色绯红，艳若三月桃花。

杜飞燕"哎呀"一声，掉转马头，向没人的地方跑去。

韩愈、李宗闵看着裴度笑了起来：

"好个宰相老爷，原来身边就藏着个美人！"

裴度正色道：

"二位可知道她是何人？"

"何人？"

"他就是王义的妻子。"

两人肃然起敬。王义的勇敢和忠义已传为美谈，京城里无人不知、无人不晓。许多文人写诗作文加以歌颂。但是，他们不知道王义还有一个如此勇敢忠义、武艺高强的妻子。

这时，飞燕转回来，已看不出是一个女流了。

韩愈、李宗闵拱手道：

"巾帼英雄，花木兰再世。佩服佩服。"

杜飞燕羞红了脸，说：

"请老爷为妾身保密。"

"这是自然。"韩愈指着她说，"雄兔脚扑朔，雌兔眼迷离，双兔傍地走，安能辨我是雄雌？"

杜飞燕听不懂，红着脸看着老爷，裴度说：

"韩大人说，不用担心，谁也认不出来。"

三个大男人又对看了一下，呵呵呵地笑起来。飞燕说：

"老爷，又让她们给跑了。"

裴度说：

"跑不了，法网恢恢，疏而不漏。"

"都是我不好。"

"是我们不好。"

裴度对韩愈和李宗闵说：

"是我们不好，你们说是吗？"

韩愈说：

"是我们不好。书读得太多了。"

他们相视而笑。

这时，田布率骑兵回来，说：

"禀相爷，末将杀贼两百余人，余贼已逃去。"

裴度说：

"将军如何得知贼军将至？"

"李将军早有安排。"

裴度转而对韩愈等人说：

"论军事，我们不如李光颜、李愬他们啊。"

（九）

裴度视察各军之后，发布命令，各路讨伐军，只许前进，不许后退。杀贼有功者赏，畏敌退缩者，军法从事。同时，给宪宗皇帝写了份奏章，建议撤销讨伐淮西各军的监军使。唐宪宗李纯准其所请。

原来讨伐军各军都设监军使，由宦官担任。这些宦官大都不懂军事，又不懂装懂，对军事事务横加干涉，进退不由主将。打胜仗，他们抢先报功，打败仗，他们就推卸责任，把罪责推给将帅。

皇帝诏令一下，众将欢呼。他们对于裴度督军的权威，更是口服心服。

但是宦官们却不怎么高兴。因为他们在宫里是皇帝的家奴，不管手中有多大的权力，在皇帝面前都得低声下气的。而在各镇就不一样了，他们是那里的土皇帝，他们是朝廷的代表，得到人们的尊重，可以随心所欲，为所欲为。可以有自己的府第，和节度使们一样，妻妾成群，尽管他们什么都干不了。

但是，皇帝让他们回京，他们能不服从吗？

都是这个裴度，这个矮个子宰相，多管闲事。

神策军中尉梁守谦的心情相对于其他监军使要平静一些，他见的世面多得多。他知道这只是暂时的，不久将会回潮，而且会更厉害。皇上不是取消监军制，而是撤回几个监军使。可以撤回也可以再派出去。

皇上对各地的将领不放心。

对于宦官们的心态，裴度当然也十分清楚。他也知道，监军制度在藩镇割据的情况下，并非一无是处。他一心想的是战争的胜利。他也不想与宦官们的关系搞得太僵，他在行营设宴为梁守谦饯行。

梁守谦有点受宠若惊。

不管是大太监还是小太监，都是一个极端自卑与极端自尊的混合体。而其本质的一面是自卑，因为他没有男人的根。不管他有多大的权力，都不是一个真正的男人。

当裴度举杯为梁守谦祝福时，梁守谦站了起来，说：

"应该我先为宰相大人祝福，宰相大人督军，乃大唐社稷之幸。祝宰相大人马到成功！"

"梁公公过奖了。裴度祝梁公公一路顺风。"

"我说的是心里话。"

"淮西之战，战在必胜。不是裴某有何功何德，而是有其他原因。"

"什么原因？"

"一是当今皇上圣明睿勇，洪福齐天；二是吴元济倒行逆施，天理难容；三是各军将士努力作战，誓不与逆贼共日月。"

梁守谦若有所思地点点头。他知道，吴元济败在必然。但是，三年多的战争没有打败吴元济，这是举世皆知的事实。各路讨伐军各有各的小算盘，除了少数几个人，并不十分尽力，也是事实。

梁守谦说：

"我有一句话，不知当讲不当讲。"

"公公但讲不妨。"

"据我所知，尽去监军，并非皇上本意，各位监军回京之后，也可能在皇上面前对宰相有所微言。淮西之役不宜太久，夜长梦多。"

裴度的心动了一下：

"古人言，谋事在人，成事在天。智慧如孔明，不是还落得个'出师未捷身先死，长使英雄泪沾襟'吗？还望公公在皇上面前多多美言。"

梁守谦再次站起来：

"请宰相大人放心。梁守谦虽然不是一个完人，但还是一个人。"

听了这话，裴度有些感动。太监之为太监，实在不是他本人所愿。他站起来，端着酒杯走过去：

"人无志，非人也。何为志？依我之见，志者，社稷之安，百姓之福也。有志便是真丈夫。梁公公好自为之。"

梁守谦双手端起酒杯，泪流满面。

（十）

裴度从行营出来，要回他的临时府第，皇帝诏令彰义节度使驻在郾城，但郾城是一个小县城，如今驻进许多军队，房子十分紧张。他就在行营附近挑了一座民房，听说，这房子原是郾城一个商人所有，专做茶叶生意，如今不知跑到哪里去了。听说是官兵进城之后才跑的，好像与吴元济有什么瓜葛。

三百个神策军从行营到府第，几乎是三步一哨，五步一岗，好不威风。可飞燕还不放心，总是紧跟在他的左右，怕有半点闪失。要是有人想靠近，她就过去把他们吆喝开，让裴度一点接触百姓的机会都没有。

裴度从马上下来，牵着马走。郾城的百姓站在路边的屋檐下，一边指着他，一边交头接耳。裴度向他们挥挥手，笑一笑，同时对飞燕说：

"也不必过于紧张，草木皆兵。坏人总是少数的。"

"老爷，这郾城原来是吴贼的辖区，到处都是间谍和刺客。原来有军令，凡是窝藏吴贼间谍的全家都要杀头，可老爷废除了这条军令。"

"废得不对？"

"杀全家太严，不杀太宽。还要人们宽待间谍。这样老爷就更不安全了。"

"间谍也不都是坏人，他们有的也是被迫的，父母妻儿被扣在蔡州，不得不为啊。"

"说是这么说，可总是让人放心不下。"

"你放心好了。"

"我不能放心。"

裴度笑起来，说：

"我想和百姓们说说话。"

"把他们请到府里。等我搜了他们的身子之后，老爷才能与他们说话。否则，十分危险。"

"那两个刺客是女的。"

"男的也不行，老爷忘了，她们常常女扮男装。"

有一个人拼命往里挤，被神策军抓住。那人叫道：

"我要见相爷。"

裴度说：

"让他过来。"

飞燕跳到那人面前，迅速地摸了他的全身，没有带武器，才放他过来。还是不放心，站在老爷身边，随时准备应付突发事变。

那人伏地，小声说：

"相爷，小人有要事禀报。"

裴度看了一下四周围观的百姓，高声道：

"回府。"

神策军立即驱散人群，清出一条路。飞燕对那人小声说，给我放老实点，要是想耍什么花招的话，当心你的脑袋。

回到府里，那人跪在地上，说：

"禀相爷，小的本是蔡州间谍，住在一个亲戚家里，本来不敢说的，怕连累亲戚。如今有了相爷军令，我可以放心了。"

"这么说你是来投诚的？"

"是的。"

"为什么？"

"小人听说，朝廷免了淮西四面各州县夏天的赋税，还要免秋天的赋税，我们就盼着朝廷早日平了淮西，淮西人也能免税，也能沐浴皇恩。"

"说得好。"

裴度兴奋地站了起来。秋季的税是他上书请免的，没想到皇帝的诏书刚刚颁布，就产生这么大的影响。

"淮西人也是大唐的子民，岂有不沐皇恩之理？"

"小人还有一事禀报。"

"说。"

那人看了一下四周，裴度挥了挥手，让其他人退下，只留下飞燕。

"小人得到密令，要把情报送往蔡州。"

"什么情报？"

"说相爷召开军事会议，确定进攻蔡州的主攻方向是北线。"

裴度吃了一惊。他的确刚刚开过军事会议，确实在会上确定了以李光颜军为主攻方向。这么说，内部有坏人？

"何人给你的命令？"

"不知道。我们互不相识。命令放在一个约定的地点，城外北山光化寺天王殿弥勒佛的香炉下，三天一次。相爷，这就是命令。"

飞燕转呈。裴度一看，上面写着：

"裴度督军，北面主攻。李愬争功，受斥。李文通、李道古军，不可畏也。"

裴度冷笑一声，这个情报，把那天议事的情况说得一清二楚。但是，事后，他把李光颜、李愬单独留下来的事，却没有提及。

裴度说：

"很好。你就按原来的方法，把这情报送到蔡州。"

"相爷，我是真心的。"

"我知道。是你到蔡州吗？"

"这样的情报，小人一定要亲自送。"

"那好，你再把蔡州的情报送回来给我。"

那人叩道：

"谢相爷信任。"

"那就走吧，从后门走。"

裴度把情报还给他。飞燕把他带到后门。那人对飞燕说："你们相爷是好人。"飞燕说："这还用你说？"

飞燕回到大厅，说：

"老爷，我突然明白了一个道理。"

"什么道理？"

"说不好，反正老爷是对的。"

裴度笑了起来，说：

"飞燕是个聪明人，可惜是个女流。要是个男人，既聪明又勇敢，将来一定有大出息。"

"我已经有大出息了。"

"是吗？"

"宰相府里七品官。"

裴度大笑，笑得飞燕满脸通红。她突然想起刚才送出去的情报，觉得不对头，说：

"老爷，情报送出去，吴元济知道老爷的部署，这仗怎么打？"

"依你之见呢？"

"把真情报扣下来，换一个假的，就说老爷的主攻方向是西边，或者是东边，或者是南边。"

"要是吴元济的间谍不止一个呢？"

"那怎么办？"

"我自有安排。"

飞燕一想，笑了，老爷会那么蠢吗？我算什么东西？瞎操心！

第四章

淮西风云

（一）

吴元济刚刚送走蒲大姊和袁七娘。真是两个尤物，依他的本性，就要把她们留在身边。可她们是李师道的小妾，留不得，而且她们也执意要走，她们是非达到目的不肯罢休的。

吴元济坐在榻前，细细地品味两个女人给他带来的快乐。不时地发出情不自禁的笑声。有朝一日当了皇帝，就把她们叫进宫来，到那时，才不管什么李师道张师道。当然，她们也不用整天为一个裴度神魂颠倒的。我说一个字，斩，裴度就人头落地了，还用她们那么费心神，又是跟踪，又是暗杀的？

很难想象她们作为刺客是什么样子，那么柔、那么媚的女人，如何去杀人？

这世界真是古怪。她们该不会是狐狸精吧？也许是女神仙。非仙非怪何以如此之妙？

吴元济又是一笑。再来，再来一次，真是终生难忘啊。

这时，从门口走进一个女人，吴元济大喜，真的回来了。定神一看，却是自己的夫人沈氏。沈氏也是一个美人，给他生了三个儿子，依然如带露的牡丹，娇美动人，楚楚生风。看到夫人，吴元济有些过意不去，这几天，他一直让她独守空房。

"夫人请，请坐。"

沈氏在他的身边坐下来，沈翘翘站在她的身后。沈氏说：

"孩子们不听话，不读书，真让人着急。"

"读什么书？我不读书，不是照样当官，当大官。将来还要坐天下当皇帝。"

"老爷，还是给皇上上书请罪吧。最多把孩子们送到京城当人质。

孩子们在那里说不定还能请到好先生，读书走正道。"

吴元济笑了起来，说：

"你跟你那穷酸父亲一样，走什么正道？有权有兵才是正道。你父亲读了一辈子书，考上了没有？没有。要不是我，你就得沦为娼妓。"

"老爷！"

吴元济把她揽进怀里，说：

"好了，我不说。明天再让刘判官去请一个先生，行了吧？"

夫人在他的怀里笑了起来。对于丈夫，她并不寄托什么希望，她只想让儿子们像她的父亲，读书。她相信，父亲做不到的事，她的儿子能做到。她总是做这样的梦，儿子们进士及第，金榜题名，"车马争来满禁地"，"百千万里尽传名"。当然，这都是父亲告诉她的。这是父亲的梦，如今父亲死了，她要让父亲的梦在儿子们的身上成为现实。

"好了，现在不谈那些烦人的事，陪我玩玩，好吗？"

老爷抱夫人时，沈翘翘站在一边偷笑。

"玩什么？又是赌博、下棋？妾不玩。让那些女人陪你玩吧，翘翘去叫她们来陪老爷玩。"

"那就听唱歌，听翘翘唱歌。"

"你可别打她的主意。她还小。"

"遵命，夫人。"吴元济说。

他喜欢沈翘翘，也想尝个鲜。这个沈翘翘是天生的美人胚，捏一下都会出水。夫人不许，他也就算了，来日方长，夫人迟早会答应的。

正说着，刘判官匆匆而来，见夫人在，站在门口，不敢进来。沈氏先看到刘判官，从丈夫的怀里挣脱，站起来，说：

"说曹操，曹操到。刘先生，明天请你再给我的孩子们请一个好先生。"

"遵命，夫人。"

沈氏知道他们有事要说，在丈夫的耳边小声说：

"玩不成了吧。晚上妾在房里等你，我们玩别的。"

　　吴元济笑了起来，偷偷地捏了她一下。沈氏朝刘判官说了句："先生请坐。"就带着沈翘翘，婀婀娜娜地走了。帅府上下，她对刘判官最尊重，因为刘判官是读书人。

　　夫人一走，刘判官即拿出一张纸呈上，说：

　　"明公，这是从郾城来的情报。"

　　吴元济看吧，哈哈大笑：

　　"果然不出我所料，他们要从北面进攻。李光颜有面子了。"

　　"其中会不会有诈？"

　　"有诈？其他方向谁是我的对手？李文通、李道古都是我的手下败将。李愬？还亏得是名将之后。我都为他感到羞愧，说的是什么话？你说说，你说说。"

　　"他刚到唐州，对三军宣告，'天子知我柔而忍耻，故令抚养尔辈。战者，非吾事也。'可这话不一定可靠。据最近的情报，他遣散了专为将领配备的伎女乐人，取消官员的宴饮，组织了一支号称'六院兵马'的三千人的敢死队……"

　　"依我之见，这些全是花架子，吓唬吓唬吴秀琳之流。"

　　吴秀琳原为吴元济部将，驻守文城栅，三月，率部三千人投降了李愬。

　　"明公，文城栅可是蔡州西面重镇。不可掉以轻心。"

　　"吴秀琳的家人全杀了吗？"

　　"全杀了，父母兄弟，妻子儿女，一个不留。"

　　"我要亲自上京，皇帝老子不回话，派裴度来。裴度一介书生，也没什么可怕的。兵来将挡，水来土掩。打了几年，我吴元济不是还好好的？多给董重质派些骡子军去。"

　　董重质是吴元济的亲信，自郾城失守后，率重兵驻洄曲，以抵御官军。

　　"西线呢？"

"李佑可恨！"

吴元济突然恶狠狠地说。李佑是吴元济心爱的一员大将，在一次战斗中了李愬的埋伏，听说也投降了李愬。吴元济此时的思维逻辑是，要是李佑还在就好了，就可派他去了。而说出来的话却是"李佑可恨"。

刘判官愣了一下，马上悟到主帅的想法。他现在想的不是谁可恨，而是如何才能保住蔡州，保住蔡州也就是保住了他的荣华富贵。他已经把自己的命运牢牢地拴在吴元济的战车上了。

"那就让张伯良张将军去。"

"也只好让他去了。"

正说着，报裴度使者到。二人对看了一下。刘判官说：

"还是不见的好。"

刘判官知道，裴度又是来劝降的。时至今日，投降就意味死亡。战还有一线生的希望。如果淮西能再坚持一年半载，朝廷财力不支，罢兵之声必然再起。如果李师道刺杀裴度成功，朝中无人主战，则淮西依然是淮西，说不定吴元济还能封王，他也能升官。

吴元济说：

"还是见一见，不见倒显得我怕裴度了。"

刘判官说：

"那就不能在这里见，到大堂去，给他一点威风看看。"

（二）

时间过得真快，转眼间，夏天过去，秋天来了。

清晨，裴度站在台阶上，看着院子里的落叶。郾城的槐树没有长安多，也没有长安高大，落叶也没有长安潇洒，显得有些小家子气，稀稀落落，忸忸怩怩。长安就是长安，连落叶都噼里啪啦响。裴度微微一笑。有一个军士拿着扫帚走进院子，要扫落叶。裴度说：

"随它去吧，不要扫。"

"是，老爷。"

军士默默地退了回去。

一阵风吹来，又有几片叶子掉下来。裴度摸了摸胡子，又是一个秋天来了。一个夏天忙忙碌碌，就这样过去了。留下什么呢，仿佛什么也没有留下。蔡州依然在吴元济的统治下呻吟。他曾派武昭到蔡州，想说服吴元济投降，可他却在武昭的面前摆威风。好在武昭不是一个怕死的人，从从容容地陈明利害，使得吴元济不敢轻视官兵。武昭是自己找上门来的，陈留人，此人可用，就先让他当个推官，将来有机会再向朝廷推荐。事得其人是裴度的一贯原则。

当然不能说这个夏天一无所得。裴度树立了在各军中的权威，调整了战略部署，使对淮西的讨伐战争从一盘散沙、各自为战到在总体战略指导下的有目的地出击，不是各将争功，盲目而战，而是服从于对蔡州的最后攻击。北线的进攻完全是为了吸引敌人的兵力，西线的突破才是他的真正目的。也许，这正是他在这个夏天的真正收获。

裴度微微一笑。不，在这个夏天，他的真正收获是一首诗，一首雨中诗。那一天正下着雨，他得到消息，说皇上下诏释免了李佑，把他放回前线，让他为朝廷效力。

李佑原来是吴元济的得力将领，投降后得到李愬的重用，而李愬的部将对李愬重用李佑意见越来越大，如何才能平息诸将的意见？李愬征求裴度的意见，裴度说，以退为进。李愬领悟。他对众将说，既然诸位怀疑李佑，就把李佑押解到京师，让皇上把他处死。而在解送李佑的同时，李愬给皇帝上书，说明李佑的作用。裴度也上书皇帝，说明李愬用人有方，应给李愬以最大的支持。皇上圣明，果然把李佑放了回来。

"真是一场及时雨啊。"

裴度自言自语地说。是的，正值盛夏，这雨下得很及时。他的诗也写得很好。你看：

> 登楼逃盛暑，
>
> 万象正埃尘。
>
> 对面雷嗔树，
>
> 当街雨趁人。
>
> 檐疏蛛网重，
>
> 地湿燕泥新。
>
> 吟罢清风起，
>
> 荷香满四邻。

取地在于得人，得一将比取一地更值得高兴。

飞燕拿着一件衣服从屋里走出来，说：

"老爷，加一件衣服吧。"

"不冷。"

"等知道冷的时候就来不及了。"

裴度笑了起来：

"女人都是一个腔调。"

"上官夫人也该到了。"

"想王义了吧。"

"老爷！"

裴度乐呵呵地笑。前天去信，让王义送些衣服来，飞燕说得让上官夫人来，也好照顾起居，还说人家韩愈韩大人的绛桃夫人早就来了。那就让她来吧，说实在的，这些日子，也怪想她的。

"韩大人怎么还没来？"

"来了，来了。"

两人举目，院子对面的门口走来的，正是胖乎乎的韩愈。飞燕说：

“韩大人早啊。”

“不敢不早啊，宰相大人等着哩。”

“没睡死？”

“绛桃守着。”

裴度笑了起来：“还是绛桃厉害啊。别拿我当挡箭牌。”

说话间，韩愈已经走上台阶，二人一起进屋，飞燕在门口喊了声“送茶”，便有一个军士送茶进来。这军士长得清清秀秀的，是经过挑选的吧。韩愈想。

“昨夜读宰相大人《夏日对雨》，颇觉清新，令绛桃弹唱，亦佳。”

品了茶，韩愈说。

“写诗你是行家，我实在是献丑了。不过绛桃唱的，我倒想听听。”

“现在就让她过来。”

“现在不行，等晚上吧。我请你来，是因为李愬派他的掌书记郑解到行营，说有要事禀报，请你来一起听听，也好有个商量。”

说着，裴度便让请郑解。飞燕出了庭院，一会儿，郑解从院子外走来。可以看出，这是一个精明的人。

郑解行过礼，说：

“李常侍让下官禀报相爷，他想偷袭蔡州。”

李常侍就是李愬。李愬是李晟十一子，以父荫，授太常侍协律郎，迁卫尉少卿、太子右庶子、少府监、左庶子、坊、晋二州刺史、太子詹事等，元和十一年（816 年），唐邓节度使高霞寓铁城之战失败后，他主动请缨出战，宪宗十分高兴，当即加封为检校左散骑常侍，兼邓州刺史、御史大夫，充随唐邓节度使，所以人们以常侍称之。

“偷袭蔡州？”

“是的，不是正面进攻，而是派精兵，出奇制胜。”

郑解说，李愬早就有偷袭蔡州的想法，本来五月就想进行，可是夏天下了几个月的雨，洪水泛滥，一直拖到现在。接着，郑解陈述了李愬偷袭蔡州的具体方案。并说，这个方案是与蔡州降将李佑一起商量探讨的结果。裴度纠正了他的提法，说不能说李佑是蔡州的降将，他是李常侍的部将，是自己人。李常侍让他担任六院散兵马使，令其带刀巡视，随时出入于军帐之中，如今又让他任六院兵马使，率领敢死队，足见李常侍胆识。

郑解笑道：

"如此说，可见相爷知人之深。"

韩愈说：

"李常侍不愧名将之后，知人善任，且有计谋。依我之见，吴房之战，攻而不克，很有策略。"

吴房是离蔡州七十多里的军事重镇，李愬攻下外城以后，故意留下子城，引兵撤退。

裴度说：

"本朝李卫公在与太宗文皇帝的兵法问对中说，'善用兵者，先为不测，则敌乖其所之也。'李常侍正是这样做，给敌人留下迷惑，目的是为了下一步的奇袭。我以为，兵非出奇不胜。李常侍这次一定能成功。韩大人，你说呢？"

"宰相大人所言极是。"韩愈说。

"那就这样定了。郑大人，请回去转告李常侍，就按他的想法打。为了配合西线的偷袭，我命令北线、西线、南线诸军加紧攻势，造成假象，分散吴元济的注意力。"

杜飞燕站在裴度身后，无聊地看着院子里落叶的翻滚。突然，她的眼睛一亮，她看到王义带着上官氏从门外走来。

郑解起身告辞，裴度、韩愈一直把他送到门口。郑解上马之后，韩愈也要告辞，裴度说：

"晚上过来，带着你的美人，还有她的歌。"

"上官夫人也不能没有歌啊。"

裴度笑了起来：

"你这小气鬼。好啊，我让她唱你的《秋怀》诗。"

裴度指了指地上的落叶，随口便吟出其中一首："卷卷落地叶，随风走前轩。鸣声若有意，颠倒相追奔。空堂黄昏暮，我坐默不言。童子自外至，吹灯当我前。问我我不应，馈我我不餐。退坐西壁下，读诗尽数编。作者非今士，相去时已千。其言有感触，使我复凄酸。顾谓汝童子，置书且安眠。丈夫属有念，事业无穷年。"

"那不好，那是以前的诗作，那太伤感了。"

"人生在世，往往失意者居多，伤感是在所难免的。"

韩愈愣了好久。裴度现在正处在事业的巅峰，身居相位，一人之下，万人之上。他可以断定，淮西之战，也将为他赢得无穷的声誉，使他垂名千古。而他的脑子却如此清醒！

把事业和人生如此紧密地联系在一起，又如此严格地分开，自古少有。韩愈自叹不如。

（三）

这是一个大雪天，今年的雪下得特别早，纷纷扬扬的大雪把淮西大地染白了，照亮了。

裴度与马总、韩愈等人坐在郾城行营后院的花厅里饮酒赏雪。

韩愈说：

"突然想起宰相大人在女几山的题诗。"

马总说：

"这可是一个好兆头啊。"

几个月前，在赴郾城的路上，途经女几山，裴度刻石题诗，诗云："待平贼垒报天子，莫指仙山示武夫。"韩愈当即和诗云："旗穿晓日云霞杂，山倚秋空剑戟明。敢请相公平贼后，暂携诸吏上峥嵘。"

李宗闵说：

"我也有预感，胜利就在眼前。"

裴度笑道：

"都是这大雪的缘故。晶莹的雪花，容易让人想到美好的事物。不过，我们倒可以事先庆贺一下。听说吴元济整天和侍妾们赌博下棋，不务正事，离灭亡的日子是不远了。来，喝酒。"

说话间，从事报，沱口将士在挖池濠时，得一石头，石头上刻有奇怪的雕虫文字。裴度说，呈上来看看。

石头并不大，像是切开的小葫芦，上有文，文曰：

"井底一竿竹，竹色深绿绿。鸡未肥，酒未熟，障车儿郎且须缩。"

裴度不解其意，让大家传阅。李宗闵说：

"'井底一竿竹，竹色深绿绿'，似讲淮西贼气之旺。当初，吴少诚由行间一卒，遂拥十万之兵，为一方帅。深绿绿，喻其荣也。然毕竟只是一方之帅，所谓井底一竿竹是也。"

"有点道理。"裴度说。

韩愈说：

"如此说来，接下去就不难解了。'鸡未肥'言无肉也，而'肥'字去'肉'为'己'，'酒未熟'者，言无'水'，'酒'字去'水'为'酉'。'障车儿郎'谓兵革之士也，'且须缩'者，宜退守其所。推是言之，吴元济之灭，当在己酉日。也就是昨日。"

韩愈的话音刚落，即报唐邓节度使掌书记郑解郑大人求见。大家你看我我看你，脸上焕发出兴奋的颜色。郑解刚进门，裴度就说：

"蔡州已克，吴贼已擒，是吗？"

郑解大吃一惊：

"宰相大人如何得知？"

"天机妙算啊。"

说着，裴度便把石铭之事说了。郑解说：

"果真是天意使然。李常侍昨日破蔡州，擒吴逆于蔡州牙城，如今已将吴贼押送京师，并命下官向宰相大人报捷。"

裴度微微一笑，对坐在身边的宣慰副使马总说：

"看来，我们到蔡州，得多带一些衣服。"

"衣服？"马总有些不解，军队并不缺衣服。

"是的，这样的大雪天，受冻的百姓一定不少。"

韩愈点了点头，是的，军事上的胜利之后，蔡州能不能安定，百姓是关键。裴度不愧是一个宰相。

李宗闵说：

"宰相大人不必担心，下官已遵照您的吩咐，筹集了十几车棉衣。"

裴度转而问郑解：

"李常侍现在何处？"

郑解说：

"禀相爷，李常侍如今驻军城外球场，等候相爷的到来。"

"蔡州百姓可安定？"

"安定。李常侍抓获吴元济之后，不再杀一人，凡是吴元济官吏和军帐下、马厩、厨房的士兵一概复其职，使其不疑。"

裴度说：

"李常侍做得对，军府不乱，百姓自安。你回去告诉李常侍，就说我裴度不日就到。"

裴度想了想，对在坐的诸位将官说：

"蔡州一下，淮西诸将必然不会再作无谓的抵抗，要做好接受他们投降的准备。首先是洄曲军，派一个使者去申明大义，让他们早日投降。还有，给各军发一个命令，凡是投降的淮西将士，都要宽待，等候朝廷发落，不得滥开杀戒。"

他停了一下，又说：

"淮西的百姓也是大唐的子民，各路将士，不得另眼看待。此事至关重要，事关淮西安定，不可掉以轻心。"

果然不出裴度所料，几天之内，申州、光州等吴元济守将纷纷投降。驻洄曲守军一万多人也向李光颜投降。

十月二十四日，裴度派马总先进蔡州安抚百姓与投降将士。

二十五日，裴度打出彰义军节度使的旗号，带着投降的一万名将士，向蔡州进发。

（四）

飞燕认出高个子和矮个子骡子军队长，他们居然成了老爷的卫兵。虽然亲眼见过上次间谍的转变，她还是不放心。她对裴度说：

"老爷，后面的那两个卫兵，就是在沱口和那两个女人一起，阴谋暗杀老爷的骡子军。"

"是吗？"

"千真万确。我去把他们抓起来。"

"一万多人，你能抓得了？"

"他们靠不住。听说蔡州人反复无常，不得不防啊。"

裴度笑了起来，大声说：

"我现在是彰义军节度使，元凶既然已经抓获，蔡州人就是我们自己人。对他们还有什么可怀疑的？"

风迎面吹来，把裴度的话吹到后面。

两个骡子军队长正心绪不宁。几天前，听说吴元济就擒，想逃，却不知逃往何方，再说家小都在蔡州，连累家人也不是个办法。又想，刺杀宰相，只有少数几个人知道，那两个女人走了，吴元济押到京城去了，知道的人就更少，企图蒙混过去。不料被分配来当卫兵，又被飞燕撞见。他们认出飞燕，也知道飞燕认出他们，正不知道如何是好，听到裴度的这一番话，感动得哭出声来。

他们边哭边说：

"我们一定效忠朝廷，绝无二心。"

后面的将士们都跟着喊：

"效忠朝廷，绝无二心！"

一万人的喊声惊天动地。雪花在喊声中抖颤着，跌落在人们的嘴角上，白花花地散着热气。

这喊声震得裴度心里热乎乎的。

他只是说了一句心里话。这句话的意思很平常。自古以来，不知多少先贤说过这样的话，不说别的，太宗文皇帝和他的大臣们就反复地说过。是的，许多事情实际上很简单、很明了，区别只在于做与不做。治国治军最根本的一条就是得民心军心，而要得民心得军心就得爱民爱军，就得设身处地地为老百姓、为将士们想一想，想想他们的生活，他们的衣食住行，他们的喜怒哀乐。就这么简单，可是，古往今来，很多人就是做不到。

裴度夹了一下腿，马跑得更欢。

整个队伍都跟着他欢快地跑起来。

北风呼啸，旌旗飞扬。旗卷飞雪，飞雪拥旗，呼啦啦地叫着。黑色的"裴"字在白茫茫的世界中跳荡，显得格外显眼、格外生动。

飞燕掉头跑到高、矮两个前骠子军队长面前，大声说：

"喊得好。尊姓大名？我们不打不相识。"

高个子说：

"小人姓孙，名小二，无字。你呢？"

"杜飞燕。"

"好听。"矮个子说，"小人姓董，名三立，字飞卿。"

飞燕笑了起来，说：

"像个有身份人家。"

"将军取笑了，家里种田，名字是花钱让人起的。"

"多少钱？"

"一只母鸡七个蛋。"

人们笑了起来。飞燕奔回裴度身边，说：

"他们的确有点可爱。有趣的名字，还叫我将军。"

"将军，好啊，你懂得他们的可爱，这就是当将军的第一步。将军不单是自己勇敢，更重要的是让别人替你去打仗。懂吗？"

"不懂。老爷的狗不是也叫'将军'吗？"

裴度笑起来：

"那是两回事。"

"我不想当将军，我只想当老爷的仆人，一辈子在老爷身边，侍候老爷，保卫老爷。"

"没出息。"

"女儿家要有什么出息？"

韩愈在一边听到了，笑嘻嘻地说：

"女儿家，这话可不是我说的。"

飞燕知道自己说漏了嘴，脸一下红了起来。雪花落在她的脸颊上，化了。

（五）

"波斯之夜"酒楼的店名在蔡州实际上有一点讽刺意味。因为蔡州人几十年来没有快乐的夜晚。夜晚不准点灯，不准燃烛，所有人都在黑暗中摸索，整个城市死气沉沉的。

点了灯就是死罪。在家里请人吃饭、喝酒也是死罪。这就是蔡州。

可蔡州人为什么还能忍受？因为他们怕，他们听说，其他地方更可怕，连生孩子都不让。都说蔡州的将士很狠、很凶，因为他们被告知，如果被朝廷的军队打败，他们的妻子女儿就要被瓜分，做奴婢，做小妾，挑剩下的，就送去当营妓。

现在，朝廷的军队来了，他们并没有抢他们的妻子和女儿，他们驻扎在城外。他们也没有禁止人们夜晚点灯，也没有禁止人们互相请客。还有，蔡州的老百姓惊奇地发现，在宰相裴度的卫队里，有许多蔡州人。

这一天晚上，"波斯酒楼"的店主提着灯在街上走。

有一队巡逻兵从他的身边走过，店主的心抖了一下，这是拿脑袋开玩笑。队长看了他一眼，仿佛还微微一笑。他把灯笼向上提了提，有一点示威的味道。队长勒了一下缰绳，马头在他的灯前向上抬了一下，发出一股热气，灰蒙蒙的一团，有些吓人。店主站住了，腿有些发软。

正在这时，迎面走来一个人，这人也提着灯笼。他认出是卖烧饼的刘老爹，他壮着胆子喊：

"刘老爹，上哪儿呀？"

奇怪，一出声腿就不抖了。

"看景。"

店主看着远去的巡逻队，高声说：

"什么时候到小店来喝酒，免费。"

"好说。"

他们走近，拉了拉手，一起看着巡逻队消逝在拐角处。雪花在他们的四周飘舞。他们转过脸，你看我，我看你，看了好一会儿，突然发出一阵狂笑。

笑过后，刘老爹说：

"世道变了？"

"是变了。"

刘老爹突然哭了起来：

"要是官兵早点来就好了。"

一个月前，刘老爹的独生女儿被吴元济抓进府里，硬逼着她当妾，她死活不从，被活活打死，还把她的尸体扔在街上，让狗咬，说，这就是不服从的下场。

店主拍了拍刘老爹的肩膀，算是一种安慰。刘老爹不哭了，他们一起回到"波斯酒楼"喝酒，一直喝到半夜。临别，刘老爹红着脸说：

"听说天使要进城，我们去看看。"

"是要去看看，把家小都带上。"

"你的酒真香啊。"

"不是酒好，是你的心情好。给你，把灯笼带上。"

"明天见。"

"明天见。"

有一队巡逻兵从店前走过，马蹄踏在雪地里，无声无息，只有前后的灯笼亮着，高出人头。刘老爹举起灯笼，冲着巡逻队说：

"明天见。"

巡逻的骑兵笑了起来，说：

"这老头醉了。"

"没醉。谁说我醉了？"

这时，传来一阵打更声。刘老爹笑了起来，说：

"不是明天见，是今天见。"

（六）

雪停了，太阳出来了，天反而更冷了。

蔡州城外，大路两旁，挤满看热闹的百姓。刘老爹与店主一家也在其中，他们来得早，反而被挤到后面。

大路上的雪扫到两边，老百姓全站在雪堆里，他们顿着脚，舍不得离去。刘老爹和他的老伴找到一块石头，站了上去。店主向他招招手，拉着妻子和女儿退出人群，向离城更远的方向走去，他对妻子说，那里人少，看得更真切。

果然，离城越远，人越少，而站在路边的卫兵反而越多。店主高兴地对妻子说，这下对了，有我们看的。他们在两个卫兵之间站下来。卫兵看了他们一眼，什么也没说。

忽然一阵骚动，有人喊：

"来了，来了。"

店主一家看到一队人马从城内方向，匆匆而来。看热闹的人群也沿着路的两边向这里涌来。

只见跑在前面的将军突然勒马站住，整了整衣冠，然后缓缰而行。这将军很有风度，一脸肃穆，黑色的胡须在风中轻轻飘动着。店主自言自语地说，"这是谁？"站在一边的卫士看了他一眼，说："这就是我们的李常侍。"店主肃然起敬。论官，他比吴元济还要大。就是他手下的将军把吴元济抓起来，送到长安去的。

一阵军乐响起。

李常侍跳下马，急步走向前。

店主转过头，后面更威严。在旌旗和众多将军的簇拥下，一个老将军骑马缓缓而来，风吹着他花白的胡子，他一手抓着马绳，一手轻轻地捋着胡子，显得平和而安详。

店主身后一下子站了许多人，他一手拉着妻子，一手拉着女儿，怕被挤散了。

李常侍走到老将军的马前，跪下。老将军跳下马，将他扶起。两人一起走了几步，李常侍请老将军上马。老将军上马后，李常侍才上马，样子十分恭敬。

军乐悠扬，阳光灿烂。

过不完的旌旗。阳光在人们的脸上忽闪忽闪，让人眼花缭乱。店主屏气看完这一幕，情不自禁地说：

"好气派啊。什么样的官要李常侍下跪？"

卫兵不屑一顾地说：

"当朝宰相。宰相，懂吗？"

店主说：

"怎么不懂，宰相就是皇上身边的大臣，谁不懂？听口音，你也是蔡州人，你也和我一样，第一次看到上都长安来的宰相，别来唬我。"

那卫兵和周围的人都笑了起来。

裴度对走在身边的李愬说：

"常侍何以如此大礼？"

李愬说：

"蔡州人长期受吴元济统治，不懂得朝廷的礼仪，不懂得上下等威之分。在下这样做，是要让他们知道，朝廷是神圣不可侵犯的。"

裴度说：

"常侍说得有理。礼不可轻犯，轻犯则天下不安。自安史之乱以来，诸镇拥兵自重而轻朝廷之威，这种局面应予改变。"

"宰相大人兵至，下官之兵当退驻文成栅，等候皇上圣旨。蔡州所有官吏，目前暂守其位，司其职，请宰相大人发落。"

"依我之见，蔡州官吏，助纣为虐者毕竟少数，只要不是刘协庶之流，都应留用。光禄少卿杨元卿，原来不是吴元济的节度判官吗？现在很得皇上的信任。"

李愬点头称是。

两人一路走，一路说，越说越投机。不知不觉便进了城门。

（七）

唐宪宗李纯从兴安门回宫，一脸春风。

今天，他做了一件十几年来最痛快的事：御兴安门受淮西之俘。吴元济也有今日！他宣布了他的罪行。问他有什么可说的？吴元济什么也不说，只是冷笑，这个逆贼，死有余辜。他下旨，将吴元济等逆贼带到宗庙社稷献祭，并到二市游街示众，然后斩于独柳树。判官刘协庶等七人一起处斩。吴元济妻沈氏没入掖庭，弟二人，子三人，流放江陵。

前不久，他下诏裴度，要他们将平定蔡州有功的将士和蔡州投降将士名单，分等级上奏朝廷。同时，免除淮西地区各州县百姓的赋税两年。靠近淮西四边的各个州县，都免除明年的夏税。朝廷军队战死者，都收尸埋葬，发给他们家属五年的衣服和粮食。那些在战场上受伤残废的人，要一直供应他们的衣服和粮食。

李纯对自己很满意，他觉得这些事情做得有点像太宗文皇帝。

他回到郑妃宫中，郑妃在门口跪迎，并向他表示祝贺。他笑呵呵地将她扶起来，有说有笑地进了宫。

寝宫的御案上放着一个盒子，这是柳道士刚刚送进来的最新炼就的长生不老丸。江湖道士柳泌一直没有停止过他的炼丹，兴唐观整日炉火熊熊。金丹一盒一盒地送进宫，为的是让皇帝长生不老，永坐江山。

柳泌炼丹的方法是，将韶州所出明净光泽的钟乳石放在金盒子里，然后放在大锅里，用微火蒸煮，时常加水。七天七夜之后，把乳石从金盒子里取出来，放进清水中蒸煮七天七夜，取出，在月光中捣碎，磨成粉，放在瓷钵中，用雨水调均，最后，在每月十五的晚上，在月光下，做成丸。

李纯一进宫，就看到那个盒子。郑妃说：

"这是刚刚送来的。臣妾把它收起来吧。"

说着，便去拿盒子。她不喜欢皇上吃这丸子，有人建议，让那些炼丹的人、推荐的人自己先吃一年，考其真伪，要真的好用，再让皇上吃。她觉得很有道理。可她不敢说，既然是仙药，就只能给皇上吃，别人怎么能享用？她只是采取她的办法，把那些仙药一盒一盒地收起来，让皇上慢慢地忘记它的存在。

"让朕看看。"李纯说。

郑妃只好拿过来。李纯打开盒子，里面一共九粒。九是极阳之数，帝王的象征，《乾卦·九五》上说："飞龙在天，利见大人。"乳白色的丸子显得很可爱。李纯用两个手指捏起一粒，放在一只眼睛前，透过仙丸居然可以看到郑妃，李纯高兴地说：

"爱妃你看看，你看看。"

郑妃接过来，也放在眼前，却什么也看不到。此时，郑妃在窗前，在明处，而李纯在案边，在暗处。她说：

"陛下，臣妾什么也看不见。"

李纯再拿过来，放在眼前，他甚至可以看清郑妃的眼睛，这不是郑妃，这是月上嫦娥，九天仙女，这是上天赐给我的仙药。李纯的脑子里闪过许多美妙的念头。他不再让郑妃看了。

这时，郑妃明白了，她在明处，而皇上在暗处，这是她什么也看不到的原因。但是她的聪明之处就在于，她明白了，却做出什么也不明白的样子：

"同是一颗金丹，陛下能看出神奇的东西，而臣妾什么也看不见，这正是圣人与凡人的区别。"

这话说得李纯龙心大悦，说：

"这药如何吃？"

郑妃知道现是挡不住了，说：

"空腹，用温酒送下。"

李纯把药吃下之后，感觉很好。郑妃有些担心地看着皇上。见他双颊发红，两眼发亮，不知是温酒的作用还是金丹的作用。忽听得皇上大叫：

"今天是个大吉的日子，你说呢？"

郑妃吓了一跳。皇上平时没有这么大声说话过。她说：

"是大吉的日子，平了淮西，斩了吴元济。臣妾正要向陛下贺喜哩。"

李纯说：

"有人说，淮西有许多珍奇宝贝。"

"这是光禄少卿杨元卿说的吧。"

"爱妃如何知晓？"

"他从淮西来，除了他，还有谁会知道呢？"

"你真聪明。朕说，朕派兵打淮西，目的在于为民除害，而不在于珍宝。"

"陛下说得好。"

"可有人说，裴度拿了许多珍宝，都是那些投降的将领送的。"

还有人向宪宗密奏，说裴度把吴元济府中最漂亮的歌女沈翘翘和他的方响据为己有。

郑妃吃惊地看着皇上。皇上对裴相不是很信任的吗？怎么会有这样的想法？她看皇上的脸颊越来越红，眼睛里发出一种奇异的光，和平时不大一样。肯定不是温酒的作用，是那粒金丹的作用。郑妃的心里发麻，要是出什么差错，她怎么担当得起？

她看了一下站在门外的陈弘志，想有一个见证人。

陈弘志和平时那样，一言不发地站在门外，像一段木头。她叫站在一边的宫女到水房拿一点热水，想让皇上洗洗脸。站在门外的陈弘志突然开口说话：

"娘娘，让奴才去吧。"

郑妃的心更慌了。陈弘志是皇上的贴身内侍，要是出了什么事，他可以证明，他一走，宫女们的话更不足以证明什么。她回头看皇上，只见他的脸更红，眼更亮，她轻轻地叫了一声，"陛下。"李纯看了她一眼，那一眼相当陌生，她的心颤了一下，再叫一声："陛下。"李纯对她狂笑起来。

陈弘志端水进来，把绢子放进金盆里，"娘娘请。"郑妃把绢子从盆里拧起来，为皇上拭脸。皇上的脸比绢子还要烫。李纯坐在龙榻上喘气，感到有点冷。陈弘志退出门外，顺手把帘子放下。

过了好一会儿，李纯说：

"裴度不是那种人，你说是吗？"

郑妃看皇帝脸上没有刚才那么红了，伸手再摸一摸他的脸，也没有刚才那么烫了。她说：

"陛下圣明，裴度决不是贪图珍宝的人。"

她又拧了一次绢子，李纯接过去自己擦了擦，说：

"好厉害的仙丹啊。"

郑妃说：

"陛下，还是不吃的好。好吓人啊。"

"不，很好。传梁守谦。"

郑妃还没有走到门口，就听到陈弘志在门外大声喊：

"皇上有旨，传神策军中尉梁守谦梁将军觐见。"

郑妃吃了一惊，这个陈弘志，让人捉摸不透。

梁守谦到后，李纯说：

"朕赐你尚方宝剑，你火速到蔡州，尽诛吴贼旧将。"

郑妃又是一惊。皇上今天怎么啦？思想跳来跳去，一会儿这样，一会儿那样。都是那药丸的作用吧。

梁守谦走后，李纯说：

"一个人的权力，不能太大。"

郑妃不知所措。陈弘志站在门口，嘴角掠过一丝不易察觉的笑容。

（八）

吴元济的妻子沈氏没入掖庭，郭贵妃赐名"怀夕"，一取"淮西"之音，二是让她永远去怀念那失去的太阳，有羞辱之意。

沈翘翘连同她的方响，也被没入掖庭，在乐坊当歌女。虽然她们同在后宫，却不得相见。近在咫尺，远在天涯。

沈怀夕整天以泪洗脸，哭哭啼啼，这在宫里是不允许的。郭贵妃闻报，召之。沈怀夕跪在地上说：

"罪臣吴元济妻沈……怀夕，叩见娘娘，娘娘千岁，千千岁。"

"沈怀夕，抬起头来。"

沈氏抬起头，犹脸带泪珠。这是一个美人，带泪的美人如带露的鲜花，让人油然坐起怜悯之情。郭贵妃说：

"你为何而哭？难道吴元济不应该死？"

"吴元济死有余辜。"

"那你哭什么？"

"哭孩子。"

"你有孩子？"

"三个男孩，一个十岁，一个八岁，一个六岁。"

"逆臣无顺子。"

"是的。可是，我本来是想让他们读书，将来好赴京考取功名。我不想让他们跟他们的父亲一样……"

贵妃打断她话头，说：

"吴元济……不是有许多姬妾吗？"

沈氏先是一愣，听出话意之后，便红了脸，说：

"禀娘娘，吴元济穷凶极恶，但他待我还是极温存、极疼爱的……"

"是吗？"

沈氏连忙跪下：

"奴婢不敢欺骗娘娘。"

"说吧，他怎么疼你？"

"不管多忙，不管有多少新欢，他每十天回奴婢房里一次，十几年来，一直如此。"

郭氏心里一酸，眼泪涌上眼眶。皇上已经一年多没有到她宫中临幸了。她强忍住，对沈氏说：

"你起来吧。"

沈氏还是跪在地上，说：

"娘娘，可怜我那三个孩子，能不能……"

"不行。你刚才说，你让他们读书？"

"是的，我让他们读书。我不想让他们和他们的父亲一样。他们很听话，书读得很好，真的，娘娘要是不信，可以让他们来，他们会背许多诗……"

这一次，她说了假话。没有说她的孩子不喜欢读书，换了好几个先生。

"好吧，我想想办法。"

"谢娘娘恩典。"

"你就留在我宫中吧。"

（九）

这一天，李纯到郭贵妃宫中，在院子里看到沈怀夕，被她带着忧郁的美吸引住了，对跪在门口迎接他的郭贵妃说：

"那是谁？"

"谁？"

"平身，起来吧。"

说着，李纯走进寝宫，坐在龙椅上。陈弘志站在门口。郭贵妃走在后面，小声问陈弘志，刚才皇上遇见了谁？陈弘志说，新来的。

郭贵妃冷笑一声，走进来，再次请安，李纯赐坐，她就在他的身边坐下来。

"陛下是问刚才走出去的那个宫女吗？"

"正是。"

"吴元济妻。"

李纯愣了一下。没想到吴元济有如此天仙般的妻子。美人他见得多了，就是没有见过这种凄美的女人。让人一看就心里发软，恨不得上去把她搂在怀里，哄她爱她抚她幸她。

郭贵妃看他发愣，又是一声冷笑。

李纯说：

"如今没入掖庭，就不是吴元济妻了。爱妃赐她何名？"

"怀夕。"

"好。暝色入高楼，有人楼上愁啊。"

郭贵妃说：

"陛下可记得《贞观政要》的纳谏第五？"

李纯当然记得！

贞观初年，太宗文皇帝与黄门侍郎王珪在宴席上交谈，当时有个美人在太宗身边侍候。她本来是庐江王李瑷的爱姬，李瑷作乱败亡，她被没入宫内。席间，文皇指着美人说："庐江王荒淫无道，阴谋杀害了她的丈夫而将她占有。暴虐之甚，何有不亡之理！"王珪站起来说："陛下以为，庐江取之，是对还是错？"文皇说："安有杀人而取妻！卿明知故问，是何道理？"王珪说："臣闻于《管子》曰：齐桓公到郭国，问其父老曰：'郭何故亡？'父老曰：'以其善善而恶恶也。'桓公曰：'如子之言，乃贤君也，何至于亡？'父老曰：'不然，郭君善善而不能用，恶恶而不能去，所以亡也。'现在，李瑷之姬尚在陛下左右，臣以为陛下是赞成李瑷之所为，但陛下又以为李瑷是错的，所谓知恶而不去也。"文皇听了十分高兴，立即下令把美人交还给她的亲族。

李纯一阵脸红，竟说不出话来。

这时，沈怀夕正好走上台阶，在门外看到皇帝，连忙避到门边。郭贵妃说：

"沈怀夕，进来见过皇上。"

沈氏战战兢兢地走进来，跪倒在地，颤声道：

"罪臣之妻叩见皇上，皇帝陛下，万岁万岁万万岁！"

李纯的目光一直没有离开过她的脸，一脸凄凉，一脸妩媚，再加上那凄艳的声音，使李纯心里发出阵阵抖颤。看惯了牡丹花的人，一下子看到带雨的野菊花，想忘也忘不了。

他突然想起许多，许许多多，文皇帝不是杀了齐王而将弟媳杨氏没入宫中，占为己有吗？上官婉儿不是中宗皇帝的昭容吗？……还有，难道他李纯没有做过？郑妃不就是因反叛被诛的镇海节度使李奇之妾吗？

你还不是皇后，你管得也太宽了吧！你永远也别想当皇后，只要我活着！

皇帝不出声，沈氏跪在地上发抖。

李纯突然站起来，说了声：

"起驾。"

皇帝拂袖而去。陈弘志向贵妃行了个礼，跟着皇帝走了。

沈氏哭倒在地上。她的儿子生还无望了。

郭贵妃走到门口，犹豫了一下，还是跪下去，说了声：

"臣妾恭送陛下。"

皇帝走出院子。郭贵妃站了起来，拭去脸上的泪，对沈氏说：

"你起来吧。"

沈氏不动，郭贵妃走近一看，她已经哭昏过去了。

（十）

宪宗皇帝下诏，加封平淮西有功将领：唐邓节度使、检校左散骑常侍李愬检校尚书左仆射、襄州刺史，充山南道节度、襄邓随唐复郢均房等州观察等使；加宣武节度使韩弘兼侍中；忠武节度使李光颜、河阳节度使乌重胤并检校司空……

作为讨平淮西的真正统帅裴度及其部下，只加封一个人，就是宣慰副使马总，那更多的是因为需要和裴度的请求，以马总为彰义军节度留后。

裴度把蔡州事务交给马总，起程回朝。

一路上，大家的情绪不高，而裴度却是有说有笑。他知道有人向皇上密奏了他的许多不是，说他拿了吴元济的珠宝，占了吴元济的歌女。他身正不怕影子斜。

是的，那个歌女十分特别，让人一见就忘不了。特别是她的曲子，她的歌，简直是仙乐。但这不属于他，他不能要。她连同她的方响都造册上报，现在怕是在宫里了。

他对皇帝一片忠心，天地可鉴，问心无愧。所以，他十分坦然。

韩愈在马上打瞌睡，最近太忙，一直没睡好。风很大、很冷，而韩愈居然在马上打出很响的呼噜声。裴度看了李宗闵一眼，又向韩愈那边努努嘴，李宗闵会意，走到韩愈身边，大声叫："着火了，着火了。"

韩愈惊醒，说：

"何处着火？"

大家笑了起来。裴度说：

"被子里着火。"

韩愈也笑了起来，说：

"宰相大人真是，我正做好梦，全搅了。"

"什么好梦？"

"升官啊。正在府里大宴宾客，黑压压地摆了几十桌。"

"没请我？"

"我正嘀咕着，裴相怎么没来，他可是有酒必到的啊！"

"好啊，你敢在梦里取笑我！"

"只能在梦里，醒了谁敢？当朝宰相，谁敢拿他开玩笑。"韩愈转而对李宗闵说，"你说是吧。"

李宗闵笑着点头。

寒风阵阵吹来，旌旗猎猎作响。裴度眯着眼睛看韩愈，说：

"不对，你没有做梦，你在作诗。"

韩愈笑了起来，说：

"什么事都瞒不过裴相你。我刚才在迷迷糊糊之中，是得了一首诗，还没来得及推敲，就被你们吵醒了。"

"吟出来，吟出来，藏到京城会发酸的。"裴度说。

韩愈说："这是写给相公的。"接着便吟起来：

> 暂辞堂印执兵权，
>
> 尽管诸军破贼年。
>
> 冠盖相望催入相，

待将功德格皇天。

"过誉了，过誉了。"裴度挥手道，"韩大人是睡糊涂了。"

话虽这么说，裴度还是希望再执相印，因为，王承宗、李师道等人还没有臣服，皇上的中兴大业还没有完成，他想辅助皇上完成这个大业。

李宗闵说：

"我也来打个盹，看会不会有一首好诗出来。"

"睡觉能出诗，诗人就不值钱了。"

于是大家都笑了起来。

说笑间，就到了郾城。出城迎接的不但有郾城守将，他身边还站了一个人，仔细一看，是神策军中尉梁守谦。裴度下马，拱手道：

"梁公公何时到郾城，有失远迎啊。"

梁守谦急步向前，拱手说：

"我刚到郾城。公从东边来，我从西边到。真是有缘分啊。"

"梁公公此来有何公干？"

"奉圣上旨意，到蔡州处斩吴贼部将。"

裴度吃了一惊，皇上派梁守谦来，也没有事先打个招呼。这分明是对自己的不信任。但他不动声色，说：

"蔡州将领，有可杀者，也有不可杀者，尽杀之，怕不妥吧？"

梁守谦小声说：

"有皇上所赐尚方宝剑，先斩后奏。"

裴度说：

"老夫与公公一起到蔡州，论罪发落，如何？"

"听从宰相大人吩咐。"

韩愈把裴度拉到一边，小声说：

"梁守谦此行，说明圣上对宰相大人……有些看法，还是让他自己去处理吧，省得引起圣上对你的猜疑。"

"尽杀蔡州部将，必然会引起不满，引起蔡州的再一次动荡。你想，不加区别，一概处斩，在各藩镇会引起什么反应？以后各镇将领还会有人向朝廷投降吗？就是主将想投降，他的部下从自己的切身利益出发，也会拼命反对的。"

"宰相大人说的是，只是……我不单单为宰相大人，也为天下大计，皇上的中兴大业未就……"

裴度紧紧地握了一下韩愈的手，表示理解。韩愈也就不再说什么了。

就这样，裴度一行与梁守谦一起返回蔡州。

（十一）

孙小二和董三立一起来到"波斯之夜"酒楼。

"波斯之夜"已今非昔比，也学起长安的酒肆，在门口挂起许多旗幡，有几个胡姬在门口弹琴唱歌，招揽顾客。北风把她们的歌声吹得很远。彩幡在风中摇曳。孙小二在门口摸了一下唱歌胡姬的脸蛋，两人掀开沉甸甸的帘子，带进了一阵寒风。

店主笑着迎出来：

"二位军爷，好一阵没来了。楼上请。"

两人看到整个大厅坐得满满的，拱手道：

"生意兴隆，发财啊。"

"托裴相爷的福。二位不是跟相爷上京了吗？"

"又回来了。"

他们跟着店主上梯，边走边说，显得很亲切。这叫不打不相识。他们两个，本来都到店里敲诈过，跟裴度进城后，主动拿银子来赔不是，弄得店主十分感动。

他们在窗前选了一个相对僻静的角落坐下。对面桌上有两个儒生，看了他们一下，其中一个站起来，又坐下。店主说：

"听说来了中使，有尚方宝剑，要大开杀戒。"

"消息传得真快啊。"

"二位军爷还不了解我们蔡州人？吴元济在床上放个屁，当天晚上就在城里传开了。"

两人笑了起来："越管得严，小道消息就越多。"

"现在成习惯了，这不，衙门里早上判了案，酒楼中午就能听到消息。比皇上知道得还快。"

说话间，孙小二看到那两个儒生朝这里看了一下。孙小二也看了他们一下，好像在哪里见过，却想不起来。董三立也看了一下对面的那两个儒生，也觉得有些面熟。这两个人装束有点古怪，同样的幞头，同样的缺胯袍，同样的青色。想来靴子也是同样的。这种缺胯袍，也叫开衩儿，便于行动和骑马，是近来流行服装，从京城传到各地。

店主也看了一下那两个儒生，顺口说：

"这二位公子是从江南来的，就住在对面的'月光'客店，嫌那里的饭菜不好，时常光顾。"

正说着，忽听得街上一阵骚动，三人朝窗外看去。

街上，一队军士押着三辆囚车走过。这是死囚游街，游了街便押到城外法场处斩。后面是监斩的中使梁守谦，他抱着尚方宝剑，在神策军卫士的簇拥下显得十分神气。

"最前面的是孙献忠孙将军吧，都认不出来了。他该死，不识时务。"董三立转而对孙小二说，"你说是吧？"

"是的。"孙小二说，"在吴县，他要是向李常侍投降就没有今天的下场了。你看人家董重质、李佑、吴秀琳、董昌龄、邓怀金都升官了。"

孙献忠是吴县守将，李愬进攻吴县，正是往亡日。阴阳家认为，八月的白露节后十八天和九月寒露节以后的第二十七天为往亡日。在往亡日出门或出兵都不吉利。孙献忠非常相信这种说法。而李愬不信，他说，这正是我要进攻的时候，因为这是敌人最麻痹的时候。结果，李愬攻下吴县外城，杀敌一千多人。孙献忠退保子城。当夜，他袭击了官兵。以后，多次与官兵作对，一直到最后，在蔡州的子城，吴元济投降之后，他还大骂吴元济，负隅抵抗，杀死不少官兵。在此之前，他多次到淮西四周，攻城略地，放纵士兵烧杀奸掠，无恶不作。

"第二个是史相群，外号'活阎王'，吴元济的典狱长，他杀的人不比吴元济少。"董三立说。

"第三个呢？"店主问，此时，第三辆囚车正从窗下走过。

董三立和孙小二对看了一下，他们也不认得。只听得街下一声尖叫，一个女人披头散发地冲过来，手里拿着一把菜刀，就要朝囚车里的人头砍去，被军士挡住。

"还我丈夫，还我女儿！"

那女人尖叫着。

这一下，店主想起来了，这就是吴元济的干儿子吴大公子，强抢民女，滥杀无辜，是蔡州城里的第一恶少。蔡州女人谈吴大公子色变。平时耀武扬威，神气十足，现在这个样子，的确是认不出来。

看了热闹，他们又重新坐下，酒菜也上来了。店主说：

"二位军爷慢用，小人下去了。"

店主走到楼梯头，又退了回来。从楼梯口慢慢地升出一个人头来，孙、董二人一看，吃了一惊，来的不是别人，是前骡子军头目，蔡州著名将领张伯良。前不久被关押起来。他是逃出来的，还是放出来的？不管怎么说，都是他们的老上司，两人站起来，拱手道：

"张将军好。"

张伯良吃了一惊，一看是他们，这才松了一口气，说：

"是你们啊。不要叫将军，能活着出来就万幸了。"

"免了罪？"

"要不是裴相爷，十个张伯良也死不够。"

董三立、孙小二正想说什么，见对面的那两个儒生匆匆地站起来，往楼梯口走去。张伯良说：

"这两个人好面熟。"

"我们也觉得很面熟，在哪里见过的。"

"是她们。"张伯良叫起来，"李师道的侍妾。"

几乎是同时，孙、董二人也想起来了，她们就是与他们一起到沱口暗杀裴度的蒲大姊和袁七娘。

他们大喊："抓住她们。"冲下楼来。

楼下一片惊慌。

等他们追到门外，那两个女人已经逃得无影无踪了。

第五章
再造辉煌

（一）

长安的树叶早就落光了，北风摇动着光秃秃的树枝，发出微微的鸣响，像是发松的琴弦，没有音准，没有旋律。

眼看又要下雪了。

孙小二和董三立在东市的"江南"茶楼喝茶，听人聊天。裴度回京前，发出一道命令，凡蔡州兵士不愿为兵者，可回家务农，尽发路费。命令一出，原淮西几万兵士，十有九个回乡务农。但孙、董二人不回去，他们愿意跟着裴相公。今天，他们不当值，他们最大的乐趣就是逛长安。人家说曲江池是长安最好的去处，他们认为东市才是最好的去处。曲江池是文人雅士去的地方，无非是水、船、歌、伎，他们要的是热闹。

他们对面的桌子，有几个人在聊天，看样子像是老长安人。

"听说吴元济的头不是被狗吃了，是让两个仙女带走了，如今，吴元济在蓬莱仙山享福哩。"

"只有头没有身子，怎么享福？"

"这你就不懂了，神仙什么事不会？一根树枝都可以变成他的身子。"

大家都笑了。

唐代是开放的时代，也是传奇的时代，人们的想象力特别丰富。

"听说他的妻子在宫中享福，那才是真正的享福哩。说不准什么候被皇上临幸了，还会生出一个皇子来。"

"要是带着种子进宫，说不准将来天下还姓吴。"

"当心，小声一点。"

孙小二、董三立偷偷地笑。

听说，吴元济被处死时，许多人想把他的肉挖去。又听说，当天晚上，他的头就丢了。该不会是那两个女人拿走的吧？

那两个女人也真是，神出鬼没。时而在长安，时而又在淮西。

这时，听得一个人说：

"又来了，又来了。"

只见一脏兮兮的老道士，手里提着大葫芦，在门口大叫：

"卖药了卖药了，长生不老药，一粒一千贯。"

"买一粒试试。"一个说。

"把钱扔到渭河里还会响哩，花这个傻瓜钱！"

"老弟，你没听说，有真卖长生不老药的？"

"没听说。"

"真是的，枉为长安人了。"

他说起了在长安广为流传的一个故事：

前一阵子，有一个老道士常提着一个葫芦卖药，药到病除。生意很好。他总是把卖药得来的钱分给穷人，只留下自己的酒钱。卖了药就喝酒，喝得醉醺醺的。人们问他，"你有起死回生药吗？"老道士说，"有，一粒一千贯。"人们不相信，谁也不买。老道士笑道："有钱不买药吃，尽做土馒头去！"药卖完了，老道士突然举起一丸药，说："无一人肯花钱买这药吃，深可哀哉！今日只好自己吃了。"说着，张嘴把药扔进去。立刻，足下生起五色云彩，风起飘飘，飞腾而去。

"不会是真的吧。"

"我看就是他。"

"可惜没有带这么多钱。"

"带了你也不会买。"

老道士走进来，站在董三立和孙小二桌前，说：

"二位军爷买药吗？"

董三立和孙小二对看了一下，他们没有那么多钱，要有，就买一粒回去，让裴相爷试试。

老道士笑道：

"我知道你们不会买的。世间人都不会买。世间人啊，世间人，可怜。"

"老神仙，你自己吃一粒看看。"

"我？我是住烦了海上仙山，才到长安来的。"

"长安有什么好？"

"热闹啊。"

老道士扬长而去。

董三立走到对面的桌边，对刚才讲故事的人说：

"这位先生，你刚才说的可是真的？"

"当然是真的。"

"你亲眼所见？"

"是我的表兄亲眼所见，他在礼部供职，从不说假话。礼部，你懂吗？"

董三立拉着孙小二出来，怎么也找不到那个老道士。雪不知什么时候已经下来了，似有似无。

（二）

裴度在花厅与上官氏下棋。

王义和飞燕站在裴度身后，飞燕现在一身女装。上官氏的身后站着一个美人，是淮南节度使新近送给裴度的，姓肖名飞娥。第一次见面时，裴度笑道，"飞蛾投火，小飞娥，你可要受苦了。"

裴度的爱犬"将军"坐在对面的地上，警惕地耸着耳朵。

上官氏放下黑子，说：

"老爷，刘先生的那三首诗，老爷喜欢哪一首？"

连州刺史刘禹锡虽远在岭南，闻淮西大捷后，喜不自胜，立即向朝廷上了《贺收蔡州表》，说："楚氛改色，淮水安流。汉上疲人，尽沾雨露；汝南遗老，重睹升平。"向裴度上了《贺门下裴相公启》和《上门下裴相公启》，称赞裴度"文武丕绩，冠于古今"，"一德交畅，万邦和平"，并写了《平蔡州三首》，庆贺对淮西用兵的胜利。昨天，他刚刚收到他寄来的诗作。

"三首都好，第二首尤佳。"

上官氏说：

"英雄所见略同。"

"看你美得。"

上官氏吟道：

> 汝南晨鸡喔喔鸣，
> 城头鼓角音和平。
> 路旁老人忆旧事，
> 相与感激皆涕零。
> 老人收泣前致辞：
> "官军入城人不知，
> 忽惊元和十二载，
> 重见天宝承平时。"

上官氏吟罢，说：

"生动，生动极了。"

"最后一句最好，圣上看了一定高兴。"裴度说。

正说着，门子报，刑部侍郎韩愈韩大人求见。王义走过去拿了帖子，放在案上。

"快快有请。"

裴度说着，站了起来。

回京后，皇上下诏，以彰义节度、淮西宣慰处置使、门下侍郎、同平章事裴度守本官，加金紫光禄大夫、弘文馆大学士，赐勋上柱国，封晋国公，食邑三千户。韩愈也从太子右庶子升为刑部侍郎。

"将军"跳了起来，冲到院子里，绕着韩愈转了一圈，在他的身前身后欢快地跳着。坐定之后，上官氏、飞娥和飞燕回避，只留下王义。韩愈说：

"奉圣上旨意撰写的《平淮西碑》碑文已草就，请晋公过目。"

这是一篇长文，也是一篇美文，且书法精美：

天以唐克肖其德，圣子神孙，继继承承，于千万年，敬戒不怠，全付所覆，四海九州，罔有内外，悉主悉臣。高祖、太宗，既除既治。高、中、睿宗，休养生息。至于玄宗，受报收功，极炽而丰，物众地大，孽牙其间。肃宗、代宗、德祖、顺考，以勤以容。大愿适去，莨莠不薅，相臣将臣，文恬武嬉，习熟见闻，以为当然。睿圣文武皇帝既受群臣朝，乃考图数贡，曰："呜呼！天既全付予有家，今传次在予，予不能事事，其何以见于郊庙！"群臣震慑走职。明年，平蜀，又明年，平江东。又明年，平泽潞，遂定易定，致魏、博、贝、卫、澶、相，无不从志。皇帝曰："不可究武，予其少息。"

九年，蔡将死，蔡人立其子元济以请，不许，遂烧舞阳，犯叶、襄城，以动东都，放兵四劫。皇帝历问于朝，一二臣外，皆曰："蔡帅之不廷授，于今五十年，传三姓四将，其树本坚，兵利卒顽，不与它等。因抚而有，顺且无事。"大官臆决唱声，万口和附，并为一谈，牢不可破。皇帝曰："惟天惟祖宗所以付任予者，庶其在此，予何敢不力！况一二臣同，不为无助。"曰："光颜，汝为陈许帅，维是河东、魏博、合阳三军之在行者，汝皆将之。"曰："重胤，汝故有河阳、怀，今益以汝，惟是朔方、义成、陕、益、凤翔、鄜延、宁庆七军之在行者，汝皆将之。"曰："弘，汝以卒万二千属而子公武往讨之。"曰："文通，汝守寿，维是宣武、淮南、宣歙、浙西、徐泗五军之行于寿者，汝皆将之。"曰："道古，汝其观察鄂岳。"曰："塑，汝帅唐邓随，各以其兵进战。"曰："度，汝长御史，其往视师。"曰："度。惟汝予同，汝遂相予，以赏罚用命不用命。"曰："弘，汝其以节都统诸军。"曰："守谦，汝出入左右，汝惟近臣，其往抚师。"曰："度，汝其往，衣服饮食予士，无寒无饥，以既厥事，遂生蔡人。赐汝节斧、通天御带、卫卒三百。凡兹廷臣，汝择自从，惟其贤能，无惮大吏。庚申，予其临门送汝。"曰："御史，予闵士大夫战甚苦，自今以往，非郊庙祀，无用乐。"

颜、胤、武合攻其北，大战十六，得栅城县二十三，降人卒四万。道古攻其东南，八战，降万三千，再入申，破其外城。文通战其东，十余遇，降万三千。愬入其西，得贼将，辄释不杀，用其策，战比有功。十二年八月，宰相度至师，都统弘责战益急，颜、胤、武战益用命。元济尽并其众洄曲以备。十月壬申，愬用所得贼将，自文城因天大雪疾驰百二十里，用夜半到蔡，破其门，取元济以献，尽得其属人卒。辛巳，宰相度入蔡，以皇帝命赦其人。淮西平，大飨赉功。师还之日，因以其食赐蔡人。凡蔡卒三万五千，其不乐为兵愿归为农者十九，悉纵之。斩元济京师。

册功：弘加侍中；愬为左仆射，帅山南东道；颜、胤皆加司空；公武以散骑常侍帅鄜坊丹延；道古进大夫；文通加散骑常侍；宰相度朝京师，进封晋国公，进阶金紫光禄大夫，以旧官相；而以其副总为工部尚书，领蔡任。

既还奏，群臣请纪圣功，被之金石。皇帝以命臣愈，愈再拜稽首而献文曰：

唐承天命，遂臣万方。孰居近土，袭盗以狂？往在玄宗，崇极而圮。河北悍骄，河南附起。四圣不宥，屡兴师征。有不能克，益戍以兵。夫耕不食，妇织不裳。输之以车，为卒赐粮。外多失朝，旷不岳狩。百隶怠官，事亡其旧。帝时继位，顾瞻咨嗟："惟汝文武，孰恤予家？"既斩吴、蜀，旋取山东。魏将首义，六州降从。淮蔡不顺，自以为强。提兵叫嚷，欲事故常。始命讨之，遂连奸邻。阴遣刺客，来贼相臣。方战未利，内惊京师。群公上言："莫若惠来。"帝为不闻，与神为谋。及相同德，以讫天诛。

乃敕颜、胤、愬、武、古、通："咸统于弘，各奏汝功。"三方分攻，五万其师。大兵北乘，厥数倍之。尝兵时曲，军士蠢蠢。既翦凌云，蔡卒大窘。胜之邵陵，郾城来降。自夏及秋，复屯相望。兵顿不励，告功不时。帝哀征夫，命相往禧。士饱而歌，马腾于槽。试之新城，贼遇败逃。尽抽其有，聚以防我。西师跃入，道无留者。各各蔡城，其疆千里。既入而有，莫不顺俟。帝有恩言，相度来宣：诛止其魁，释于下人。蔡之卒夫，投甲呼舞。蔡之妇女，迎门笑语。蔡人告饥，船粟往哺。蔡人告寒，赐缊绤布。始时蔡人，禁不往来。今相从戏，里门夜开。始时蔡人，进战退戮。今眠而起，左餐右粥。为之择人，以收余愈。选吏赐牛，教而不税。蔡人有言："始迷不知，今乃大觉，羞前之为。"蔡人有言："天子明圣，不顺族诛，顺保性命。汝不吾信，视此蔡方。孰为不顺，往斧其吭。凡叛有数，声势相倚。吾强不支，汝弱奚恃？其告而长，而父而兄；奔走来阶，同我太平。"淮蔡为乱，天子伐之。既伐而饥，天子活之。始议伐蔡，卿士莫随。既伐四年，小大并疑。不赦不疑，由天子明。凡此蔡功，惟断乃成。既定淮蔡，四夷毕来。遂开明堂，坐以治之。

裴度一口气读完。韩愈望着他，希望他能提出宝贵的意见。裴度放下纸笺，在花厅里来回不停地走着。该写的都写了，他能再说什么呢？但是，写得似乎太全，世界上什么事太全都不好。

"晋公……"韩愈也跟着站起来。

"就这样吧。过去的就让它过去，让后人去评说。"

韩愈先是一愣，想想，也是，便把纸笺收起来了。

（三）

天不知何时转晴了，太阳从灰色的云层中露出半边脸，把柔弱的光线投向大地，在院子里洒下模模糊糊的一片黄色的光。

裴度示意韩愈坐下。他先回到椅子上坐好，韩愈才跟着坐下。裴度说：

"关于淮西，我所关心的是两件事。"

"哪两件？"

"一是使淮西永远不会死灰复燃。这一点我想已经做到了，一方面圣上已下诏，处死吴元济的两个弟弟和三个儿子，另一方面更为重要的是，圣上接受了我的建议，把原来的淮西一分为三，申州划归鄂岳观察使管辖，光州划归淮南观察使管辖，又将蔡州与郾城合并，组建殷州，归忠武节度使管辖。这样，淮西作为一个方镇将永远消逝。"

"第二件？"

"就是如何利用平定淮西的影响，促进平卢、成德的归顺。"

韩愈说：

"下官有一门人伯耆认为，吴元济既破，王承宗必然吓破了胆，成德可能不战而胜。我以为这种看法是有道理的。"

"我也在想这件事。能不战而屈之，自然是一件好事。"

"晋公何不写一封信，让伯耆到成德试试。以晋公之威信与诚意，或许有成功的可能。"

裴度想了想，当即就写了一封信，让韩愈带回去。

信中提出王承宗归顺的几个条件：第一，将儿子王知感、王知信及牙将石讯送入朝廷，作为人质；第二，献出德、棣二州；第三，请朝廷派遣官员到成德任职；第四，按规定向朝廷缴纳赋税，并灶贡盐。

韩愈看了信，觉得裴度的信不但义正词严，情真感人，而且几个条件提得相当好。将亲子及牙将送入朝廷，意味着一旦王承宗去世，方镇节度使一职将不再世袭，而由朝廷任命；割取德、棣二州，这是第一次朝廷讨伐成德时，圣上提出的要求。王承宗当时拒绝了，因此挑起战争。这次晋公旧事重提，是让王承宗有悔过的表现，满足圣上的要求。而输纳赋税、请求官吏，则意味着成德对朝廷的彻底归服。

"很好，下官这就让伯者到成德去说服王承宗。"韩愈说。

他感到，与自己相比，裴度的确站得更高。当自己沉浸在胜利，追求碑文的完美时，裴度却在为圣上筹划下一步的中兴大业了。

裴度想了想，又说：

"我看还是双管齐下好。我再给魏博节度使田弘正写一封信，让他也出面说服王承宗，两镇相邻，唇齿相依，魏博的归顺是一个榜样，由他说话，更有力量。听说，两人的关系还不错。"

"这太好了，晋公出面，田大人没有不听之理。"

裴度笑了笑，当初，魏博归顺时，裴度奉圣上的诏令到魏博宣慰，他与节度使田弘正建立了十分密切的关系。

裴度坐到案前写信。韩愈与王义就在院子里逗"将军"玩。太阳已经从云层中挣脱出来。他们的影子在院子里显得明快，活泼。韩愈说：

"王义，我什么时候也给你写一篇文章。听说新科进士，都有写王义传的。"

王义羞怯地笑了笑，说：

"实在没有什么，我只是尽一个奴才的责任而已。"

"不，要是当初没有你，可能就没有裴度的今天，也就没有淮西的平定，没有大唐今日的大好形势。"

"大人如此说，王义无地自容了。"

"将军"轻轻地吠了一声，韩愈摸了摸它的头，说：

"当然，也有你一份功劳。"

王义笑了起来："这狗，比人还灵。"

裴度写了信，为慎重起见，让王义拿去盖印子。

王义走后，裴度拿起刘禹锡的诗笺，对韩愈说：

"你看过刘梦得的《平蔡州三首》了吗？"

"还没有。"

"你看看，写得很不错的。"

二人讨论刘诗，裴度把刘诗与韩愈的诗作了比较，说：

"你的《次潼关寄张十二使君》写得比上一次在马上吟成的那首好，特别是前两句'荆山已去华山来，日照潼关四扇开'，有诗意，后两句，'刺史莫辞迎候远，相公新破蔡州回'，恕我直言，落入俗套了。而同样写破蔡州，刘诗却显得大气，与你的碑文，有异曲同工之妙。"

韩愈叹服，不住地点头。

这时，王义匆匆走来，神色慌张，信在他的手中发抖。

"何事惊慌？"

王义看了韩愈一眼。裴度说：

"韩大人不是外人，但说不妨。"

"大人，大人的印子没了。"

"丢了？"

"是的。"

韩愈也为之失色，官印可是一个人的命根子，更不用说是相印：

"这还了得！"

裴度捋了捋胡子，对王义说：

"不要声张。你把信放着，去为我们备些酒菜来，我与韩大人饮酒论诗。"

"大人……"

"去吧。"

不一会儿，酒菜备齐。裴度与韩愈论诗，韩愈显得有点心神不定，而裴度却兴味盎然，还让肖飞娥出来，弹唱韩愈和刘禹锡的诗作。

飞娥不愧是扬州女，起坐弹唱都有别于长安风格，什么诗在她的嘴里唱出来都软绵绵的：

> 南伐旋师太华东，
> 天书夜到册元功。
> 将军旧压三司贵，
> 相国新兼五等崇。
> 宛鹭欲归仙仗里，
> 熊罴还入禁营中。
> 长惭典午非材职，
> 得就闲官即至公。

这是韩愈近作《晋公破贼回重拜台司以诗示幕中宾客愈奉和》，裴度捋着胡子笑道：

"唱得不好。不过，就诗而论，'将军旧压三司贵，相国新兼五等崇'还是写得很有气魄的。"

"是的，是的。"

韩愈应着，心不在焉。

不知不觉地，太阳下山了，暮色从墙脚升起，向四周弥漫开来。

裴度说：

"掌灯。"

韩愈有点沉不住气了，说：

"还喝啊？"

裴度笑了起来，说：

"不喝了。王义，盖印去。"

"印子不是丢了吗？"韩愈说。

王义犹豫地拿起信，站着不动。

"去啊。"

王义只好去。

不一会儿，王义兴高采烈地回来，印子盖好了。

韩愈接过信，看了看，果真盖好了。他对裴度说：

"怎么回事？"

裴度笑而不答。

韩愈突然明白了：一定是管印子的小吏盗印书券。不声张，他用完了就偷偷地拿回来，要是声张，他就将错就错，投之水火，那就真的找不着了。

韩愈向裴度会意地点了点头，两人放声地笑了起来。笑得王义丈二和尚摸不着头脑。最后，他也跟着傻笑起来。

（四）

这一天清晨，沈怀夕奉贵妃娘娘懿旨，到御花园采集鲜花，娘娘今天要出宫，到感业寺礼佛。

正是仲春时节，御花园里，百花齐放，争奇斗艳。沈怀夕拨开花丛，想去摘在深处的一朵白色的蔷薇，耳边突然响起儿子的声音：

"不，娘，我要那朵红的。"

这分明是二郎的声音。她转身，什么人也没有。

那一年春天，父亲还没有去世，她和父亲带着三个孩子到蔡州城外踏青，那汝水河边，有一片开得很好的蔷薇，父亲说，那是野生的蔷薇，叫"佛见笑"。可惜没人出来游玩，也没人来采，自生自灭。父亲叹了一口气，太平多好啊。她在一边采花，父亲为孩子们念诗，"新花临曲池，佳丽复相随。鲜红同映水，轻香共逐吹。……"

她定了定神，眼泪不禁流了下来。

父亲死了，丈夫死了，儿子也死了，只留下她孤零零一个人。

她手拈白色的蔷薇，血从她的手指上流了下来，蔷薇茎上的刺把她的手指刺破了，她一点感觉也没有。

有一个人悄悄走近，在她的身后吟起诗来：

> ……
>
> 秦家女儿爱芳菲，
> 画眉相伴采葳蕤。
> 高处红须欲就手，
> 低边绿刺已牵衣。
>
> ……

沈氏吓了一跳，转过头去，一看，更是吓了一大跳，来的不是别人，是当今皇帝！她趴在地上：

"罪臣之妻……"

"平身，平身。"

她还没有说完，皇帝就把她扶起来。陈弘志站在花丛边，脸上一点表情也没有。谁也弄不清他现在想些什么。

李纯刚刚服过金丹，浑身发热，出来吹吹风。郑妃不让出来，说是会着凉。这个郑妃管得越来越多，让人讨厌。

李纯拉着她的手，发现她手指上的血，说：

"是蔷薇刺的吧。"

说着，就把她的手拉上来，将她的手指放进嘴里。

"不，不，皇上，使不得。"

她说着，却不敢把自己的手抽回来。她的手指在皇帝的嘴里，感到一阵温热，脸不禁红了起来。

"这里比蔡州如何？"

"禀皇上,这里的花没有汝河边的好,那里是一片连着一片,野蔷薇,也叫佛见笑……"

她看到陈弘志的脚动了一下,眼睛转了一下。她不敢再说下去。

李纯捏了捏她的脸颊,她的单纯,她的忧伤,她的美丽,就像那带露的野蔷薇。

"说下去。"

"没有了。"

李纯转过身子对陈弘志说:

"回宫。"

说着,自己在前面走了。陈弘志走到沈氏面前,说:

"走吧。"

"娘娘等着要花。"

陈弘志还是那句话:"走吧。"

沈氏只好跟在后面走。花掉在路上,谁也不去理它。

他们回到了李纯的寝宫中和殿。

(五)

李纯搂着沈怀夕,他的眼前出现许多幻影,全是几个月前的情形:

那是元日朝会,他已经两年没有举行元日的朝会大典了。今年,他在含元殿举行盛大的朝贺典礼,裴度、崔群率百官进贺。朝贺礼乐雄壮,悠扬。群臣山呼万岁,人头攒动。然后他登丹凤楼,大赦天下。

下诏,以孔子三十八代孙孔惟晊袭文宣公。

下诏,下诏,下诏……

皇帝的诏书满天飞,飞遍天南海北,飞遍大唐所有的城市和乡村。我就是皇帝,我就是天之骄子,我就是万民之主,我就是中兴明君……

"皇上。"

沈氏在他的怀里无声地落泪。

李纯视而不见，他还沉浸在自己的幻觉之中。他看到太宗文皇帝在向他招手，他看到玄宗皇帝在向他微笑。

他指着前面的屏风对沈氏说：

"前代兴亡得失之事，君臣可鉴，朕之所辑，朕之所序。"

沈氏不敢出声，偷偷地拭去眼泪。

李纯一阵狂笑，把沈氏掀翻在御榻上。沈氏泣道：

"皇上，使不得。使不得，皇上。青天白日……"

门口，陈弘志轻轻地放下帘子。

一个声音从丹凤门一直传到中和殿：

"门下侍郎、同平章事、晋国公裴度求见。"

陈弘志跑下台阶，跑出院子，把声音挡在中和殿门外。

李纯在百官的山呼声中完成了他对沈氏的征服。这是他对淮西的最后讨伐。一阵阵燥热，气喘吁吁。脸红得烫人。

"水，水。"李纯喊道。

没人应。沈氏起来，为皇上倒了一杯水。李纯一口气喝完，人也清醒了许多。他问沈氏：

"朕在何处？"

"奴婢不知。"

"朕刚才好像听到裴度求见。"

"奴婢不知。"

"你是何人？"

沈氏一脸羞红：

"奴婢……是娘娘宫里的，奴婢……"

李纯想起来了，这是他的中和殿，眼前这个云鬟低垂的美人就是他刚刚临幸过的沈怀夕。他笑了起来，柳泌的仙丹果然好用。他朝门外喊道：

"来人。"

陈弘志跑过院子，跳上台阶，掀帘进来，跪在皇帝的面前：

"奴才在。"

"刚才何人求见？"

"禀皇上，中书侍郎、同平章事、晋国公裴度求见。奴才已经挡了驾。"

"大胆。朕说过不见吗？"

"……是奴才自作主张，奴才以为……"

"来人。"

从门外进来四个内侍，李纯说：

"拉出去，重打二十大板。"

陈弘志被拉出去时，看了沈氏一眼，这一眼让她不寒而栗。

陈弘志挨了板子，回来跪在地上向皇帝谢恩。要是真打，陈弘志这时早昏死过去了。因为他与神策军中尉梁守谦、王守澄关系密切，宫里的太监有一半是他们的人，所以，打是打了，只是打个样子。皇帝怎么知道这里面的奥秘？

只有沈氏感到奇怪，吴元济常打人，二十大板下去，没有一个不趴在那里哭爹叫娘的。也许宫里的板子跟外边不一样。她又看到陈弘志看了她一眼，她的身子再一次不由自主地抖了一下。

"摆驾延英殿，传裴度延英殿觐见。"

李纯说着，便站起来。此时，李纯感到浑身清爽，他以为这是柳泌神药的作用。他高兴地捏了捏沈氏的脸颊，走出宫门。陈弘志跟在皇帝的后面，跨出门槛时，又回头看了沈氏一眼。

沈氏又是一颤。她感到浑身发冷，站在那里，不知如何是好。

从门外传来陈弘志清亮的传旨声：

"皇上有旨，起驾延英殿。"

沈氏叫了一声，昏倒在地上。

（六）

李师道得到王承宗归顺朝廷的消息已经是元和十三年（818 年）四月底的事了。

李师道刚刚在牙城盖了新房子。新房子盖得与皇宫一样富丽，名之为辉煌宫正德殿。已经选好了吉日，准备搬进去。

他一边听判官李文会读监军院送来的皇帝诏书，一边骂人。这是唐宪宗四月二十八日发布的《赦王承宗诏》。李文会慢条斯理地念着：

"帝者承天子人，下临万国。观乾坤覆载之施，常务其曲全；用德刑抚御之方，每先其弘贷。叛则必伐，服而舍之，访于典谟，亦尚斯道……"

"这个昏君，现在可以说大话了。好了，拣重要的念吧。"李师道说。

"……近以三朝称庆，八表流泽，广此鸿霈，开其自新。而承宗果能翻然改图，披露忠恳，远遣二子，进陈表章，缄图印以上闻，献德、棣之名部……"

"都是裴度搞的鬼，都是裴度搞的鬼！"李师道喊道。

他从各方面得到情报，王承宗的归服，全是裴度两边说服的结果，一是说服王承宗归顺，二是说服皇帝接受归顺。那个被派到成德当说客的伯耆，听说还升了官，当了起居舍人。

"都是你们，无能！"

李师道这句话是冲着他身边的两个侍妾蒲大姊和袁七娘说的。两个女人羞得满脸通红。不能怪她们无能，只能怪裴度命大。

"……且天子所临，莫非王土，析兹旧服，将表尔诚……"

"不要念了。"

李师道从他的虎皮椅子中站起来。听烦了，听腻了，都是那一套，先是天子之威，再是逆臣之罪，然后是宽容，是封赏。天下为什么一定是你的？虚伪，皇帝是天底下最虚伪的人！

堂上所有人都不说话。

李师道看着大家，大声嚷道：

"你们怎么不说话？难道要等裴度带兵杀进郓州城再说？好吧，那就大家都到长安独柳树去说吧。"

还是没人说话。

以前，判官高休主张向朝廷归顺，被李师道杀死，另一个主张归服朝廷的幕僚郭旷也被关起来了。当时，李文会主张与朝廷对抗，他对李师道说了一句话，这话很有煽动性，他说："司空如何不爱十二州之地，而要成就高休的功名？"此后，没人再提归顺朝廷的建议了。

前不久，李师道一方面暗中支持吴元济，一方面又派使者到京师表示愿意归顺朝廷。当时，为了集中力量打击淮西，裴度主张先稳住他的心，宪宗皇帝同意李师道的请求，派给事中柳公绰到郓州慰抚李师道，并加官检校司空。但是，无论是唐宪宗李纯还是李师道心里都明白，平卢所谓的归顺仅仅是表面的，没有实际的内容。

如今，是真归顺还是对抗到底，已经摆在平卢所有将吏，特别是李师道的面前，谁也回避不了。

判官李公度从李师道的嚷声中听出了他内心的胆怯，他看了一下站在对面的牙将李英昙，李英昙站出来，说：

"司空，有一种办法可以不用到独柳树。"

"什么办法？"

"真正的归顺。"

"什么？让我归顺，走王承宗的路？荒唐。"

李公度知道李师道爱面子，不肯居人之下，屈服于朝廷，站出来说：

"明公归顺朝廷，有三不屈：明公归国为宗姓，论辈分，还是皇帝的叔父，不屈一也。以十二州事三百余州天子，北面称藩，不屈二也。以五十年传爵，臣二百年天子，不屈三也。"

李师道沉吟道："以你之见，如何归顺？"

"纳质割地。"

"要我的儿子到长安去？"

"这是惯例。"

此时，袁七娘看了一下蒲大姊，悄悄地退到后堂。

"还要割地？"李师道说。

"以示诚意。"

"这样就不用到独柳树去？"

李公度说："还可以加官晋爵。"

此时，一个女人大嚷着从后堂跑出来：

"谁敢让我的儿子到长安，我就和他拼了。"

出来的是李师道的夫人魏氏，她是一只母老虎，在平卢，没人不怕她，包括李师道在内。

她站在大堂正中，怒目而视。

蒲大姊说："夫人，没人要让公子到长安去，只是说说而已。"

李师道也赔笑道："只是说说而已。"

母老虎吼道："说说也不行。"

袁七娘说："平卢十二州，来之不易。今境内有兵数十万人，不献三州，无非是以兵相加。朝廷果真来进攻，我们力战，战不胜，再议割地也不迟。"

蒲大姊说："是啊，吴元济打了三年，平卢地比淮西广，人比淮西多，最少也能打五年。"

"这还算人说的话。"魏氏说。

李公度和李英昙还想说什么，李师道挥了挥手：

"别说了，我意已决。"

这时，有一个人在门外大叫：

"我还要说。"

众人一看，此人不是别人，正是李师道的幕僚贾直言。

贾直言是一个死过一次的人，他不怕死。二十年前，他的父亲贾道在德宗朝因泄露禁中事，皇帝大为震怒，赐鸩酒。贾直言对中使说，让我拿给父亲喝吧。接过鸩酒，仰起脖子一口气喝光，当即倒地死去。可是过了一会儿，毒酒从他的脚趾流出来，他又活了过来。德宗感其事，不再加罪。

贾直言已经三次劝李师道顺归朝廷了，第三次居然把棺材都抬出来，表示不顾生死，李师道把他训斥了一通，让他回去。今天，他把妻子和儿子女儿用绳子捆来，抱定一起死的决心。

"我意已决。"

李师道大声嚷。

贾直言上前，呈上一张纸，说：

"司空请看。"

李师道一看，上面画着两辆车子，问：

"什么意思？"

"这是槛车，囚送罪犯上京城用的。天子神圣，公为反逆不悛，必当灭公父子，同载于此车，送都市显戮。岂不悲乎！"

说着，便放声哭了起来。

李师道嚷道：

"反了反了。都给我拉出去砍了。"

李文会小声说：

"明公，此时杀人不吉。"

"那就给我关起来，全家人都关起来。"

囚了贾直言一家，堂上再度陷入寂静。李师道扫了一下堂上所有的人，大声嚷：

"怎么又不说话？"

蒲大姊和袁七娘站了出来，说：

"我们再到长安，不取裴度人头，不回郓州。"

李师道叹道：

"也只好如此了。"

正说着，大堂外有人惊呼："着火了，着火了。"众人涌出大堂，只见后院火光冲天。

李师道一时青了脸，那正是选好了日子准备迁居的正德殿。

（七）

这是一个旬日，风和日丽。裴度不上朝，着紫色便装，信步走出裴府后门。

最近，他的心情不大好。皇上不听劝告，大兴土木，修建宫殿。先是修麟德殿的东廊，说是为了李光颜来朝，要开内宴。那大可不必，大明宫内那么多宫殿，难道还不够，非得再盖新的？淮西战事刚刚结束，成德刚刚归服，国家财政还十分困难，更何况，眼看对平卢的战争不打也不行，为什么要花钱去盖宫殿？诏令六军使去修，可钱从哪里来？公费不足，六军使张奉国只好拿出自己的钱。裴度对皇上说："陛下营造，有作监等司局，岂可使功臣破产营缮？"他的意思很明白，不是说让有司出钱，因为大家都知道，钱不够。他的意思是，让皇帝不要修了，劳民伤财。皇上自然听出了他的意思，不接受，又说不出理由，便迁怒于张奉国，便让张奉国致仕。

让张奉国致仕，等于告诉他裴度，你管得太多了。

果然，不久，皇上又要疏浚龙首渠，兴建凝晖殿。龙首渠与曹渠、永安渠、黄渠、清明渠相通，是贯通长安的重要水系，修龙首渠本来无可非议，可皇上不是为了长安百姓，是为了他自己的游乐，是为了让东苑龙首池里的水活起来。皇上新近宠幸沈才人，为了讨她的欢心，不但要疏浚龙首渠，还要为她盖凝晖殿。可悲的是，这个沈才人不是别人，正是朝廷花了头尾四年的时间和大量的财富、牺牲了许多生命征服的吴元济的妻子。

裴度的心中泛起阵阵悲哀。

钱从哪里来？说是度支、盐使程异和皇甫镈二人贡献的余钱。

皇上和从前大不一样了。

当初，宫内旧殿年久失修，有司上奏，请求维修预算，皇上不同意，认为"国用未赡，物力犹绌"，只要维持宫殿不毁不坠即可，"每务简俭，情在不劳"。当时，君臣共识，"至德爱人，情存节用"。皇上带头节俭，每用一匹绢帛，都要记账。可现在……大兴土木，还大讲排场，常常在麟德殿赐宴，少则几百人，多则上千人。上行下效，朝廷宴乐之风再起……

"不想了不想了，"裴度对自己说，"散散心，散散心。"

裴度来到离府第不远的"白牡丹"酒楼。

酒楼老板见裴度走进大门，便热情地迎上来，拱手道：

"刘爷，今日有闲，里边请。"

"刘二，生意可好？"

"托刘爷福，还好。"

说着，便把裴度带到楼上。

裴度是这里的常客，可他每次来都着便装，自称姓刘，是裴府小吏。说是小吏，宰相府里七品官，店主是不敢怠慢的。后来熟了，便攀起本家来。店主也姓刘，名可银，扬州人，从祖上起就开酒楼，在扬州很有名气。兄弟二人，他是老二，所以裴度叫他刘二。在唐朝，行第之称十分流行，裴度这样称呼他，很有亲切感。他的哥哥叫刘可金，在扬州也开一家酒楼，也叫"白牡丹"。这酒楼有特色，前面是酒楼，后面是客店，吃住全包。

有一次，裴度问他，为什么叫白牡丹？他笑了起来，无非是为了附庸风雅，好赚钱。原来叫"梦扬州"。裴度笑了起来，梦扬州也不错，扬州是繁华之地，与长安相比，另有一番风格，庭园台榭，花团锦簇，水道纵横，帆樯林立，船只比车马还多。晚上，月光融融，灯火阑珊，比起以优雅轻浮称著的益州（成都），更胜一筹，所以有"扬一益二"之称。听说扬州的艺妓诗书琴画，不亚于长安，刘禹锡还有一首诗《梦扬州乐妓和》。刘二也笑了起来，说，"梦扬州"不够刺激，还是"白牡丹"更能招引客人。

原来这"白牡丹"来自于崔涯的一首诗。崔涯号称吴楚狂生，诗与张祜齐名。诗写的是扬州名妓李端端。李端端色艺双绝，门庭若市，崔涯恶作剧，写了一首诗嘲笑李端端，说她又黑又丑，诗云："黄昏不语不知行，鼻似烟窗耳似铛。独把象牙梳插鬓，昆仑山上月初生。"此诗一出，端端名声大受影响，门可罗雀。端端忧心如病。一日，端端在回院的路上看到张祜与崔涯二人穿着拖鞋闲逛，立即上前，再拜，说："端端在这里等候二位先生多时了，无论如何，请可怜可怜我吧。"崔涯又重新写了一首诗，赞美端端的秀丽与白皙，诗云："觅得黄骝被绣鞍，善和坊里取端端。扬州近日浑成差，一朵能行白牡丹。"诗一传开，李端端名声再振，身价百倍。

听了刘二说的故事，裴度呵呵一笑，说：

"李家娘子，才出黑池，便登雪岭，何期一日，黑白不均？这崔涯也太没分寸了。"

刘二说：

"生意人要的就是这没分寸，红火。一时间，扬州叫'白牡丹'的茶楼、酒肆、妓院，不知有多少家。"

"不过，'一朵能行白牡丹'一句倒是有些新意。自古以花喻美女并不稀奇，而把一个妓女比成能行走的白牡丹就有点意思了。"

"刘先生觉得有意思，就请赐墨宝，以光门面。"

裴度就给他写了"白牡丹"三字。现在，这三个字，就挂在楼下正堂上。刘二逢人就说，这是裴相爷府里的刘爷写的。谁也不知道这刘爷是谁。

裴度在靠窗的桌边坐下来，刘二让小二泡上一壶上好的常州紫笋茶。裴度呷了一口，慢慢地品着，说：

"好茶。与上次不同，另有神韵。"

"要是有上好的水，比如无锡惠山泉水，那就更妙了。"

"妙是一种感觉，在人不在物。"

"那是。"刘二说，"有一件事情，刘先生不知能否帮忙？"

"我？一个当差的，能帮你什么忙？"

"宰相府里七品官，更何况是裴相爷府里的。只要先生肯帮，一定能帮上。"

裴度说："什么事，你先说说看。"

"也不是我自己的事，是店里一位客官的事。"刘二抬头看了一下，"他就在对面桌坐着，还是让他自己来说吧。"

裴度顺着他的手势，看到对面桌边，一位儒生模样的人正在与另两位儒生说话。刘二高声说：

"吴先生，你来一下。"

裴度小声说："先不要说我是裴府里的人。"

那姓吴的走过来，另两位也跟着过来。裴度愣了一下，那两位儒生好像在哪里见过。那两个儒生笑了笑，三人就在裴度的桌边坐下来。

刘二说：

"这二位也是店里的客官。吴兄，你跟这位刘先生说说，说不准他能帮上忙。"

另两位儒生交换了一下眼神，站起来说：

"刘先生，容我们暂时告退，等一下再来奉陪。"

裴度说："二位请便。"

吴生起身再拜，说起自己的不幸遭遇。

（八）

吴生是延州人，元和初进士，先授扬州，新授湖州录事参军，在扬州，常常光顾刘家酒楼，与刘家二兄弟很有交情。不幸的是，他在到湖州赴任的途中，遇到强盗，所有的行李全被抢光了，连同告敕历任文簿都抢走了，他只好沿途求乞到长安，投靠刘二。吴生说：

"十年寒窗，为的就是报效国家，不想授官江湖，遇寇荡尽。"

说着，吴生便流下了眼泪。

裴度听了十分同情，为了辨明真伪，他问了许多问题，比如同科进士的名字，这些人如今在哪里？主考官是谁等，吴生说得一点不差。

吴生回答了裴度所有的问题之后，凄然一笑，说：

"还有更惨的。某在扬州，将要娶亲，尚未迎娶，新娘就被郡牧抢去，献给上相裴公。"

裴度吃了一惊，说：

"你的内室叫什么？"

"肖飞娥。"

裴度沉吟片刻，说：

"我是裴府亲校，可以为你打听看看。"

吴生吃了一惊，连忙站起来，说：

"刘爷休怪。在下没有别的意思。该死该死。"

裴度心中掠过一阵不安，说：

"其实，裴相未必知道这些事情，要是知道了，他绝不会夺人之美。你的事情，他也会帮忙的。"

"真的？"吴生喜出望外。

正说着，那两个儒生又走回来，拱拱手，坐下来。

这两个儒生不是别人，正是奉命再次入京来刺杀裴度的蒲大姊与袁七娘，她们故技重演，女扮男装，她们选择"白牡丹"，是因为这里离裴度府第近。

她们刚才到后面的院子里商量了好一阵子。她们看这个刘先生有点像裴度，却又推翻了自己的看法，裴度是不可能不带任何随从，自己一个人出来的，也不可能与店主刘二混得那么熟。她们见过裴度，都是在紧张与匆忙之中，她们更多的是认旗幡，而不是认人。她们也想，不管是不是，先杀了再说。但商量的结果是，不能滥杀无辜。她们再次出现在桌边，是想通过这位刘先生，更多地了解裴府情况，以便能混入裴府行刺。

裴度说："要不，你现在就跟我进府。今日是旬日，裴相爷在府里吟诗作画，心情正好，说不定他会见你。"

吴生起身，跪倒在地："谢刘先生玉成。"

蒲、袁二人说：

"我们也一起去，行吗？"

"你们？相府是随便进的吗？"

"我们只是好奇。裴相英名天下传，就在门边看看也行。"

"那好吧，只能到前院，说好了，只到前院。"

蒲、袁二人满口答应。

于是，裴度一行四人来到裴府门口，裴度向卫士使了个眼色，走进去，三人跟进去。

到了前院，裴度对他们说：

"诸位请在此稍候，在下先进去禀报相爷。"

说着，便穿过院子，上了台阶，消失在深深的大堂内。

吴生心里有些后悔，这种事不可思议，越想越后怕。如今没有退路，只好听天由命了。蒲、袁二人的四只眼睛不停地转动着，她们在数卫兵的人数，估计围墙的高度……

一只狗冲出大堂，向她们猛扑过来。她们叫声不好，转身想走，大门已悄然关上。

杜飞燕带着一队卫兵从边门涌出来，迅速将她们围住，她们来不及反抗就被孙小二、董三立他们捆了起来。

几乎是同时，裴度笑呵呵地出现在大堂门外的台阶上。

吴生一看，站在台阶上的正是刚才那位自称刘先生的人，吓得双腿发抖。

（九）

裴度在台阶上笑道："二位大姊，久违了。"

蒲大姊大叫："原来你早就认出我们了。"

"你们要杀我，我怎么能不认得你们呢？"

袁七娘说："既然落到你手里，要杀便杀，请便，休得多言。"

飞燕跳过去，把刀搁在她的脖子上：

"死到临头了，还嘴硬！"

裴度说："先押下去吧。"

飞燕将两人押入。吴生"扑通"一声跪了下去，说：

"小人有眼不识泰山，请相爷饶命。"

裴度走下台阶，将他扶了起来，说：

"吴大人，请。"

吴生不敢相信自己的耳朵：

"小人不敢。"

裴度笑道：

"你我都是朝廷命官。"

吴生再一次跪了下去：

"相爷是下官的再生父母。"

"吴大人，快快请起。印信文簿被抢，不是吴大人的过错。明日老夫让有司为你再办官诰，还如旧命，授湖州录事参军。望你不忘皇恩，尽心为朝廷效力，为百姓办事。"

"下官一定不负大人之望，鞠躬尽瘁，死而后已。"

他们在大堂坐下，王义命人上茶。吴生说：

"方才那二位……"

裴度淡淡地说：

"那是郓州派来暗杀老夫的刺客。"

"可恶。下官还以为他们是好人。"

"人大概不会太坏。"

吴生吃了一惊。

"要是真坏，她们在店里就会杀了我。"

"下官不明白。"

"她们是奉命行事的，她们的目标是我。但她们又不想滥杀无辜。所以要等确认是我，才肯动手。"

"这有什么区别吗？"

"有。这证明她们良心未泯。一旦李师道灭亡，她们也许会改邪归正。"

"大人如何处置他们？"

裴度转而对后面的王义说：

"你认为如何处置？"

"将她们放了。"

吴参军说：

"这位就是王义吧。"

"大人认得我？"

"王义之名，天下皆知，只是无缘相识。"吴参军再拜道，"今日得见，三生有幸。"

王义回礼不迭。裴度对王义说：

"把她们押出来吧。"

王义站在门口喊道：

"相爷有命，将贼人带上来。"

飞燕带着两个女贼上来，她们的头巾早让"将军"扯去了。吴参军看到两个女流之辈，又是吃了一惊，他居然没有想到，这两个人是女扮男装。这世界也真复杂。自己被抢和刺杀当朝宰相相比，实在是小事一桩。自己在那里愁啊，苦啊，而裴公，面对死亡，那么从容，又那么大度。这半天的遭遇，胜读十年书。

飞燕喝道：

"跪下。"

"我们这辈子只跪一个人。"

裴度笑了起来：

"那人死了呢？"

"我们也跟着死。"

"好，有志气。把她们放了。"

"什么？"飞燕吃了一惊。

王义对妻子说：

"老爷让放，你就放。"

飞燕看了老爷和王义一眼，知道不放不行，十分不情愿地把她们的绳子解开，说：

"算你们命大，滚。"

两个女人不敢相信这是真的。她们看看这个，又看看那个，突然双双"扑通"一声跪下去，朝裴度叩了三个响头，起身走出大门。

吴参军看着两个刺客走过院子，感慨万千。要不是亲眼所见，真不敢相信这一切都是真的。未婚妻的事也就不提了，送给裴度这样的人，十个也不算多。

他起身告辞，裴度也不挽留。

吴参军走到门口，王义从后面追上来，说：

"吴大人，这一千贯钱，相爷送与大人做盘缠。尊夫人飞娥，已送至逆旅。大人可与尊夫人赴任了。"

吴参军愣在那里。读了几十年书，竟找不到适当的语言来表达此时的心情。

（十）

元和十三年（818 年）七月初三，唐宪宗李纯下《讨李师道诏》，同时委任裴度全面负责讨伐李师道事宜。

实际上，自五月李师道拒绝纳质献地以后，朝廷与平卢已处于战争状态。

裴度认为，对平卢用兵，与淮西相比，有一定困难。首先，财力、物力上有困难，征讨淮西，朝廷耗资一千万贯以上，国库虚竭，百姓疲惫。第二，从地理上看，淮西居于中原，朝廷可从四面进攻，而平卢东靠大海，北有黄河，朝廷军力的展开受到制约。第三，与淮西相比，平卢的经济、军事实力更强，几乎是淮西的三倍。而更让裴度感到忧虑的是，如今的皇上已不是当初的皇上，对自己的信任也不如从前。不可能像征讨淮西那样，对自己言听计从。在这种情况下，如果朝廷有人反对，就会动摇皇上的决心和对自己的信任。这不仅关系到个人的进退，而且会影响到整个战争的全局，甚至会影响到全国形势的变化。个人的进退事小，而国家的前途事大，不可不慎重考虑。

出自于这种考虑，裴度建议，讨伐平卢之事，要让百官共议，形成共识。皇上接受了他的建议，发布《令百僚议征李师道敕》。讨论的结果，众怒一心，咸请致诛。这使裴度感到十分欣慰。

　　解除了后顾之忧，裴度协助皇上，在军事上重新作了部署，对平卢形成了半圆形的包围圈：

　　平卢之西，滑州方向，是义成节度使李光颜军。

　　平卢之南，徐州方向，是武宁节度使李愬军。李愬原已任命陇右节度使，裴度建议改任徐州；海州方向，是楚州刺史李听军。

　　平卢之北，是横海节度使乌重胤军。

　　平卢西南，是宣武节度使韩弘军。

　　平卢西北，是魏博节度使田弘正军。

　　为了保证军需，裴度建议，任命宣歙观察使王遂为供军使。王遂是武则天皇后时的宰相王方庆的孙子。这个任命从裴度的角度来说有两个目的，一是可以充分调动江南的物资以供军用，二是可以尽量避免户部侍郎判度支皇甫镈的干扰。

　　讨伐李师道各路官军，在裴度的挥指下，捷报频传。

　　七月，横海军进攻齐州福城，杀敌五百。

　　九月，宣武军节度使韩弘亲率大军，攻入考城，包围曹州。

　　十月，武宁节度使李愬、兵马使李佑在兖州鱼台击败平卢军三千人。

　　十一月，魏博节度使田弘正发现李师道在郓州西北已集结数万军队，以逸待劳。如从杨刘渡河，正面进攻，没有必胜的把握，上书请求从黎阳渡河，与李光颜一起攻打李师道。

　　宪宗召裴度和崔群到延英殿商量。

　　这时，京城里发生了一件大事，群议汹汹。

　　五坊使杨朝纹随便拘捕普通百姓，拷打刑问，索要利息钱，于是转辗牵连、诬陷，拘囚了将近一千人。御史中丞上奏弹劾，皇帝包庇杨朝纹，不予理会。

　　裴度、崔群二人跪拜山呼之后，皇帝赐坐。宪宗说：

　　"请二位爱卿来，是想商议平卢用兵之事。"

　　裴度说："有一件事比用兵更重要，请陛下允许臣等先奏。"

"何事如此重要？"

"杨朝纹之事。"

李纯显得很不耐烦地说：

"原是这件小事。"

"不，这是大事。平卢用兵之事，只关系到平卢一镇，而五坊使残暴蛮横，恐怕要扰乱京城。京师，国之根本。再说，五坊使，乃陛下内臣，传扬出去，天下百姓必然会对陛下一片爱民之心产生怀疑。"

"崔爱卿，你也这样认为？"

崔群奏道："裴大人所言，臣十分赞同。"

李纯一时无话，脸一阵阵地发红，突然大声说：

"传杨朝纹。"

杨朝纹很快就跪在堂前。李纯说：

"因你之故，使我羞见宰相。"

"圣上明察。"

"明察明察，你去死吧。朕赐你全尸。"

杨朝纹没想到皇上会如此绝情，软瘫在地上，被内侍架了出去。

裴度说："被捕百姓也应一律释放才是。"

"放了，一个不留。"

"陛下圣明。"

"你们满意了吧？没事了吧？退朝。"

裴度与崔群交换了一下眼色，他们知道，皇帝今天又吃药了。他们站起来，却不走。

"怎么不走？你们不走，我走了。"

李纯站起来。裴、崔二人跪下去。

李纯摸了摸自己的脸颊，又坐下来。陈弘志端来一杯茶，呈上。皇上一口气喝完，喘了好一会儿气。裴度和崔群二人仍然跪在地下，不动。

李纯说："起来吧。"

裴、崔二这才站了起来。

"坐吧。"

裴度说："陛下保重龙体。"

"我好得很。说吧，田弘正之请，你们以为如何？"

裴度说："臣以为不妥。"

接着，裴度阐明了自己的看法：

"魏博一军，不同诸道。渡过黄河，须立即进击，方有成功。如取黎阳过河，既离本界，便至滑州，二军共处，徒有供饷之劳，又生观望之势。况弘正、光颜都少威断，势必贻误战机。与其渡河而不进，不如养威河北，秣马厉兵，等霜降水落，从杨刘镇渡过黄河，直逼郓州，到阳谷置营，则兵势自盛，而贼众心摇矣。"

李纯听了，说：

"说得有理，就这么办吧。退朝。"

裴度和崔群走出延英殿。在院子里，崔群说：

"看来，圣上又吃那个江湖骗子的金丹了。"

"可不是。"

"我们得劝劝他。"

"劝不动的。但愿上苍保佑，能把平卢的战争打赢。"

裴度有一点伤感地说。

果然不出裴度所料，过不了几天，柳泌对皇帝说：

"天台山乃神仙所居，多灵草。臣虽知之，力不能至，如能到那里当地方官，就可以为皇上求到灵草了。有了灵草，仙药就更有神效。"

皇帝听信了他的话，当即予他权知台州刺史，还赐给他金紫色的官服。谏官们力谏，说：

"人主喜方士，但从来没有让方士去当地方官的。"

皇帝说："烦一州之力而能使人主致长生，臣子又有何话可说？"

从此，再也没人敢说话了。

（十一）

裴度给田弘正发了一道命令又写了一封信，说明了自己的看法。田弘正感到很有道理。

不久，田弘正从杨刘渡过黄河，在离郓州四十里处下营。接着，率军在东河击败平卢军三万人，杀敌一万，活捉三千。紧接着，又在阳谷再败李师道五万人，郓州大震。

一天，裴度接到一封信，信上只有四个字：

"刘悟可用。"

从字迹上看，是女人写的。裴度微微一笑，把信递给飞燕。飞燕不明其意。裴度说：

"要是杀了蒲、袁二人，就没有今天的这封信。"

"这信很重要吗？"

"李师道死期不远了。"

裴度当即给李师道的大将刘悟写了一封信。对飞燕说：

"你去一趟郓州如何？"

"我？"

"不敢？"

"我是担心老爷的安全。"

"这里你放心。等杀了李师道，就更不用担心了。"

"我去。"

杜飞燕日夜兼程，以最快的速度向郓州前进。一路上，关卡重重，但她时而男装时而女装，时而是沿路乞讨的乞丐，时而是衣绢车乘的妇人，倒是走得十分顺利，很快就到了郓州城外。

郓州城戒备森严。

飞燕考虑再三，决定以风尘女子的模样出现，带着几分风骚，好蒙混进城。没想到，一到城门，立即被扣住了。

原来，官兵渐渐逼近，郓州城危在旦夕，李师道下令分派民众修治城防工事，连妇女也不放过。

飞燕被押到离城十里的河边，在那里背土筑墙，一时无法逃脱，心中十分着急。

李师道大将、平卢都知兵马使刘悟最近一直受到李师道的怀疑。在平卢众多将领当中，刘悟对士兵比较宽厚，在军中有"刘父"之称。他率重兵驻守阳谷，与田弘正交战失利。李文会对李师道说："刘悟只会收买人心，怕是有其他的企图，不如尽早处置了他，免生意外。"李师道将刘悟召回，想借机杀了他。又有人劝李师道说："今官兵四面包围，刘悟没有叛逆行为，杀了他，怕引发兵变。"李师道把刘悟留了十几天，将他放回去，又送了他许多金帛财物，让他安心。

刘悟将兵在外，李师道还是不放心，任命刘悟的儿子刘从谏为门下别奏，实际上是把他作为人质留在郓州。

刘悟知道李师道对他不信任，随时都有遭到不测的可能，很为自己和家人的前途担忧。

这天夜里，在刘悟行营外，卫兵抓到一个女人，她一定要面见刘将军。

此人正是杜飞燕。她从民工中得知刘悟在阳谷，便在夜里寻机逃出来。卫兵把她押进大帐。刘悟说：

"大胆女贼，夜闯军营，拉出去砍了。"

飞燕脸不改色，说：

"杀了我，你要后悔一辈子的。"

"好大的口气啊。你从何而来？"

飞燕说："将军不用多说，请看我身上的信，便明白。"

侍卫从她的身上取出信，呈上。刘悟接过信封一看，吃了一惊。他不动声色地把信放在怀里，说：

"都退下。"

等卫兵侍从退下之后，刘悟走到飞燕身边，将她上上下下看了好久。如何才能证明，她真是当朝宰相裴度派来的信使？

飞燕说："将军是信不过我。将军何不打开信，细细一看，那里有裴相的印鉴。"

刘悟回到灯下，打开信，果然有裴度的印鉴。再看信的内容，就更加相信这是裴度的亲笔信了。

信中分折了平卢的形势，刘悟的处境，申明大义，指明出路。入情入理，无不说到刘悟心坎上。最后，裴度说：

"裴度相信，将军身在贼垒之中，心怀乃祖之德，终将相机诛除叛逆，为刘家再立新功。果能如此，将军之幸，国家之幸，百姓之幸也。"

刘悟读罢，不禁泪下。

刘悟的祖父刘正臣，本名客奴，天宝年间，为平卢节度使柳知晦的牙将。天宝十五载（756年），安禄山反，柳知晦投降安禄山，接受伪职。刘客奴杀了柳知晦，驰章上报长安。唐玄宗授他为平卢节度使，并赐名正臣。

刘悟走过来，亲自为飞燕松绑，说：

"请女将军回去禀告裴公，刘悟一定不负朝廷之望。"

飞燕当夜即上路回京。

刘悟与行营兵马副使张暹是至交，他把裴度的信给张暹看，张暹看了，也十分感动，说：

"裴公说得有理，朝廷要杀的只是李师道一人，我们又何必为他卖命。"

两人决定相机杀回郓州。

（十二）

在皇帝的寝宫中和殿内，李纯正在逗沈才人玩。他们刚刚看过杂技戴竿，沈才人一边笑，一边为戴竿上的女人担心，神情十分可爱。可艺人们一走，她又是一副忧忧郁郁的样子。

"你笑一笑，再笑一笑。"

沈氏勉强一笑。李纯说：

"你的笑和别人不同，让人难忘。"

"奴婢生来就笨，不会讨皇上欢心。要是皇上平了平卢，把李师道的家眷没入内宫，那就有让皇上开心的人了。"

"朕听说，李师道的妻子是一个很乏味的女人。"

"李师道有两个侍妾，皇上见了，一定会喜欢。"

"你见过？"

"见过。"

"在哪里？"

"在蔡州。"

"好啊，到时候，朕倒要看看，你说的是不是真话。"

李纯笑了起来。

这时，陈弘志进来说，神策军中尉吐突承璀求见。李纯说：

"让他进来。"

吐突承璀笑嘻嘻地走进来，跪在地上说：

"禀皇上，户部侍郎判度支皇甫镈大人，又纳钱一万缗，以充内库。"

李纯龙颜大悦，说：

"皇甫镈果然会办事。凝晖殿的钱有着落了。"

说着，他看了沈才人一眼。沈才人又笑了一下。这带凄凉的笑，再一次打动皇帝的心。这凝晖殿是为她建的，她不笑不行。

前不久，皇帝将宫廷内库存的陈年丝帛交给度支，让他们卖出去。皇甫镈用度支的钱，也就是政府的钱把这些丝帛买下来，将它们拨给平卢前线的军队。这些丝帛都朽烂了，随手一扯就破，将士们只好把这些丝帛堆起来烧了。裴度向皇帝报告了这一情况，皇甫镈当着皇帝的面伸出脚说："这双靴子就是从宫廷内库来的，我花两千钱买的，结实牢固，可以穿很久。裴度的话不能相信。"皇帝觉得他说得对。

李纯对吐突承璀说："你认为裴度如何？"

"奴才不敢妄议大臣。"

吐突承璀收了皇甫镈的许多贿赂，说了许多皇甫镈的好话，如今却做出一副从来不干预朝政的样子。当然，这里面也有他对裴度的惧怕。裴度是一棵大树，不是轻易可以扳倒的。

"但说不妨。"

吐突承璀转了一下眼珠子，说：

"奴才以为，朝廷大臣，最不好的风气就是党朋之争。"

李纯连连点头。以为吐突承璀高明。其实，他早就摸准了皇帝的思路，只是拣着皇帝喜欢的话说而已。有一次，李纯在延英殿对宰臣们说："为人臣的应当竭力做好事，为什么喜欢立党朋呢？"裴度说："物以类聚，人以群分，自古如此。君子、小人志趣同者，势必相合。君子为徒，谓之同德；小人为徒，谓之党朋，外表相似，本质不同。圣主应辨其所为邪正，不可一概言之。"当时，皇帝点头称是，可吐突承璀看得出来，皇帝心里并不高兴。

"你是说，裴度有党朋之嫌？"

"皇上圣明。"

"你以为皇甫镈如何？"

"此人可用。"

李纯点了点头。

第二天，皇帝下制，皇甫镈以本官、程异以工部侍郎并同平章事，判使如故。也就是说，他们当了宰相，分管的还是度支和盐铁转运事务。

此制一下，朝野骇愕，连长安市井小贩都议论纷纷，大家拿它当笑话。

裴度与崔群极力反对这项任命，可皇帝不予理会。裴度耻与小人同列，上表请求辞去宰相职务。皇帝不许。

裴度说："皇甫镈、程异皆钱谷吏，佞巧小人。陛下一旦置之相位，朝廷内外无不骇笑。况且皇甫镈在度支，专以丰取刻与为务，凡仰给度支之人，无不思食其肉。在讨伐淮西的战争中，他裁损前线军队的粮草，军士怨怒。是臣到军中晓谕慰勉，才没有引起哗变。如今，讨伐平卢的将士大都是讨伐淮西的原班人马，他们听说皇甫镈当了宰相，一定会大吃一惊，并且忧虑重重。程异虽人品平庸，但心地平和，可让他处理烦杂事务，但不适合当宰相。而皇甫镈生性狡诈奸邪，为天下所共知。臣如不辞去宰相之职，天下人都会笑我不知廉耻，臣如果不向陛下陈明这一意见，天下人就会说我辜负了陛下对我的恩典和宠爱。如今，陛下既不许我辞职，又听不进我的话，我真如烈火烧心，万箭穿身！"

裴度越说越激动，李纯一句也没有听进去。他以为，裴度的话是党朋之见。

裴度见皇上无动于衷，有些伤心，但是，该说的话，他还是要说完，皇帝不听，文武百官在，总会有人听。

"如今，淮西荡平，河北安宁，王承宗臣服，平卢战事胜利在望，陛下'嗣贞观之功，弘开元之理'的理想眼看就要实现了。怎么能忍心让这大好的局面受到破坏，让天下人心涣散呢？请陛下三思，再三思啊！"

裴度的话说完了。

李纯的脸上没有任何表情。

（十三）

飞燕回到长安，向裴度报告了刘悟的情况。裴度下令，各路大军加紧进攻。从平卢前线，不断传来捷报。

可裴度的心情却越来越沉重。

不愉快的事情接连发生。

皇帝在求仙问药的同时，大力倡导佛教。长安西北凤翔县有一座著名的寺院，叫法门寺，寺内有一座护国真身塔，塔内藏有一节指骨，是释迦牟尼佛的遗骨，世称佛骨。佛骨每三十年展示一次，能使民安岁丰。今年正月，皇上派中使带着三十个宫女到法门寺把佛骨迎出，送到长安宫中。在宫里供奉三天，才送到寺院。整个长安为之轰动。王公大臣、士绅百姓争先瞻仰和施舍，有的人把全部财产都施舍给寺庙，有的人在手臂和头上燃香供佛。

大家都说，这是太平盛世的景象，皇帝十分高兴。

刑部侍郎韩愈却在皇帝的兴头上泼了一盆冷水，他上了一道《论佛骨表》，把佛说得一无是处，攻击迎佛骨之事，说，如不禁止，就会"伤风败俗，传笑四方"。最后建议，把佛骨"投诸水火，永绝根本，断天下之疑，绝后代之惑"，并说："佛如有灵，能作祸祟，凡有殃咎，宜加臣身。上天鉴临，臣不怨悔。"

皇帝得表，大怒，出示宰相，想处死他。裴度和崔群力保，才免于一死。裴度说："韩愈虽狂，出于忠恳。陛下应予宽容，以利广开言路。"皇帝说："可以免其一死。但朕不想再看到他。"第二天下诏，贬韩愈为潮州刺史。

裴度并不完全赞同韩愈《论佛骨表》的看法。对任何事，他都不走极端。他认为，佛的存在，寺庙的存在，也是世间的一道风景，也能给人生带来乐趣。他在前不久的题为《真慧寺》的诗里，曾经抒发过这种心情：

遍寻真迹蹑莓苔，
世事全抛不忍回。
上界不知何处去，
西天移向此间来。
岩前芍药师亲种，
岭上青松佛手栽。
更有一般人不见，
白莲花向半天开。

他感到伤心的是皇上的用人。韩愈不管怎么说，是一个好人，是一个良臣，却因一点小事，险些送命，而像皇甫镈这样的小人，却当上了宰相！

一天，裴度在中书省与崔群议论，突然来了灵感，吟成一诗：

有意效承平，
无功答圣明。
灰心缘忍事，
霜鬓为论兵。
道直身还在，
恩深命转轻。
盐梅非拟议，
葵藿是平生。
白日长悬照，
苍蝇谩发声。
高阳旧田里，
终使谢归耕。

崔群听罢,说:"好诗,好诗。连我也有归去之意了。"

回到府第,裴度取下扬州毡帽,挂在衣帽架上,上官氏上前为他解下腰带,也挂在架子上。裴度说:

"那腰带收起来吧,换一条软的,舒服一些。"

这通天御带,是皇帝在他出征淮西时所赐。自从淮西归来,他天天都戴着,也没说不舒服,今天怎么啦?上官氏笑了笑,什么也没说。老爷说收就收起来吧。她在衣袋里发现了一首诗,喜道:

"刚作的?"

"是的,你唱唱看。"

上官氏看了,说:

"不唱。还是唱《真慧寺》吧。老爷心情不好,这诗越唱越不好。"

裴度笑了笑,说:

"那就随你的便,想唱什么就唱什么吧。"

(十四)

李师道终于听从李文会的劝告,决定除掉刘悟。他派两个使者,带着文帖到行营找张暹,命令他把刘悟杀了,并献上刘悟的首级,就让他接任行营长官。

张暹把李师道的文帖拿给刘悟看,两人决定起事。

当夜,他们杀了来使,布置好严密的警卫,在大帐召集诸将,刘悟当众出示李师道要诛杀他的密令文帖,然后厉声道:

"刘悟与你们不顾生死以抗击官兵,实无对不起司空之处,而司空听信谗言,派人来取我的人头。刘悟死,接下去就轮到你们了。现在朝廷要诛杀的只是司空一人,且军事形势越来越紧,我们为什么要跟着去送死灭族?我想与你们杀回郓州,奉行天子之命,不但可以避死,还可以得到荣华富贵。你们以为如何？"

兵马使赵垂棘站在众人的前头，沉默了一会儿，说：

"事情能成功吗？"

刘悟应声骂道：

"你与司空同谋！"

他把手一指，马上有人上来，杀了他。接着，刘悟一个一个地问大家，凡是回答得不干脆的，都杀了。同时，下令杀了那些早已摸清的李师道的拥护者，一共杀了三十几个。其余的人都吓得双脚发抖，说：

"听从都头命令，愿尽死力！"

刘悟立即率军杀回郓州。

刘悟是个有心计的人，他的回马枪杀得十分迅速和秘密，让李师道猝不及防。一是申明大义，二是树立权威，三是收买人心，他下了一道命令：

"进了郓州城，每人赏钱一百串，节度使的住宅和叛逆者的家财，随各人掠取，有仇人的可以报仇。但是，不准接近军需仓库。"

此令一下，兵士们个个跃跃一试。

三更一过，刘悟让士兵们吃饱饭，带上武器，不准出声，连马的嘴也罩上，然后出发。在路上遇到人，都扣留起来，没人知道军队的行动。

离郓州数里，天色未明。刘悟命令停止前进，先派人到城门，宣称"刘都头奉文帖召入城"，骗取信任，杀了守门人，打开城门。然后率大军进城。

李师道得知有变时，刘悟已经进了子城。他只好在牙城组织抵抗。但一切都无济于事。几百个卫兵怎么抵抗得了上万人的进攻？一会儿，就都放下武器投降了。

刘悟带兵来到李师道帅府的厅堂上，派人搜捕李师道，李师道和他的两个儿子躲在床边，被搜了出来。刘悟命令把他们捆在牙门外的空地上，派人对他说："刘悟奉密诏送司空回朝廷。然而司空有什么脸面去见天子呢！"李师道还希望有一条生路，他的儿子说："事到如今，死了算了。"刘悟下令把他们杀了。

中午，刘悟下令禁止抢掠，稳定秩序，杀了二十几家李师道的同党，从牢里放出贾直言，并把他安置在幕府任职。

一切都安排就绪之后，刘悟下令在城头举烽火。

这是给田弘正的信号。

刘悟在回师郓州时，已派人把行动计划告诉田弘正，"事成，则以烽火相告。万一城中有备攻不下来，请明公派兵相助。成功之时，皆归功于明公，刘悟不敢独占。"并要田弘正进据自己的营地。

田弘正看到烽火，知道刘悟已得郓州，派人前去祝贺。刘悟把李师道父子三人的首级用盒子盛着，派人送到田营。田弘正大喜，立即以布露的形式向朝廷报捷。

紧接着，淄、青等十二州相继平定。

（十五）

李师道既死，他的家人自然全部没入后宫。

皇帝记得沈才人的话，派人去找蒲、袁二人，没找到。吐突承璀把李师道的妻子魏氏带去充数，皇帝一看就倒胃口。后来，魏氏请求出家为尼，皇帝也就恩准了。

皇帝对沈才人说：

"你骗朕，根本就没有什么蒲大姊和袁七娘。"

沈才人说：

"奴婢怎么敢欺骗皇上？怕是让她们跑了。让吐公公把她们抓回来。"

李纯大笑，说：

"没那个必要。"

"有必要。要不，皇上心里总是想，沈才人骗人。"

"好。就让他派人把她们抓回来。到时，你可不许吃醋啊。"

"她们一来，我就当尼姑去。"

"当真？"

"只要皇上恩准。"

"朕可舍不得。"

听皇上这么说，沈氏不知怎的就掉了眼泪。李纯说：

"好好的，怎么又哭了？"

沈氏连忙拭泪笑道：

"奴婢是高兴的。"

"难得爱妃高兴。你不是说有一个侍女在乐坊吗？叫她来唱歌如何？"

沈氏雀跃拍手：

"好啊，奴婢好久没有看见她了。"

在乐坊大厅的角落里，沈翘翘坐在方响架下打瞌睡。她在梦中奏曲子，唱歌。她唱的是这样一首歌："花非花，雾非雾。夜半来，天明去。来如春梦不多时，去似朝云无觅处。"

堂上坐着一位将军，儒雅风流。花白的胡子，慈祥的目光。她奏完曲唱完歌，他说："妙哉，非人间之乐。"有人说："裴公喜欢，就把她留下来。"

坐在堂上的将军呵呵一笑：

"岂能有非分之想。"

原来他就是大名鼎鼎的裴度。他与吴元济是两种人。吴元济初看相貌堂堂，再看邪气逼人；裴度初看其貌不扬，再看英气宜人。这裴相爷有一种无形的魅力。

要真能入裴府，这一辈子就有了依靠。

沈翘翘闻到阵阵幽香，甜甜地笑了。

"醒醒，快醒醒。"

乐坊使站在她身边叫。她睁开眼睛，原来自己在做白日梦。

"皇上有旨，传你去唱歌。"

沈翘翘不敢怠慢，拿着方响一起来到皇上的寝宫。

多日不见，沈翘翘已出落成一个如花似玉的少女。她见过皇上，正要向娘娘叩头，却被沈才人一把拉住，她一看是老主人，"啊"的一声就哭出来了。

李纯说："怎么又是哭，蔡州人都爱哭吗？唱歌吧。"

沈氏为她拭泪道：

"唱吧，皇上喜欢你的歌。"

此时，方响已摆好。沈翘翘走过去，拿起角槌，击玉而歌。她唱的是《凉州曲》，唱得沈氏满脸泪水，唱得李纯满心凄凉。

陈弘志在门外听，听着听着，脸上露出一丝奇怪的笑容。

裴度把蔡州、郓州用兵以来，皇帝忧国勤政的机谋事略，编纂成册，乘侍宴时献给皇帝，请求让内侍盖上大印，交给史馆。

裴度这样做是颇费苦心的，他是想以这种方式，在胜利的时候，再次提醒皇帝，要再接再厉，再造辉煌。皇帝不是想"嗣贞观之功，弘开元之理"吗？这也是百姓的愿望，裴度的理想。

可是皇帝连看都不想看，说：

"这样做，好像是朕的主意，我不想做。"

言外之意，你裴度想为我歌功颂德，我不干。这一来，皇帝清高了，裴度反倒与皇甫镈、吐突承璀没有什么两样了。

裴度对李纯彻底失望了。

龙首渠浚通了，凝晖殿修好了。

皇帝每天吃柳泌的金丹，也快成仙了。

裴度想，我也该走了。

果然，不久，皇帝下诏，裴度以门下侍郎、同平章事，充河东节度使。

"走了也好，"裴度对自己说，"眼不见为净。"

第六章

中流砥柱

（一）

北都太原的春天，另有一番情趣。满山遍野的桃花，从城外一直开到城里，开到裴度的节度府后花园。

风吹过，无数桃花轻飘飘地落在翠绿的柔软的草地上，给春天带来一丝凄凉的韵味，春天因此显得更加妩媚动人。

裴度从后花园回书房，一路沉默寡言。上官氏知道老爷要写诗了，进了门便到案边点水研墨，铺笺。裴度走到案边，提起笔，一挥而就：

> 危事经非一，
>
> 浮荣得是空。
>
> 白头官舍里，
>
> 今日又春风。

他刚一落笔，上官氏便说了一声"好"。裴度微微一笑，说：

"好在何处？"

"好在既看破世事，又有一点无奈。看不破世事变迁，就不是老爷，没有一点无奈，也不是老爷。"

裴度呵呵地笑了起来：

"什么都瞒不过你的眼睛。"

这一年来的变化太大了。虽然裴度远离朝廷，这变化不可能不在裴度的心里留下阴影。

宪宗皇帝驾崩了。有人说是死于柳泌的金丹，有人说是死于宦官陈弘志之手。而裴度私下里认为，宪宗皇帝是死在自己的手里。要是他不想长生不老，不吃江湖骗子柳泌的药，他的龙体就不会越来越坏，

195

他的脾气也不会越来越坏。在裴度的心目中，原来朝气蓬勃的李纯在平定李师道之后就已经死了。

当今圣上是先皇与郭太后的亲生儿子。当然，自古以来，弑父自立不是没有过，前朝隋炀帝就做过。如果先皇是死于陈弘志之手，陈弘志如今受到重用，出为淮南道监军，陈弘志一党王守澄、梁守谦也都官居原职，那么，当今圣上也脱不了干系。

吐突承璀因企图拥立澧王恽而被杀，皇甫镈因推荐柳泌而被贬崖州。对于当今圣上，裴度是了解的。正因为了解，对他并不抱太大的希望。

这是裴度在美好的春天感到无可奈何的真正原因。

朝中无人。裴度走后不久，崔群也因为皇甫镈的陷害，贬为湖南观察使。当今圣上并不想把裴度、崔群二人调回。如今主持朝政的是一些庸人，宰相崔直、杜元颖虽然都是名门之后，但并无实际才能。既要削兵，又没有安置好遣散的藩镇士兵，致使他们伏于山林，合而为盗，这是相当危险的。

裴度摇了摇头，不想了，不想了，不在其位，不谋其政。

王义走进来，呈上一叠信。

裴度把信放在手里掂了掂，微微地笑了一下。他有许多朋友，这些朋友不因为他不当宰相而疏远他。更让他高兴的是，这些朋友纷纷回到了长安，白居易、李绅为翰林学士，韩愈为国子监祭酒。

裴度挑出一封，先看。这是秘书省秘书郎张籍的信。他对张籍的印象很好，当初，他为了拒绝李师道而写的那首诗，真是妙极了。他离开长安时，他为他写了一首《送裴相公镇太原》，情真意切。前不久，他给张籍送了一匹马。太原是大唐的发祥之地，有很强的骑兵和很好的马。

裴度打开信封，里面是张籍的诗《谢裴司空寄马》：

> 绿耳新驹骏得名，司空远自寄书生。
> 乍离华厩移蹄涩，初到贫家举眼惊。

> 每被闲人来借问，多寻古寺独骑行。
>
> 长思岁旦沙堤上，得从鸣珂傍火城。

裴度读罢，微微一笑，提起笔来，当即和了一首。诗云：

> 满城驰逐皆求马，古寺闲行独与君。
>
> 代步本惭非逸足，缘情何幸枉高文。
>
> 若逢佳丽须将换，莫共驽骀角出群。
>
> 飞控著鞭能顾我，当时王粲亦从军。

上官氏在一边说："好诗。"裴度自得地一笑，说：

"让她们来唱，两首一起唱。"

"老爷该不会让张十八张老爷也从军吧？"上官氏说。

裴度摇摇头。他没有让张籍从军的意思，他说的是自己。在他的潜意识里，一直为大局担忧，生怕来之不易的中兴局面丢失。

他的担心并不是没有根据的。不断从京城传来当今圣上肆情畋猎的消息。去年五月，先皇的丧事刚刚安排完毕，他就跑到骊山狩猎去了，以后常常如此，早出晚归，乐此不疲。加上宴乐、看戏、赛龙舟、打马球，他能有多少时间用在国家大事上？加之宰相无能。大局可不乐观啊！

一旦出乱子，军队最为重要。

裴度习惯地捋了捋胡子，仿佛在军帐之中，仿佛他的帐下有许多将军。

河东是重镇，拥有五万精兵，一万五千匹战马。

"老爷，都准备好了，唱不唱？"上官氏问。

裴度挥挥手，说：

"算了，晚上再唱吧。王义，传我命令，出城。"

王义说：

"老爷巡视军营？"

"是的。"

（二）

就在裴度巡视河东军营时，在卢龙，一场叛乱正在酝酿之中。

卢龙古称幽州，原是大唐一个大郡，开元元年，唐玄宗为防御北方奚人、契丹人的骚扰，置幽州节度使，天宝年间改称范阳，治所在幽州。天宝十五载（756 年），安禄山在范阳造反。八年的安史之乱，使大唐帝国元气大伤，从此走向衰落。安史之乱后，由于唐代宗举措失当，任命安史旧将李怀仙为幽州、卢龙节度使，使幽州走向方镇割据的道路。

如今的节度使刘总，当初乘父亲生病时，勾结部将谋杀父亲刘济和哥哥刘绲而自领军镇。元和年间，看到吴元济、李师道失败，魏博、成德归顺朝廷，为了自保，也上表归顺，从而结束了幽州几十年与朝廷对抗的历史。

自古至今，杀父自立的大有人在，刘总也过了一阵安稳的日子，可是，随着岁月的流逝，年龄的增长，刘总却越来越感到不安。总是做梦，梦见父兄鲜血淋淋、披头散发地站在他的床前，叫他的名字：

"刘总，刘总，你好狠啊。"

刘总大惊而醒，不能入睡。

有时连白天都会做这样的梦。他请了几百个僧人为他祈祷，无济于事。

罪孽深重啊。

他决心出家。

作为个人，他的出家，也许是一种精神上的解脱，是人性的发现和复归。他想用出家这种方式来赎回自己的罪过。他的行为也很符合当时人们的思维习惯。从皇帝到百姓，都信佛求仙。但是作为一个节度使，他的出家，却引发了幽州的叛乱。从而，使元和中兴的局面毁于一旦。

长庆元年（821年）正月，刘总上表，请求弃官爵，皈依佛门，将他的住宅作为寺庙。不久，皇帝允许他出家，赐名大觉，寺名报恩，派遣中使携带紫色的出家服和天平节钺、侍中告身与他，由他选择。诏书还没有到达，他已剃去头发，正式成为和尚了。中使到达幽州，找不到他，他的家人也找不到他。

没人知道他到哪里去了。

他走了，留下一个动荡的幽州。

刘总出家前，对卢龙的后事作了安排。他报请朝廷，把卢龙一分为三：幽州、涿州、营州为一道，请任命张弘靖为节度使；平州、蓟州、妫州、檀州为一道，请朝廷任命薛平为节度使；瀛州、莫州为一道，请朝廷任命京兆尹卢士玫为观察使。

同时，刘总又选部属中有功劳、雄健难制的将领，如都知兵马使朱克融等，送之京师，请朝廷奖励擢升，使卢龙将士能兴起到朝廷做官的念头。

应该说，刘总的安排是妥当的。问题出在张弘靖和朱克融身上。

张弘靖在河东节度使任上，为政宽简，很受百姓的称赞。可是，到了幽州，却摆起朝廷封疆大吏的派头，雍容娇贵，庄默自尊，引起幽州将士的反感。加之他所任用的判官韦雍等人，都是年少轻薄之人，嗜酒豪纵，动辄诟骂官兵，严刑峻法。皇帝下诏赐卢龙将士钱百万缗，张弘靖留下二十万作为军府杂用，韦雍等人又任意裁刻军士粮赐。幽州将士人人怨恨愤怒。

有一次，韦雍外出，一个幽州的低级军官在街上骑马奔跑，不小心撞到韦雍的前导卫军，韦雍大怒，喝令手下把那个军官从马背上拖下来，想在街中杖打。但河朔军不习惯受杖刑，不服。韦雍将此事报告张弘靖，张弘靖下令军虞候审讯惩处。

当天晚上，兵营中纷纷传论此事，人情激愤。士兵们连营呼噪作叛，将校不能制止。兵卒冲出营门，进入节度府衙，抢掠了张弘靖家中的财物和妇女，把张弘靖囚禁在蓟门馆。接着，又杀死了韦雍等人。第二天，兵变的兵士醒悟，到驿站向张弘靖道歉，并请求张弘靖让他们戴罪立功，连续三次，张弘靖都不作声。兵变的兵士商量，张弘靖不说话，不赦免他们的罪过，他们只有死路一条，与其坐以待毙，不如拥立他人为帅。于是纷纷涌入卢龙旧将朱洄的府上。

朱洄是原卢龙节度使发动建中叛乱的朱滔的儿子。建中之乱，唐德宗讨伐无功，下罪己诏，才平息了叛乱。贞元元年（785年），朱滔死后，权力落到他的表弟刘怦的手中。刘怦死后，其子刘济继之。最后落到刘总手上。

朱洄是朱克融的父亲。此时正病在床上，他向兵变的士兵们推荐了自己的儿子，朱克融便成了叛乱的首领。

是张弘靖的愚蠢和狂妄把幽州士兵逼上反叛道路的。

刘总对朱克融的反叛是有防备的，他把朱克融推荐到朝廷是很高明的一着，调虎离山，虎落平阳，便一事无成。

一个聪明人，当他一心只为自己时，他显得很狡猾，很阴险，很毒辣。但是，他一旦看破红尘，把眼光放在更远的地方，他便变得很高明。

可惜朝廷没有一个高明的人。

朱克融到京师之后，没有委以重任，他长期羁留长安，没有收入，甚至连吃饭穿衣都要向别人借贷，好像一个流落长安的乞丐。朱克融每天到中书省，要求朝廷委以一官半职，以养家糊口，身为宰相的崔植、杜元颖置之不理。张弘靖到幽州后，又下令朱克融回幽州听候调遣。这无异于放虎归山。

朱克融本非善良之辈。在长安屈辱的遭遇，既使他增长了对朝廷的仇恨，也使他看清了朝廷的腐败。眼下又有这个机会，他自然而然地要走向与朝廷对抗的道路了。

（三）

而几乎在幽州兵变的同时，在成德，也酝酿着一场惊心动魄的叛乱。

元和十五年（820年）冬天，成德节度使王承宗病死。按理，成德已归顺，下一任的节度使理应由朝廷任命。更何况，王承宗的两个儿子都在长安。可王承宗的部将们却对王承宗的死保守秘密，想等找到继承人再发丧。这时，王承宗的祖母冯氏下令，指示由王承宗的小弟、观察支使王承元即任。

二十岁的王承元却拒绝接受。

众将跪求，他说，应与朝廷派来的监军使商量。监军宦官也劝他听从众将的请求，他却说：

"各位怀念先人的功德，不嫌我年轻，让我代理军政大事，我十分感动。但我唯一的要求是效忠朝廷，遵从祖父的遗愿。"

众将无奈，只好表示顺从。王承元当即秘密派人到长安，向朝廷报告王承宗已死，王承元暂为留后。

作为个人，青年王承元的行为无可非议。但是，谁也没有想到，他对朝廷的忠诚，却引发了严重的后果。

皇帝接到王承元的报告之后，任命他为承德节度使。但紧接着，就是各方镇节度使的大调动。调魏博节度使田弘正为成德节度使，调成德节度使王承元为义成节度使，调义成节度使刘悟为昭义节度使，调武宁节度使李愬为魏博节度使，调左金吾将军田布为河阳节度使。应该说，这样的调动总体上有利于朝廷对地方的控制，失误在于，调田弘正到成德。

田弘正在支持朝廷征讨成德的战争中，杀死了许多成德将士，与成德结下怨仇。成德将士把王承元的离去和田弘正的到来，看成是一种灾难。他们首先挽留王承元，无奈王承元执意要走。王承元为了成全自己的忠臣名节，甚至杀死了执意挽留他的十几个将校，使成德将士感到心寒，感到绝望。

田弘正深知自己与成德结怨未解，为了安全，他率魏博兵团两千人护送自己到任，并想把这两千人留在镇州，作为亲军卫士。他上书户部，请求户部供应粮食，颁发赏赐。可是户部侍郎崔俊刚愎自用，固执己见而又眼光短浅，以魏博兵应回到魏博，成德军有保护本军统帅的责任，一旦允许，恐其他地区按例请求为由，于是加以拒绝。田弘正一连呈递了四道奏章，都没有下文，不得已，只好把兵团遣回魏博。户部的意见不能说是错的，相反，道理是对的，而且对得很。但是，也就是在这正确的道理下，酿成成德新的悲剧。

田弘正在政治上支持统一，在生活上却十分奢侈，加之他的家族成员，也竞相挥霍浪费，每天的费用在二十万钱。田弘正拼命搜刮魏博、成德两地的财物，来往车辆奔行于路上，络绎不绝，引起两镇官兵的不满。恰在此时，朝廷拨给成德的百万贯劳军，迟迟不至，成德官兵更为不满。此时的成德，就像一堆干柴，一点就着。

成德兵马使王庭凑看准了这个机会，发动兵变，杀死田弘正及其幕僚、家属三百多人，强迫监军宋惟澄上书朝廷，求赐节钺，封他为留后。不久，又派人暗杀冀州刺史，派兵占领冀州。

王庭凑的曾祖父五哥之，曾在安史之乱降将、成德节度使李宝臣帐下效命，以骁勇善斗著名，王承宗的祖父王俊武收其为养子，改姓王，世为裨将。王庭凑性格强悍阴险，沉鸷少言，喜读《鬼谷子》及其他兵书。王承宗时就任兵马使。田弘正到任后，他心怀不满，暗中策划兵变，只是因为魏博兵团驻守，不敢轻举妄动，魏博兵团一走，他立即发动兵变。

几乎在一夜之间，成德又回到以前的割据状态。只有深州刺史牛元翼忠于朝廷，据城坚守，等待朝廷的救援。

幽州朱克融闻成德之变，十分高兴，立即派心腹到成德，与成德结成对抗朝廷的联盟。紧接着，朱克融发兵攻击蔚州，王庭凑发兵进攻贝州，向朝廷示威。

（四）

唐穆宗李恒接到卢龙、成德二镇叛乱的消息时，刚刚听完沈翘翘的方响。正在新建的百尺楼前看杂技。百尺楼就在凝晖殿的对面，是李恒为了观看杂技而盖的。如今的凝晖殿，已人去殿空，一片凄凉。

李纯驾崩后，沈才人请求出家为尼，李恒恩准。在唐代，先皇驾崩，未有子嗣的后妃入寺为尼已成规制。这也许是沈氏的最好归宿。

现在，在李恒身边陪伴皇帝看杂技的是张昭仪。

李恒早熟，十四岁就为他的父亲生了一个皇孙，这就是现在的太子李湛。李恒与他的父亲一样，是一个风流天子，所不同的是，他的父亲性格强悍，喜欢性格温柔的女性，对沈氏凄凉的笑容一见倾心。而他本身性格怯弱，却喜欢性格开朗的女性。张昭仪就是这样一个女子，喜笑，笑起来如灿烂的桃花，全身透红。

同是杂技，李恒与父亲喜欢的也不一样，李纯喜欢戴竿，在高高的竿上表演，既惊险又刺激。而李恒却喜欢绳技，把绳子放得低低的，有惊无险，既好看又不至于心跳过快。

有一个穿红衣裳的女孩子在绳子上翻跃，还朝皇帝做了个鬼脸。张昭仪笑得咯咯响，一边笑一边就滚到皇帝的怀里。

皇帝也笑，一边笑一边就把手伸到昭仪的胳肢窝下搔她。昭仪笑得更欢。

昭仪说：

"皇上，臣妾就喜欢这绳技，好看，快活。不喜欢方响，凄凄惨惨的。"

"以后就不听了。"

"皇上喜欢听。"

李恒捏了一下她的鼻子。这个鬼灵精。他喜欢方响凄凉悲怆的韵味。

"爱妃不听，朕也不听。"

"不，臣妾不在时，皇上可以听。"

昭仪在皇帝的怀里撒娇。

这时，内侍奏宰相求见。

李恒显得有些不痛快，但他毕竟是皇帝，他挥了挥手，走绳子的红衣女跳到地上。张昭仪也从皇帝的怀里爬起来。大家都一脸的不高兴。

李恒亲了一下昭仪，表示安慰，然后对内侍说：

"摆驾延英殿。"

延英殿内，宰相崔植、杜元颖奏完幽州、成德事变之后，再无下辞。皇帝等了很久，想听听他们的意见，他们居然可以坐在那里，一言不发。李恒只好说：

"二位爱卿，卢龙、成德再叛，实出意外，如何是好？"

崔植看了一下杜元颖，说：

"卢龙、成德二镇，久沐圣恩，如今忘恩负德，背叛朝廷，实在可恶。不杀不足以平民愤，不杀不足以显圣威，不杀不足以安天下，不杀不足以……"

李恒说：

"爱卿的意思是派兵讨伐？"

两个宰相一起站起来，说：

"陛下圣明。"

"怎么个征讨？卿等总有个想法吧。"

两个宰相你看我我看你，不说话。

"让谁去讨伐？"

崔植说：

"李愬。李愬是名将之后，又在讨伐淮西中立了大功，非他不可。"

杜元颖说：

"是的，李愬最合适。"

"一个李愬能对付得了两个方镇？"

"那就让田布也去。他的哥哥田弘正被害，听说他非常悲痛和愤怒，派他去正合适。"崔植说。

杜元颖马上附和道：

"陛下，崔大人说得有理，让田布去。李愬讨伐卢龙，田布讨伐成德。"

李恒摇了摇头。两个宰相又都不说话了。李恒哭笑不得，过了好一阵子，说：

"朕以为，应委一主帅，统率各军，进行讨伐，方能取胜。"

两位宰相齐声说：

"陛下圣明。"

"圣明圣明，谁去合适？"

"陛下圣裁。"

李恒叹了一口气：

"无用的东西。"

"臣罪该万死。"

两个宰相一起跪下去。

"起来吧。这也不怪你们，朝中无人啊。"

两个人都不敢起来。皇帝的话分明是说他们无用。但他们也不生气也不悲哀，只感到害怕。李恒有些发火，"不起来，那就永远给朕跪下去。"内侍陈弘志站在那里偷偷地笑。

陈弘志到淮南当监军使不久，又调回来。郭太后喜欢他，他也喜欢回宫，他感到在方镇没有多大意思，在宫里，有他的许多朋友，吐突承璀死后，他在宫内更是如鱼得水。

"走吧。"

李恒说着，站起来，自己先走了。

陈弘志跟在皇帝后面，走出延英殿。回头看殿内，二位宰相还跪着。他忍不住笑了一下。李恒说：

"有什么好笑的？"

"奴才笑二位宰相，都还跪着。"

李恒愣了一下，说：

"让他们走吧。"

陈弘志回到殿内，说：

"二位相爷，皇上都走了，你们还不走。"

崔、杜二人这才站了起来。

陈弘志从后面赶上来，说：

"从来没有见过这样的宰相。"

李恒再一次叹息道：

"朝中无人啊。"

"皇上，恕奴才多言，奴才以为，可请裴度回朝。"

李恒站住了，他把陈弘志从头到脚看了一下，说：

"朕也是这么想的，可是，先皇刚刚让他到太原去……"

"这好办，先让他出任讨伐卢龙、成德的主帅，等胜利之后，再请他回朝主政。我想，他是众望所归的。"

"翰林学士元稹对他好像有一点看法。"

"元稹是一个诗人……皇上喜欢他，可以同时为相。"

陈弘志历来善于揣摸主子的心思，他知道李恒在东宫时就喜欢元稹的诗，特别喜欢他的那首《连昌宫词》，还会背其中的句子，如"调和中外无兵戎"，"努力庙谋休用兵"等，常常挂在嘴上。可如今，朝中无能人，谈不上调和内外，也谈不上努力庙谋，已到了不得不用兵的时候了。

陈弘志对元稹并无好感。一个在全国名气很大的诗人，却在宦官面前低声下气的，特别是对神策军中尉王守澄、知枢密使魏弘简，更是一脸的媚笑。对他也是陈公公长陈公公短的，听起来恶心。他提起元稹，只是让皇帝心理上有一个平衡。

李恒果然点了点头。

第二天，皇帝下诏，以河东节度使裴度充幽镇两道招抚使，全面负责河北讨伐一切事宜。

（五）

接到皇帝诏书，裴度站在书房的窗前，好久不出声。

此时，他的心情是复杂的。

一方面，他知道，皇帝让他出任讨伐幽、镇二州的主帅是对的，朝中无人，各方镇也没有一个人能担起这个重任。李光颜不行，李愬也不行，他们是好将军，却不是好统帅，只有他，有这个能力，也有这个威信来统率全军，对河北进行讨伐。

另一方面，他也知道，一场战争的胜利决不单单取决于一个主帅，朝廷对主帅的信任和支持是相当重要的。对淮西作战的胜利，因为他得到先皇的全力支持，为了统一朝廷与前线的步伐，先皇甚至罢免了与他政见不一的宰相李逢吉。他是以宰相的名义兼主帅的。现在则不同，他虽然也挂宰相衔，但不是真正的宰相。朝中没有一个能干的宰相真正地支持这一次讨伐战争。而当今圣上，没有先皇当初的能力与魄力，优柔寡断，轻信无为。

从战略上看，裴度以为，不能对卢龙与成德同时用兵，应先安抚幽州，集中力量讨伐成德，等成德臣服之后，再讨卢龙。

如果先讨成德，官兵可对成德形成包围之势，在军事上孤立之，在军心上动摇之，在物资上断绝之。而如今，同时讨伐，则使义武、横海二军可能处在两面受敌的不利地位，在军事物资的供应上，也会出现危机。

在现在的情况下，要取得战争的彻底胜利，把握不大。

不久前，皇帝下诏任命昭义节度使刘悟为卢龙节度使，准备派兵讨伐朱克融，可刘悟认为朱克融贼势方强，不敢到任，上书请慢慢图之。

这是刘悟的做法，这种做法也是有古训的，叫不可为而不为。裴度不会这样做，他只能遵循另一则古训，叫明知不可为而为之。

谁让他把天下的大事那么自觉地放在自己的肩上？

上官氏一直站在裴度的身后，十几年的共同生活，使她对他了如指掌。她知道，此时老爷的心情是沉重的。几个月来，老爷一直关注着卢龙、成德二镇形势的变化。她知道老爷心里有想法，可是，这种想法却没有办法对皇上说，不在其位，不谋其政，说了分外的话，不管皇上的意愿如何，后果都是不好的。于事无补，于己有害。此事老爷不为。

现在，酿成这种局面，却要老爷来收拾，这实在是让老爷为难了。

她想想，转身抱过琵琶，唱了起来：

> 天下英雄气，
> 千秋尚凛然。
> 势分三足鼎，
> 业复五铢钱。
> 得相能开国，
> 生儿不象贤。
> 凄凉蜀故妓，
> 来舞魏宫前。

这是刘禹锡刚从夔州寄来的诗。他在连州当了五年刺史，刚刚调到夔州，还是任刺史。

裴度转过头来，向上官氏微微一笑。这个时候唱这首诗，实在是太好了。大唐王朝不能在他们的手上再衰败下去了。不要让后人再来为我们叹息了。

他说："不是还有一首吗？一起唱。"

还有一首是《观八阵图》，是赞美蜀相诸葛亮，赞美他就是为了效仿他。

裴度听罢，笑了起来，说：

"这个刘梦得，好像是专门为老夫写的。"

梦得是刘禹锡的字。

上官氏换了一个姿势，说：

"老爷，来点轻松的，好吗？"

"是的是的，来点轻松的。让她们来，你休息一下。"

上官氏放下琴，走出书房，向走廊那边招了招手，飞燕跑过来，上官氏向她做了一个手势，飞燕立即会意，向后院跑去。

上官氏回到书房，对裴度说：

"老爷，到花厅去吧。"

裴度点了点头。他们来到花厅，歌姬们已经准备好了。裴度一边听歌看舞，一边饮酒，显得非常悠闲，仿佛把国家大事忘得一干二净了。

一个胡姬扬声唱道：

　　绝代有佳人，

　　幽居在空谷。

　　自云良家子，

　　零落依草木。

　　……

　　摘花不插发，

209

采柏动盈掬。

天寒翠袖薄，

日暮倚修竹。

这是本朝大诗人杜甫的诗。胡姬唱得凄婉动人。

裴度突然对站在身后的王义说：

"传我命令，众将在大堂议事。"

说完，他对上官氏微微一笑，上官氏莞尔而笑。她知道，老爷根本没有在听歌。他是在歌声中思考他的用兵之计。

（六）

长庆元年（821年）十月十四日，裴度亲自率将兵从承天军故关出发，讨伐王庭凑。承天军在河东的西北，由此向西出击，攻下鹿泉，即可直逼镇州，置王庭凑于死地。

在此之前，他已作了周密部署。他的总策略是，以义武军向北挡住卢龙朱克融，使之不得南援。集中河东、昭义、魏博、横海四镇的优势兵力，从西、南、东三面向镇州进攻。

开战之初，义武、魏博各军没有统一的指挥，互相观望。接到裴度的命令，都积极进军，并取得一系列胜利。

在北面，易州刺史柳公济在白石岭击败卢龙叛军，杀敌千余人。义武军节度使陈楚率部在望都、北平大败卢龙叛军，杀敌一万，紧接着，又在莫州清源三栅，击败卢龙叛军，杀敌一千人。

在南面，魏博节度使田布率三万兵马北上讨贼，在南宫扎下营寨，一连攻克成德军的两个营寨。

在东面，横海节度使乌重胤打败成德军，杀敌千余人。

在西面，裴度军在会星镇大败成德军，杀敌三千多人。

裴度行营，捷报频传，但裴度并不乐观。这些胜利对于全局来说，都是一些小胜。他告诫诸将，叛军方起，贼势方盛，不可因小胜而掉以轻心。他还看到，自元和以来，征战不断，国库空虚，当今圣上又不知节俭，游乐不止，赏赐无度，国库枯竭，军事物资供应不及时，更不能予前方将士有所奖励，士气不高。他是在相当危险的基础上进行战争的。

这时，横海节度使乌重胤派人到行营，请求暂停主动出击。他认为，贼势方盛，应以静观其变，寻找机会，方能置敌于死地。裴度认为很有道理。他对使者说：

"请回去告诉乌将军，可以静制动。但须做好军需，确保士气，养精蓄锐，以待良机。"

使者走后，裴度命令各军，暂停进攻，以观其变，寻找王庭凑的薄弱之处，再发起进攻。

穆宗皇帝听到裴度命令各军暂停进攻的消息，十分吃惊。在延英殿召集宰相及翰林学士，商量对策。

翰林学士元稹说：

"自古征战，都以正义与否论胜负，王师讨贼，其正凛然，势在必胜。更何况，王师以十数万之众，四面包围，只要主动出击，无不胜之理。"

元稹，字微之，河南河内人。九岁工属文；十五擢明经；二十四调判入第四等，补校书郎；元和元年举制科，对策第一，拜左拾遗。工诗，人称元才子。今年三月，裴度之子裴撰应试中榜，宰相段文昌因自己的亲戚不中，告发主考人钱徽取士不实，穆宗问元稹，元稹支持段文昌。后来复试，裴度之子落选，后又被赐及第。对于这件事，裴度并不放在心上，而元稹却怕受到裴度的报复。有意无意之中，总会在皇帝面前说一些不利于裴度的话。

李恒说：

"裴度是个老将，他应该知道这个道理，何以要坐失良机？"

元稹说：

"臣不知其故。"

李恒转而问其他人，中书舍人白居易说：

"臣以为，裴度居相位而统全军，身在前线，知己知彼，不急于出击，自有道理。"

元稹说：

"陛下如若不同意裴度的做法，可直接下令，让各节度使加速进击。"

宰相段文昌说：

"横海节度使乌重胤也不同意出击，看来，他只听裴度的。"

段文昌对裴度也有防备。当初，韩愈写《平淮西碑》，立于蔡州。李愬之妻、唐安公子之女入宫哭诉，称韩愈所撰碑文不实，宪宗皇帝为此下令磨去韩愈所撰碑文，令时任翰林学士的段文昌重新撰文刻碑。对于这件事，裴度并没有放在心上，一个人的功过是非，不是一块碑所能断定的。裴度做事，只求对得起自己的良心，对得起历史。再说，让谁重写碑文，这是皇帝的旨意，怪不得撰写碑文的人。但由于裴度声望太高，功劳太大，段文昌心里总是有些担心，并不希望裴度再立新功，再度回朝主政。他没有把话说得很明白，但意思是说到了。

李恒转而问枢密使魏弘简：

"爱卿以为如何为好？"

魏弘简说："何不以杜叔良代之？"

段文昌、崔植、元稹都说，此议可行。

李恒急于取胜，也就同意了这个建议。第二天，下诏，以杜叔良为横海节度使，率军进攻成德，把久经沙场的老将乌重胤调离前线，去担任山南东道节度使。

（七）

这一天，裴度正在大帐议事，接到乌重胤调任的诏书，愣了好一阵子。这诏书说明了几件事：一、皇上对自己不信任；二、朝中有人故意干扰他的战略部署；昏庸无能的杜叔良可能给整个战争造成被动的局面。

裴度上书，一方面谴责元稹、魏弘简等人，一方面向皇帝建议，不要调换乌重胤。

可是，裴度的上书如石沉大海。

这是从来没有过的。裴度再上，一连上了三道书。

裴度说，叛逆者作乱，震惊山东；奸臣结党败坏国家。陛下要想扫平幽、镇二镇的叛乱，首先要肃清朝廷内的奸臣。

三次上书，终于有了回音，魏弘简改任弓箭库使，元稹改任工部侍郎。

这是皇帝对他的应付，于大局并没有任何补益。

形势比裴度预料的还要糟。

杜叔良接任横海节度使后，一改乌重胤的做法，率诸道军接连与成德军作战，屡战屡败。成德叛军知道杜叔良指挥无方，抢先与杜交战。十二月八日，杜叔良在博野与成德军展开一场遭遇战，结果，官兵大败，死伤七千多人，杜叔良仅免一死，脱身还营，连皇帝赐给他的旌旗符节都丢了。

杜叔良的失败，使官兵在河北战场上失去了主动权，成德与卢龙连成一片，卢龙、成德二镇叛军可以互相配合，主动出击，使官兵处在被动防御的状态。

为了挽救战局，裴度采取紧急措施。

首先，裴度给在深州的牛元翼增兵。深州原属镇州管辖，地处镇州东南，战略地位相当重要。深州刺史牛元翼忠于朝廷，不随王庭凑叛逆。保住了深州，就等于在成德插下一颗钉子，一旦大局好转，深州便是进攻镇州最好的前哨阵地。

其次，裴度给弓高增兵。弓高是重要的粮道，事关全军的物资供应，不可有闪失。

朱克融也不是个傻瓜。

横海已失，朱克融长驱直入。他兵分两路，一路与王庭凑合兵，包围深州，一路直取高弓。

高弓守将王良，是一个忠于职守的将军。他得到裴度的增兵，进行了周密的部署，加固城池，日夜巡逻，不让叛军有任何可乘之机。

没想到，高弓却失在魏弘简的手上。

前不久，皇帝派魏弘简巡视各军。魏弘简到高弓时，已是半夜。王良为了安全起见，拒绝开城门，一直到天亮之后，才开城门迎接。

魏弘简进城后，破口大骂：

"王良，你以为我是谁？我是皇上的使者。是代表皇上来视察各军的，不要说是你一个小小的高弓守将，就是裴度见了我也要敬三分，也不敢把我拒之城外。你好大的胆子啊！是谁给你这样的胆子？是裴度？"

王良说：

"公公息怒，末将只是为了高弓的安全。"

"那我呢？我在城外就安全了？万一中使有个闪失，你王良有几个脑袋？"

王良无话可说。

"今后，凡是中使来临，不管何时，都要开城迎接。这是表明你对圣上的态度，懂吗？"

"末将明白。"王良说。

魏弘简看他毕恭毕敬的样了，笑了笑，说：

"你拼死拼活地打了一辈子仗，还不如我在皇上面前为你说几句话。"

王良说："是的，末将明白。"

"明白就好。"

魏弘简走后，王良出了一身冷汗。王良是一老实人，他忠于职守，不想有功，但求无过。

这件事情被卢龙的间谍探知，报告了朱克融。

于是，在一天夜里，朱克融派人假扮宦官到高弓城外叫开城门。

守门将士不敢怠慢，开门迎接。叛军紧随其后，呐喊着冲入城门。王良闻变，率亲兵救援，叛军如潮水般涌入，王良知事已不可挽回，拔剑自刎。

高弓一失，官兵粮道逐被破坏，朝廷供应各军的粮食物资常常被劫。仅下博一地，一次就被成德叛军劫走六百车粮饷。

时值冬天，深入成德的各路官兵饥寒交迫，士气不振。

正在这个节骨眼上，魏博节度使李愬病倒。朝廷任命田弘正的儿子田布为魏博节度使，田布威不能服众，加上军饷供应不及，先锋兵马使史宪诚暗中挑拨，在向成德进军的路上，军队发生哗变，大部分人投向史宪诚，田布只好率中军八千人返回魏博。回到魏博，大部分将士不愿意再打成德，田布无奈，自杀身亡。

李光颜率兵救援深州，由于粮饷供应不及，未能取胜，加之士气低落，只好闭壁自守。

裴度接到各地战报，无可奈何地叹了一口气。

考虑再三，裴度决定入朝，当向皇上禀明军事形势，调整部署，以利再战。

裴度还没有动身，朝廷已决定妥协。

皇帝任命朱克融为卢龙节度使，王庭凑为成德节度使，军中将士官爵都官复原职。加封朱克融、王庭凑为检校工部尚书。同时，派韩愈到成德慰问。

但是，朱克融、王庭凑并不买朝廷的账，包围深州的军队就是不撤。因为他们知道，深州战略地位十分重要。深州原为镇州属地，势必夺回。

朝廷任命牛元翼为山南东道节度使。牛元翼却被困深州城，无法赴任。

（八）

为解深州之围，裴度决定，在回长安的途中，拐到深州，说服朱、王退兵。

部将们听说裴度要到朱、王军中，都说，太危险了。裴度笑道："危险自然有，但我料他们不敢把我怎么样。"

王义说："老爷，还是小心为好。"

"他们不敢。他们虽坏，但尚无更大的野心，只是想与朝廷闹独立。他们杀了我，怎么与朝廷交代？再说，他们现在接受朝廷的节钺，与我便都是同僚，哪有无故杀同僚的？你们看，连韩愈他们都不敢动了，更不要说我。"

进入成德地界，裴度把侍卫骑兵都留在边界，只带王义、飞燕夫妇二人，来到深州城外。

北风呼啸，大雪纷飞。

大地一片苍茫。远处山脚的几棵松树，显出沉着的绿色。

裴度捋了捋胡子，高声吟道：

穷阴忽至，品物尽瘁。惟良木之坚贞，映衰林而葱翠；桃蹊李径，闻别叶之互飞；松涧柏陵，见修条之自异。谅本性以无易，托斯时而不类。虽杀菽之霜再三，断蓬之风数四。徒凛凛以终日，竟青青而在地。懿夫春夏荣滋，我不竞于芳时；秋冬凄冽，我不改其素节。遥分郁郁之烟，远映霏霏之雪……

这是几天前，裴度所作的《岁寒知松柏后凋赋》。

老爷一路吟唱，心情很好，而王义夫妇却提心吊胆，怕出了什么不测。裴度吟罢，飞燕说：

"老爷，你猜那一天我与夫人上晋祠，看到什么人了？"

"什么人？"

"两个道姑。"

"这有什么奇怪的。到了寺庙，不是遇见道士，就是遇见道姑。"

"不是一般的道姑。"

"难道是三头六臂、青面獠牙的？"

"是老爷认识的。"

"什么人？"

"就是三翻五次想暗杀老爷的那两个女人。"

"李师道的两个侍妾？"

"是的。"

"现在怎么提起她们？"

"不知道。突然想起来的。"

"是担心老爷会出什么危险吧。"

"是的。"

"你们放心。"

他们一边说，一边在雪地里踩出一串深深的脚印。不知不觉，便到了卢龙军的大营外。卢龙军大营戒备森严，几百个全副武装的骑兵从栅外一直排列到营外，接着是步兵，也是个个手握钢刀。前面的卫兵把他们拦住，后面的卫兵一起架起了刀枪，在他们面前列起一道刀的长阵。寒风中，刀光夹着雪影，阴森森的。

前面，高高的旗杆上，得意扬扬地飘着一面写着"朱"字的帅旗。

裴度抬头看了一下那面旗子，轻轻一笑。王义上前，说：

"这是河东节度使，晋国公，裴相爷，要见你们帅爷，快去通报。"

"我不信。裴相爷出门，不会这么冷冷清清的。"

"你让我进去，你们朱爷会相信的。"

卫兵看了看裴度，裴度安详地捋着胡子，还朝他微微一笑。卫兵一下子软了腰杆子，对王义说：

"跟我进来吧。"

王义一边走，一边看着架在头上的大刀，好大的阵势啊。进了大帐，把裴度的名帖递了上去。

朱克融看了名帖，吓了一跳。他向带王义进来的卫兵招了招手，那卫兵上前，他附在卫兵的耳边问："带了多少人？"卫兵伸出三个指头。朱克融大惊失色："三万？"卫兵说："不，是三个，连他本人三个。"朱克融松了一口气，他睁大眼睛，眼光在王义的独臂上停留了好久，说：

"你就是王义。"

"正是。"

朱克融跳了起来，说：

"有请，快快有请。"

说着，便跟着王义走出大帐。

裴度看到朱克融走出来，跳下马来。朱克融远远地看清了裴度，急步上前，拱手道：

"晋公驾临，有失远迎，失敬，失敬。"

裴度笑道：

"回朝复命，顺路来看看，朱将军不会不欢迎吧？"

朱克融尴尬一笑，说：

"欢迎，欢迎，请。"

裴度看了一下全副武装的卫队，说：

"戒备森严啊。"

　　裴度的言外之意十分明白，既然你已经接受皇帝的封赏，大家都是自己人，何必这样如临大敌，未免有点做贼心虚了吧。朱克融又是尴尬地一笑，对走在身边的副将说：

　　"把卫队撤了。"

　　进了大帐，分主宾坐下之后，裴度大谈天气，还谈到他最近写就的那篇《岁寒知松柏后凋赋》。朱克融越听越感到心虚起来，说：

　　"晋公大驾来临，必有大事，请晋公明示。"

　　裴度笑了起来，说：

　　"在下的确没有大事，只是路过成德，看到在成德的地面上有了卢龙的军队，觉得有些奇怪，出于好奇，拐过来看看。"

　　朱克融的脸红了起来，说：

　　"这是王庭凑将军请我来的。"

　　"什么时候请的？"

　　"几个月前。"

　　"此一时，彼一时啊。"

　　朱克融站起来，拱手说：

　　"在下三日之内，一定撤兵回镇。"

　　裴度也站起来，说：

　　"老夫此次回京，一定禀明圣上，说朱克融虽然一时糊涂，但终究是一个深明大义之人。"

　　"谢晋公。"

　　"老夫就此告辞。"

　　"不急不急，在下为晋公接风洗尘。"

　　"不用了，老夫要到王将军军中，问问他，为什么还不撤兵。"

　　朱克融一直把裴度送到离营五里处。

　　裴度说："风大雪大，朱将军请回吧。"

　　朱克融说："请晋公放心，三日之内，朱克融一定回镇。就此告辞。"

裴度笑了笑，挥挥手，走了。

在路上，王义说：

"向闻朱克融凶残狡诈，如何对老爷这样恭顺？"

裴度看了一下飞燕，意思是让她先说，飞燕说：

"老爷名气大，官也比他大。还有，气魄大，只身前来，把他镇住了。"

裴度笑道：

"朱克融，鼠辈小人，胸无大略，犯上作乱，无非是想当节度使，如今朝廷已授之节钺，他暂无他求，所以显得恭顺。"

裴度冒着大雪，又到了王庭凑大帐。

三天后，朱克融撤军回镇，王庭凑也引兵后撤十里。

（九）

裴度回到长安，在麟德殿朝见皇帝，向皇帝叙述朱克融、王庭凑暴乱河北，自己讨贼无功，慷慨激切，涕泪横流，殿上文武百官，无不被他的忠心所感动而落泪，皇帝也为之动容。

李恒说：

"河北动乱既已平息，爱卿功不可没。特别是爱卿的深州之行，使朱、王二人退兵，使牛元翼得以回朝赴任，树朝廷之威于河北。朕深感欣慰。"

皇帝的话使裴度有些感动。在回长安的途中，裴度遇到中使。中使欲前往深州，带牛元翼到山南东道赴任，又怕深州被困，进不去，想请裴度致书朱、王二人，请他们退兵。裴度笑呵呵地对他说，朱、王谅已退兵，请中使放心前往。中使回京，当即向皇帝奏明此事。

裴度说：

"谢陛下。臣已老朽，请解臣之兵权，放归故里，颐养天年。"

裴度的话，一方面是真心想退隐，另一方面也是说给元稹和魏弘简等人听的，他们不喜欢他重返朝廷，也不喜欢他手握兵权。

李恒笑道：

"爱卿何出此言？朕正想委爱卿重任。爱卿到扬州，任扬州大都督府长史，充淮南道节度使如何？"

裴度说："臣再握兵权，怕有所不妥。"

皇帝说："很好，爱卿就不要再推辞了。"

有人向皇帝建议，说一定要让裴度再握兵权，要不然，朱克融、王庭凑二人知道裴度无兵权，恐怕会再生叛逆之心。所以李恒才这样坚决，要让裴度出任淮南道节度使。

当然，还有个重要原因，作为皇帝的李恒埋在心里，对谁也没有说，甚至连他自己也没有觉察到。同是节度使，为什么不让裴度回到河东？河东太重要了，裴度的威信太高了，他不想让裴度形成自己的军事实力。功高震主，这是当皇帝的永远要记住的道理。更何况，李恒是一个没有多大本事的人。凡是没有本事的人，不管他的地位多么崇高，都是一个怯弱的人。

裴度只好谢恩了。

李恒笑了，说：

"昭义节度使刘悟扣压中使刘承偕之事，爱卿可知此事？"

裴度说："臣有所耳闻。"

昭义之变，裴度是了解的。

当初，刘悟收到他的信，改弦易辙，杀死李师道，立了大功，被授昭义节度使。长庆元年（821年）二月，昭义监军使、宦官刘承偕，仗着他是郭太后的干儿子和皇上对他的宠幸，桀骜不驯，欺辱戏弄刘悟，在公开的场合，当面横肆凌辱，又放纵他的部属违法乱纪。到最后，竟然秘密与磁州刺史张纹合作，打算先擒刘悟，绳捆索绑送到京师，让张纹当节度使。刘悟得到消息后，暗中命部众发动兵变，诛杀张纹，包围刘承偕的监军院，抓了刘承偕，准备将他处死。这时，幕僚贾直言进谏，说："明公这样做，是要效仿李师道吗？如果是的话，明公怎么知道昭义军中就没有一个像明公当初一样，反戈一击。要是这样的话，李师道地下有知，也会笑话明公的。"

贾直言正是当初李师道的幕僚，是刘悟杀了李师道把他从狱中放出来的。他的话如一盆冷水，把热昏中的刘悟浇醒。他不能走李师道背叛朝廷的路。他对贾直言的直言表示感谢，免刘承偕一死，将他囚禁在官邸里。

朝廷得到消息之后，穆宗下诏，命刘悟送刘承偕到京师，刘悟托言军务在身，不便前往。刘悟知道，朝中无人为他说话，一旦他到京城，皇帝便有可能听信刘承偕的一面之词而置他于死地。

为了求得支持，刘悟想来想去只有裴度一人对他了解，能为他说话，就连夜写信给裴度，把发生的事情向裴度禀明。裴度看了信，便把刘悟的信交给正在裴度军中的中使赵弘亮，让他回京奏明圣上。

李恒说：

"爱卿以为如何处置为好？"

裴度看了一下站在两边的宰相们，又看了一下站在远处的元稹，说：

"臣现在是藩臣，不便议论军国大事。"

"说说又有何妨？"

"不在其位，不谋其政。"

李恒看了一下宰相们，段文昌、崔植、杜元颖等人面面相觑，他们提不出什么好办法，他们更不想得罪宦官。一个个装聋作哑，像木头一样地站着。李恒无可奈何地转向裴度，说：

"朕就是想听听爱卿的意见。"

（十）

裴度不好再坚持下去，让皇帝下不了台，同时，也是出自对国家的责任感，他说：

"陛下以为刘悟如何？"

李恒说：

"刘悟负我，我以仆射宠之，最近又赐绢五万匹，他不思报功，反而放纵军众凌辱监军，我实在是不能忍受此事。"

裴度说：

"刘悟之事，臣多少知道一点，刘悟曾给臣写信，说明事件的经过，臣把信交给中使赵弘亮，让他上奏，不知有没有上奏？"

李恒愣了一下。赵弘亮是说了，但他不相信，此时又不好说没有奏，只好说：

"我都不知道。刘悟为什么不密奏此事，难道我不能很好地处置？"

裴度说：

"刘悟是武臣，不知大臣体例，这是可以谅解的。但是，话说回来，即使刘悟有了密奏，陛下会相信他吗？今天在这里，臣等面议如此，陛下尚且不相信，更不用说刘悟单独的奏章了。"

裴度的意思很明白，陛下只相信自己亲近的人。

李恒尴尬地笑了一下，说：

"过去的事就不去说了，你说说如何处置吧。"

裴度说：

"陛下如果想收忠义之心，让天下戎臣为陛下死节，唯一的办法是，下半纸诏书，说明陛下任使不明，致使刘承偕乱法如此，令刘悟集三军斩之。如此，则万方毕命，群盗胆破，天下无事。如若不然，虽给刘悟改官赐绢，也无济于事。"

此言一出，举坐皆惊。

如今宦官势力日盛，杀了刘承偕，得罪了宦官集团，还有你裴度的好处？

李恒也吃了一惊，裴度可真会想！难道他不知道刘承偕是太后的义子，是朕宠爱的内臣？李恒是个孝子，郭贵妃一直没有被册封为皇后，他登基之后，立即册封为皇太后。册封之日，鼓乐齐奏，文武百官皆来朝庆，内外命妇云集光顺门，郭太后高居殿台下，自穆宗以下人人叩拜，场面宏大、感人。李恒登基后，郭太后居兴庆宫，为了表示孝顺，每月的初一、十五，他都要到兴庆宫向太后参拜、请安。若遇到太后生日或逢良辰美景，六宫命妇，戚里亲属皆来相聚，一时间，车骑骈噎于南内，銮佩之音，锵如九奏。朝夕供御，也十分华侈。有一次太后幸骊山，登石瓮寺，李恒命景王率禁军侍从，他自己也从昭应奉迎，游豫行乐，数日方还。

把太后宠爱的义子杀了，这还了得！

李恒说："非杀刘承偕不可？"

裴度说："如今方镇动荡，河北方定，孰轻孰重，陛下三思。"

李恒一时无话。

这时，元稹站了出来，说：

"陛下，臣以为刘承偕不能杀。陛下以孝治天下，刘承偕乃太后义子，天下皆知，陛下因小过而杀太后义子，必在百姓中留下陛下不孝的阴影。"

元稹此说，也有道理，但文武百官，没有不知道元稹与宦官的关系密切，而此时此刻，更有讨好皇帝之嫌。他一站出来，他的好朋友中书舍人白居易就为他感到羞愧。白居易虽然与元稹是文友，但在维护国家统一这一点上，与裴度是一致的。早在河北战局陷入困境时，他就不同意元稹从中作梗的做法。他曾向皇帝提出过让李光颜率诸道劲兵从东面速进，打通弓高粮道，与裴度形成东西夹击之势。但是，皇帝置之不理。

白居易不自然地动了一下身子。韩愈也动了一下他胖胖的身躯。他担心白居易此时会说出一些不合适的话。但，白居易没有开口。

李恒龙颜为之一开，说：

"依元爱卿之见，如何处置最好？"

"刘悟无视朝廷的权威，私自扣押监军，不是没有一点过失。还是依前议，下诏让刘悟送刘承偕到京师，当面问明事由，再作决断。"

裴度一听，有些火了，说：

"元大人，要是逼反了刘悟，你可要带兵前去讨伐？或者像韩愈韩大人到成德那样，到昭义去宣慰？"

韩愈又动了一下身子。

韩愈到成德，的确表现出大无畏的精神。临行前，众人都以为凶多吉少，穆宗也面谕韩愈，到了边境观察形势再去。韩愈却十分坚决，对皇帝说："止，君之仁，死，臣之义。"他到成德，王庭凑派兵弓上弦，刀出鞘，杀气腾腾地迎接他，想吓住他。他却大义凛然，面对围着他的士兵，说出了许多道理，说得将士们口服心服，王庭凑怕动摇军心，对他十分礼貌和客气，表示要归顺朝廷。

裴度此时提起韩愈的成德之行，自然是对韩愈的肯定，同时也提醒皇帝，昭义之事处置不当，后果是十分严重的，绝不是元稹之辈所能解决得了的。

元稹一下子红了脸。他一介书生，在殿堂上说说可以，真到了前线，他能做什么呢？对于这一点，他有自知之明，"犀带金鱼束紫袍，不能将命报分毫。"这是他的诗句。当初，对于被围困的深州和牛元翼，他什么也做不了，只有等到事件结束后，"他时得见牛常侍，为尔君前捧佩刀。"以后对于新的叛乱，他也不会有别的办法。

李恒也不高兴，他不是不知道事情的严重性，他只是不高兴裴度的态度。他不但要置刘承偕于死地，也当面给元稹难堪。他不是不知道朕喜欢元稹。他给元稹难堪，就是不给朕面子。

但是，这一切，李恒都忍住了。

李恒想了好一会儿，说：

"朕不是疼惜刘承偕，只是他是太后的养子，他出了这事情，太后还不知道。能不能有更好的办法，让刘悟把刘承偕放了？"

裴度说："如果皇上下诏，把刘承偕流放到边远的地方，使刘悟不感到威胁，或许刘承偕还有生还的希望。"

"刘悟那边呢？"李恒有些不放心地说。

裴度说："臣可致书刘悟，请他理解陛下的一片苦心。"

"也只好这样了。"李恒说。

退朝后，李恒把元稹留下来，请他一起到后宫去看杂戏。

（十一）

李恒在东宫时就喜欢上元稹的诗，称他为"元才子"，东宫内常常演凑元稹的《连昌宫辞》。今天裴度当着文武百官的面，给元稹难堪，李恒很为他感到不平，把他留下来，请他看戏，是想安抚一下元稹。

看了戏，李恒又赐宴百尺楼，恩宠无比。

皇帝喝酒，自然有音乐相伴。李恒喜欢沈翘翘的方响。沈翘翘问乐坊使，奏什么曲子？乐坊使看陈弘志，陈弘志看了一眼一脸媚笑的元稹，说："随便。"

沈翘翘便奏《凉州曲》。

席间，李恒说：

"元爱卿，裴度有些过分，请爱卿不要往心里去。如今大局如此，不能没有裴度。朕一有机会，会为爱卿做主的。"

元稹说：

"裴度自视功高，连陛下也不放在眼里。他对臣的意见，纯属报复。"

沈翘翘听到裴度的名字，心颤了一下。

自从沈氏出宫当尼姑，她更感到孤独。总是做梦，梦见裴度捋着胡子，听她唱歌。她唱的总是白居易的《花非花》。

"什么事？"

"还不是为了他儿子的事。本来就不应该中的。"

"算了，过去的事就让它过去吧。过一段时间，朕即任你为相。"

"真的？"

"君无戏言。"

元稹跪下去：

"谢陛下。"

"王守澄、魏弘简都说了爱卿的许多好话，朕也理解爱卿的一片忠心。"

元稹感动地落下了眼泪。

李恒说："爱卿近来有什么新作啊？"

"近得一小诗，不敢呈献。"

"吟来何妨？何题？"

"赋得春雪映早梅。"

"好，为朕吟来。"

"臣遵旨。"

元稹高声吟唱：

　　　　飞舞先春雪，因依上番梅。

　　　　一枝方渐秀，六出已同开。

　　　　……

　　　　今朝两成咏，翻挟昔才人。

李恒听罢，说："好诗好诗。让乐工当场演唱。"

沈翘翘听说要唱元稹的诗，耍了个花招，突然软瘫下去，倒在地上。

音乐中断。李恒问：

"怎么啦？"

陈弘志幸灾乐祸地说：

"她晕倒了。"

李恒"哼"了一声，乐坊使"扑通"跪下去：

"奴才罪该万死。"

元稹唯唯，不知所措。

（十二）

裴度在府里请客，请的是韩愈、白居易、张籍等人。他要到扬州上任去了，他们要为他饯行，他说："还是我来请你们吧，你们无非想喝酒，借饯行之名，来敲我的竹杠。"韩愈笑道："知我者，裴公也。"

外面下着雪，花厅里却暖洋洋的。

他们喝的是鱼儿酒，这是裴度特制的酒，做法是，将龙脑凝结，刻成小鱼形状，把酒煮沸，倒在杯子里，然后每杯放一条小鱼。顷刻间，满屋醇香。这种香，闻起来醉人，喝起来醒人，妙不可言。

白居易说：

"在下与元微之私交甚厚，却不知道他是这种人。"

韩愈也说："我也没想到。"

张籍也说：

"我与元微之也是至交，刚刚读过他的诗，'为国谋羊舌，从来不为身。'我还以为他受了多大的委屈，没想到，他竟然这样。"

裴度说："其实他倒不坏，只是有一点傻。"

三人不解。裴度说：

"他不知道自己，他是一个诗人，只是一个诗人而已，可他却想当宰相。这就是他的大傻之处。"

三人想了想，有道理。

裴度喝了一杯酒，接下去便吟起元稹的一首诗：

　　休遣玲珑唱我诗，我诗多是别君词。

　　明朝又向江头别，月落潮平是去时。

白居易笑了起来，这是元稹写给他的诗。裴度说：

"能写这诗的人，不会坏到哪里去。再说，他的《连昌宫词》写得多好！'连昌宫中满宫竹，岁久无人森似束。又有墙头千叶桃，风动落花红蔌蔌……'"

韩、白、张三人举杯道：

"为晋公的大度，干杯！"

四人举杯，一饮而尽。

忽报，圣旨到。裴度连忙站起来，对他们说，诸位慢用，在下去去就来。于是，他匆匆来到大厅，整衣出迎。

三人在花厅一边喝酒，一边猜测圣旨的内容。白居易说：

"一定是哪里又出了什么乱子，让裴晋公去处置。"

韩愈说："说不定圣上改了主意，让裴公留在朝廷，重知政事。"

张籍只顾喝酒，什么也猜不出来。

一会儿，裴度笑呵呵地回来，说：

"圣上让我留在京师，让王播出镇淮南。"

他指了指自己的头，又说：

"我还想去多买几顶扬州毡帽，买不成了。"

韩愈看了一下白居易，意思是，还是我猜得对。白居易摇了摇头，要是不出事，圣上是不会改主意的。他问裴度：

"哪里出事了？"

"徐州。"

这一下轮到白居易看韩愈，我也对，你并不比我高明。张籍朝二人笑了笑，你们都比我高明。

原来，徐州发生兵变。在讨伐幽、镇的战争中，武宁节度副使王兴智率兵三千到河北，回徐州后，驱逐节度使崔群，自称留后。

与此同时，宣武和浙西都发生军乱。

为了镇住各方镇，唐穆宗只好把裴度留在京师，以裴度守司空，同平章事，复知政事。

裴度再一次在危难中出任大唐宰相。

听到这个消息，张籍吟诗一首，这是他的旧作《和裴司空即事通简旧僚》，此时，却很能表达大家的心情：

肃肃台上坐，四方皆仰风。

当朝奉明政，早日立元功。

独对赤墀下，密宣黄阁中。

犹闻动高韵，思与旧僚同。

第七章

不如归去

（一）

长庆四年（824 年）正月二十二日，唐穆宗李恒驾崩。

李恒是中风死的。早在两年前，他就中过一次风，后来好了，时好时坏，并没有引起他的重视。有人建议他吃仙丹，他没有听从。有人建议他要节欲，他也没有听从。那一天，他喝了许多酒，然后去打马球，打马球自然都是他赢，太监们懂得如何哄皇帝开心，让他赢，又让他赢得很自然。打了马球，看杂戏，看了杂戏又到张昭仪宫中。昭仪为讨皇帝欢心，叫来了乐坊的沈翘翘。沈翘翘的《凉州曲》奏得皇上心里凄凄凉凉的。皇上边喝酒边听，喝醉了，举起杯子对沈翘翘说："西出阳关无故人，喝。"歌一直唱到下半夜。按皇上的意思是想留住沈翘翘的，张昭仪附在皇上的耳边说了句什么，皇上笑了起来，说："那就以后吧。"龙床上，张昭仪使出了许多新招，笑得很妩媚、很灿烂。大唐天子李恒就在她的笑声中旧病复发了。

宦官们手忙脚乱，他们先是想请郭太后垂帘听政，郭太后大有乃祖遗风，坚决不做武则天第二。于是，宦官们扶立太子李湛。

正月二十六日，李湛在太极殿东序即皇帝位，是为敬宗。

唐敬宗今年十六岁。

他是一个快乐的、散漫的、宽容的少年。他的不幸是他当了皇帝。许多人怪他，说他腐朽荒唐，说他不学无术，说他御臣无术……说句公道话，这实在怪不得他。他虽然生于中兴，可祖父雄才大略的一面他并不了解，作为孩子，他更多地看到的是祖父在宫中的风流和对金丹的迷恋。他的父亲留给他的，就更不是什么好习惯了，看戏、击球、打猎、玩女人，如此而已。他能好到哪里去呢？

这是一个快乐的春天，他正在东宫西偏殿的院子里踢球，和他在一起玩的有好几个小太监，他们也是孩子，一群不健全的孩子。小太监找得好苦，终于在这里找到了他。

"皇上驾崩了。太后让你赶快去，你要当皇上了。"

李湛愣了一下，父皇不是好好的，怎么说驾崩就驾崩了呢？不去。不去不行。那就等我把这球踢完再去。小太监无可奈何，站在一边干着急。这时，来了几个大太监，不容分说地就把太子簇拥到太极殿东序，那里一切都准备好了。

李湛就这样当上了皇帝。当皇帝的感觉真不错，看着宰相李逢吉率领文武百官跪在阶下，山呼万岁，他乐呵呵地笑个不停。

他笑得很开心、很放肆。竟忘了说"众爱卿平身"。百官跪着，不知所措。李逢吉偷偷地抬起头来，向站在皇帝身边的太监刘克明丢了个眼色。刘克明附在皇上耳边，提醒皇帝，快让他们平身。

李湛感到奇怪，我笑我的，和他们有什么相干？他们要跪，就让他们跪着好了，说不定他们以为这样更舒服一些。

李逢吉再一次偷偷地抬起头来。李湛看见了，笑得更开心。

"起来吧，起来吧。"

他一边笑一边说。

于是百官再一次欢呼：

"吾皇万岁万岁万万岁！"

他的笑声在大殿内回荡，然后乘着春风，飞出大殿，在大明宫，在长安城的上空飘扬。

他父亲的梓棺还放在宫内，尸骨未寒。李恒有知，他会有什么感叹？李纯呢？还有，他的那些列祖列宗们，那个打下了江山的李渊；那个开创了"贞观之治"的李世民；那个把大唐帝国推向繁荣的巅峰，又引入灾难的深渊的李隆基……他们会怎么想呢？

李湛管不了那么多，他只管自己快活。

即使他想管，他管得了吗？

国库空虚，民不聊生，方镇蠢蠢欲动，更要命的是，朝廷被李逢吉一班人把持着，无所作为。

李逢吉当过宰相，当初由于反对讨伐淮西，被李纯调到川东任节度使。长庆初，由于他任过太子侍读，又与宦官王守澄关系密切，回到长安，出任兵部尚书。他没有治国安邦的大本事，却是一个搞阴谋诡计的老手。其时，裴度与元稹同为宰相，李逢吉派人向皇帝诬告元稹收买刺客，想刺杀裴度。唐穆宗知道元、裴二人不谐，信以为真。李恒原来十分喜欢元稹，为不伤元稹，采取各打五十大板的做法，贬元稹为同州刺史、长春宫使，同时罢裴度之相，降为左仆射。

李逢吉取代裴度为宰相。

李逢吉利用他的相位结党营私，一时间，在朝小人纷纷投到他的门下，有张又新、李续之、张权兴、刘栖楚、李虞、程昔范、姜洽、李仲言等人，时称"八关十六子"，势倾朝野。

其时，裴度虽不在相位，但在朝中威信很高，有裴度在，他们就不能为所欲为，所以他们想方设法，把裴度排挤出朝廷。

他们四处造谣，中伤裴度，不时地在李恒前面说裴度的坏话。李恒也不喜欢裴度，他之所以让裴度当宰相，实在是出于害怕方镇再乱，想利用裴度的威信，镇住方镇，其时，中使从幽镇还，对他说过这样的话，"军中将士都说，裴度在朝，两河诸侯中，忠于朝廷的人都感到十分安慰，不忠于朝廷的都感到害怕。"现在，方镇稍安，李恒便不再留恋裴度了。不久，出裴度为山南道节度使，不带平章事。

一时间，李逢吉之流，一手遮天。

这样的局面，是一个十六岁的孩子能改变的吗？

李湛没有想得那么多，他只管自己的游乐嬉戏，今日往中和殿击球，明日到飞龙院蹴鞠，后天又观角抵、看竞渡，或陈百戏于宫中，与妃嫔宫女狎戏玩耍。

他是个风流皇帝，快乐天子。

如果他不当皇帝，他会活得更潇洒，更自由，更像一个人。

（二）

李湛在太极殿登基时，裴度在远离长安的兴元。这一天，他感到身体不适，头昏心跳，坐不舒服，躺也不舒服。

太阳照在院子里，"将军"躺在台阶上打瞌睡。

王义从大街走回来，对站在门口的卫兵说："不可掉以轻心。"自元和十年（815年）以来，暗杀老爷的阴谋一直没有停止过，一直到前不久，还传说元稹派刺客要暗杀老爷。虽然老爷命大，总能化险为夷，但作为仆人的他，是不能掉以轻心的。

王义走过院子，摸了摸"将军"，"将军"睁开眼睛，看了一下王义，又闭上去。"将军"老了。王义摇了摇头。

裴度见王义，问：

"衙门里没有什么事吗？"

"没有。掌书记舒元舆舒大人，说没什么大事，请老爷放心休息。"

"斜谷的路和馆驿修得如何？"裴度说。

这是他到兴元做的一件重要的事情。斜谷是通往西南的重要通道，自天宝年间修筑以来，近百年没有整修，已经破烂不堪，沿途的馆驿也大都倒塌了。如不重修，一旦西南有变，兵不能及，粮不能到，后果不堪设想。他一到兴元，就筹集资金，命董三立、孙小二二人带兵修筑。

王义说：

"舒大人说，已基本完成了，再过一个月，孙、董二位将军就可率军回府了。"

裴度站了起来，说：

"舒元舆会办事。"

舒元舆，婺州东阳人，元和八年（813 年）进士，有文才，裴度出镇兴元时，推举他为节度府掌书记。舒元舆自视才高，目中无人，王义不大喜欢。

"到时候我去看看。现在，我们下棋吧。"

王义在棋枰前坐下，飞燕拿出玉棋坛。裴度又改了主意，摆摆手，不下了，没有心情。

王义、飞燕对看了一下，不知如何是好。裴度说：

"你们去吧。我心里闷，一会儿就好了。"

上官氏也说："你们去吧，到城外去走走，看看兴元的春天。"

王义夫妇走后，上官氏又觉得空落落的，不知如何来安慰老爷。

她想，这种时候，能让老爷高兴的只有老朋友的来访，可远在兴元，哪来的老爷朋友？韩愈和张籍在长安，白居易在杭州当刺史，崔群在宣州当宣歙观察使，刘禹锡在夔州当刺史……千山万水之隔，万水千山之遥。

想到刘禹锡，她突然灵机一动，他不是刚刚寄来一首诗吗？何不唱一唱，给老爷解解闷？

她悄悄地走出去，到后花园里去弹唱，让歌声从远处传来，想给老爷一个意外的惊喜。

裴度随手拿起案上的一张"薛涛笺"，是昨日舒元舆送来的一首诗，看样子是读书心得。写得很一般："将寻国朝事，静读柳芳历。八月日之五，开卷忽感激。正当天宝末，抚事坐追惜……"无新意，无新意。

裴度放下诗笺，闭上眼睛，静静地倚在榻上。"将军"从门外走过来，蹲在他的脚边。心跳慢慢平缓下来，而一阵阵酸痛却从所有的关节深处泛起，似有似无。他感到浑身乏力。

这时，从空中飘来一阵歌声：

　　天下英雄气，

千秋尚凛然。
势分三足鼎，
业复五铢钱。
得相能开国，
生儿不象贤。
凄凉蜀故妓，
来舞魏宫前。

裴度微微一笑，他体会到上官氏的苦心。但他笑的是自己。他以为他是个好宰相，能帮助皇帝成就中兴大业。可最后的结果是什么呢？先皇十几年的努力，李恒在一两年时间内便使之付诸东流了。

一切都会过去的，但不知将来是个什么样子。大唐帝国正在走下坡路，这是谁都看得见，谁也没有办法的事。

是的，一切都会过去的，只有这春天是永恒的，年年有春天。他想起韩愈前不久寄来的两首诗，睁开眼睛，站起来，在桌上取了一张薛涛笺，写了韩愈的诗，然后用脚动了一下"将军"，"将军"跳了起来，把诗笺衔在嘴上，向后花园里跑去。

裴度回到榻上，闭上眼睛。

一会儿，便从后花园里传来上官氏的歌声：

文武功成后，
居为百辟师。
林园穷胜事，
钟鼓乐清时。
摆落遗高论，
雕镌出小诗。
自然无不可，

范蠡尔其谁。

裴度微微一笑，到底是知心的朋友啊。

尽瘁年将久，
公今始暂闲。
事随忧共减，
诗与酒俱还。
放意机衡外，
收身矢石间。
秋台风日回，
正好看前山。

裴度在这歌声中，慢慢地睡着了。
他毕竟是六十岁的老人了。

（三）

这是一个风和日丽的好日子，唐敬宗李湛在郭贵妃宫中待了一会儿，觉得无聊，便仰面向随身内侍刘克明丢了个眼色，刘克明心领神会，说：
"皇上，李逢吉李相爷在延英殿等着，说有要事禀奏。"
李湛站起来，说：
"你怎么不早说？走。"
郭贵妃是右威将军郭义的女儿，以其美貌入选东宫，李湛登基后册封贵妃，后生晋王。她本来想劝劝丈夫，多把心思放在朝政上，没等她开口，皇上就想着法子走人了。

郭贵妃无可奈何地笑了一下，把皇帝送到宫门口。

在路上，内侍刘克明说：

"皇上，这会儿去哪里？"

"听你的。"

"到董淑妃宫里踢球？"

"好啊。好久没有到董妃宫中去了。"

刘克明是太监刘光的养子，因善于踢球，常常到东宫陪太子李湛踢球。李湛即位后，他也就成了宦官。可是，谁也没想到，他是一个未曾阉割的太监。

刘克明也是一个十六七岁的少年，人长得高高大大的，浑身有使不完的劲。他哪里经得住宫中如云美女的吸引，入宫不久，就和好几个美貌的宫女通奸，只是他有心计，把事情做得十分缜密，没人觉察。

董淑妃跪在宫门口迎接皇上，李湛说：

"起来吧，我们玩踢球。"

董淑妃站起来，有意无意地看了一眼刘克明，刘克明朝她挤了挤眼，她的脸红了起来。

他们眉来眼去，已非一日了。

董淑妃为了争宠，学会了踢球。刘克明为了勾引董淑妃，常常鼓动皇上到董淑妃宫中。董淑妃的美像带雨的海棠，十分打动刘克明的心。和几个宫女通奸的成功，使他的胆子越来越大。实际上，在这女人的世界中，他是无往不胜的。

先是董淑妃踢球，然后是李湛与她对踢。她踢累了，便让宫女们下去陪皇上踢。而最善于踢球的刘克明，却一直站在一边看，为皇帝叫好。

宫女们围着皇帝，嘻嘻哈哈地踢着。

刘克明乘人不备，伸手捏了一下董淑妃的手指头。董淑妃的脸红了一下，什么也没说。她只是感到奇怪，这个太监与众不同，有一种雄健之气。

他又捏了她一下。

她转头看了他一眼。你不是太监吗？难道你还有男人的本事？刘克明向她意味深长地笑了一下。这一笑，笑得她春心荡漾。

虽然皇上常常到她的宫中，但皇帝的恩宠是很有限的，她需要得更多。

李湛玩累了，坐在一边喘气。

刘克明说，奴才为皇上表演。他走进院子，飞脚接住一个宫女扔过来的球。他是踢给董淑妃看的。先是变出许多花样，然后是一个人对着一群宫女们踢。董淑妃在一边忍不住，上了场，与他对踢。

刘克明一个翻身，把球踢得高高的，又是一个翻身，倒立，脚朝天，把球接住，一个旋转，球飞到董淑妃的头上。董淑妃来不及退身，正想伸手去接。刘克明已经跳到她的身前，举起脚，将球接住。球在他的脚盘上旋转、跳荡，最后平平稳稳地落在董淑妃的脚盘上。

皇帝在一边叫好，宫女们跟着叫好。

董淑妃满脸通红。因为她正想伸手接球时，刘克明一个飞跃，落到她的跟前，她的手触到了他胯下的某个部位，明白了一个秘密。

为了掩饰自己的慌乱，她把球踢了出去。

刘克明一个鱼跃，把球衔在口中。

又是一片叫好声。

玩了一阵，李湛说：

"到别处去吧。看戏，如何？"

刘克明说："奴才遵旨。"

李湛说走就走，董淑妃显得有些失望。刘克明回过头来，给了她一个意味深长的微笑。董淑妃的心扑通扑通地跳了起来。

皇帝在前面走，太监在后面跟着。刘克明不停地往回看。

李湛在走廊里看到一个宫女长得水灵灵的，便上前拉着她的手，说："你是哪个宫里的？和朕玩玩。"说着，便去捏她的脸颊。

那宫女还小，不懂得男女风情，见皇帝如此失态，吓得掉头就跑。

这一跑，更激起李湛的兴趣，他在后面紧追不放。刘克明一看，偷偷一笑，转身向董淑妃宫中溜去。

美人在前面跑，天子在后面追，正好被进宫的左拾遗刘栖楚撞见。这成何体统？一怒之下，举起牙笏，朝跑在前面的宫女打去。

只听得"啊"的一声惨叫，宫女倒在地上，一动不动。刘栖楚上前一看，宫女已气绝身亡。刘栖楚大惊失色，连忙跪了下去：

"臣罪该万死。"

李湛追过来，一看死了宫女，大为扫兴。本想狠狠处罚一下这个多事的谏官，又感到这不是一件什么光彩的事，也就算了。他"哼"了一声，扬长而去。

刘栖楚以为皇帝一定不会饶恕自己，跪在那里不停地叩头，把头皮都叩破了，鲜血直流。刘栖楚叩了半天，不见皇帝发话，斗胆抬起头来，除了宫女的尸体外，哪里还有皇帝的踪影？

刘栖楚站起来，偷偷地看了一下四周，什么人也没有，便不声不响地溜出宫。

刘栖楚出身寒鄙，先是在镇州当小吏，王承宗把他推荐给李逢吉，从邓州司仓参军，擢为右拾遗。他一心想往上爬，跟着李逢吉，散布了许多裴度的谣言，成了李逢吉小集团的骨干分子。

刘栖楚提心吊胆好几天，见没有动静，便又壮起胆子，想再表现一番，历史上不是有许多死谏的人，最后不但没有死，还当了大官，青史留名吗？

李湛贪玩，晚上玩得很迟，早上起得很晚，常常误了早朝。按唐制，每单日五更，皇帝便得上朝，接受百官参拜，听取群臣奏事，并一一做出决断，双日休息。李湛实在懒得上朝，三天打鱼，两天晒网。就是来，也是要等到红日高悬，才姗姗来迟。这一天早上，他好不容易来上早朝，听了几件事，烦了，宣布退朝。

大臣们也没了信心，纷纷退去。

李湛已离开龙椅，迈向殿外，却听得刘栖楚大叫：

"陛下，请留步，微臣有事要奏。"

李湛一看，又是那天在宫门口打死宫女的刘栖楚，阴着脸说：

"有事快说。"

刘栖楚跪下去，说：

"陛下，请听臣几句肺腑之言。宪宗及先帝皆为长君，四方尤多叛乱。陛下现在正值春秋鼎盛，年富力强，又是初登帝位，本应宵衣旰食、治理国家。而陛下嗜寝乐色，日晏方起，穆宗的梓宫还没有出殡，就鼓吹日喧，令闻未彰，恶声远传。臣恐长此以往，帝位不能长久。臣愿碎首玉阶，以谢谏官不能尽职之罪。"

说着，头便在地上叩出血来。

李湛看着他，觉得有些好笑。

刘栖楚见皇帝不说话，把头叩得更响。

李逢吉说："刘栖楚，不要叩头了，皇上已经听见你的话了。"

刘栖楚听到李逢吉发话，知道有人保护他，把头叩得更响，说：

"陛下若不听臣之劝，臣愿再以死谏。"

李湛有些烦了，说：

"起来吧，朕听见了。"

说着，就走了。

第二天，皇帝下诏，任他为起居舍人。右拾遗是八品，起居舍人是六品。刘栖楚觉得起居舍人不好当，整天站在皇帝身边，还要写《起居注》，便称病不受。

刘栖楚果然以"死谏"名声大振，再加上李逢吉等人的力荐，刘栖楚终于如愿以偿，没过多久，便迁谏议大夫，刑部侍郎。

（四）

刘栖楚升了官，有些自得，有些飘飘然。有一天上街，看到一个算卦摊子，心血来潮，走过去，说：

"先生，给我算个命。"

那算命先生名叫苏玄明，五十来岁，高高的鼻梁，长长的胡须，清瘦的脸容，颇有几分仙风道骨。他算命十有九准，人称苏半仙。

苏半仙今天生意不怎么好，正在那里打瞌睡，听声音抬起头来，把刘栖楚看了一下，做出吃惊的样子，站起来，拱手道：

"大人，请坐。"

刘栖楚吃了一惊：

"你怎么知道我是……"

"在下不但知道大人并非百姓，在下还知道大人近来有了喜事，"苏半仙把声音压低了一点，"大人最近高升了。"

"真是神仙啊。"

刘栖楚不禁叹服。他坐下来，两个人越说越投机。他说：

"先生不如收了摊子，我请先生到酒楼喝酒。再给你五两银子，如何？"

"我哪能要大人的银子？喝酒则乐于从命。"

二人到了附近的"临仙"酒楼，几杯酒下肚，苏半仙小声说：

"大人的头上有一股灵光。大人不是一般的大臣，是皇上身边的人。"

刘楚栖又是一惊，说：

"你怎么知道？"

"天机不可泄露。"

刘栖楚有些飘飘然起来，说：

"我的确是皇上身边的人，但是，我不能告诉你我是谁。"

"这是自然。你能不能说说皇上的情况，草民我也开开眼界。"

刘栖楚叹了一口气，说：

"皇上，实在让人失望啊。"

接着，刘栖楚便把皇帝如何不上朝，如何只知道玩乐，如何死了宫女等他亲历的和他知道的事全说了。

苏半仙一边听，一边想，原来这些都是真的。关于当今皇上耽于淫乐，旷废政事，金殿常空的事，在长安街头已不是什么新闻，但出自这位大人之口，他就更相信了。因为他讲得很具体。一个大胆的计划在他的心中迅速成熟起来。他一边劝酒，一边把宫里的情况问得清清楚楚。

到最后，苏半仙把刘栖楚送到他的府上，从仆人的口中得知，他就是那个名噪一时的"死谏"英雄。

苏半仙笑了一下。

当了一辈子算命先生，他已经把自己说神了。他不能再过这样平庸的日子，他需要辉煌，哪怕是一天。

他找到了他的朋友张韶。张韶是长安一家染坊的染工，有许多朋友。他们对平庸的日子都过烦了，想过一下皇帝瘾。苏半仙对张韶说：

"我为你算过命，你会在金殿上坐皇帝的位子，和我一起进食。现在皇帝只知道击球、打猎，很多时间都没有在皇宫，夺他的皇位是完全可能的。"

张韶笑了起来，说：

"我当了皇帝，先生就是宰相。好。"

于是，一个看来十分荒唐的计划付诸实施了。

这一天，他们秘密集结了百来个染工，弄来了几辆装满柴草的大车，将染工和武器藏在车里，苏半仙和张韶扮成车夫，以送柴草为名，混进银台门，想等到晚上发动叛乱。没想到还没有到达目的地，卫兵发现车子太重，过来盘查，张韶沉不住气，抽出刀，把盘问的卫兵杀了。

然后和他的同伙换上事先准备好的宫廷内侍的服装，拿出武器，大喊大叫地向禁宫冲去。

这时，皇帝正在清思殿击球，忽听殿外人声嘈乱，让刘克明出去看一下。刘克明刚走到门口，便看到张韶一伙持刀冲杀过来，连忙关上宫门，回来告变。

李湛听了，大惊，说：

"快到右神策军去。"

李湛宠信右神策军中尉梁守谦，所以慌乱中最先想到他。刘克明说："右神策军隔得远，不如到左神策军去。怕在路上遇到贼人。"

刘克明说的是实情，但也有他的情感因素在里面。他与梁守谦关系不好，而与左神策军中尉马存亮关系密切。

李湛依从了。

左神策军中尉马存亮听说皇帝驾临，跑出来迎接，捧着皇帝的脚直哭，亲自把皇帝背到军营，并派遣大将康艺全率兵入宫讨贼。

李湛想起他的母亲和祖母，担心她们遇到什么不测。马存亮又派五百骑兵，把二位太后接到军营。

叛乱很快就平息了，全副武装的神策军对付百来个乌合之众易如反掌。

刘栖楚看杀了苏半仙，暗自吃惊，好在他死了，要是他不死，把我供出来，我还有几条命？

由于护驾有功，康艺全升任鹿坊节度使。马存亮看破了什么，委权求出，李湛委任他为淮南监军使。刘克明对马存亮的走很失望，他对马存亮说，将军怎么就走了，将来，我们还要同享富贵哩。

马存亮笑了笑，离开了这块是非之地。

（五）

裴度在兴元听说宫中之变，摇了摇头说：

"如同儿戏。"

说着，便掉了泪。

上官氏大为吃惊。她跟了老爷二十年，从来没有见老爷落过泪。她不知所措地看着他。

晶莹的泪珠滚下来，挂在银白的胡须上，闪闪发亮。

裴度捋了捋胡子，泪水沾在他的手上。

裴度很难说清自己此时的心情。

前不久，裴度听说，王庭凑杀了牛元翼全家。牛元翼从深州出来，出任山南东道节度使。他在襄阳，家属仍在深州，几次给王庭凑送金银财宝，请他放回家属，王庭凑就是不放。听说牛元翼在襄阳病逝，王庭凑立即下令杀了牛元翼全家。这是对他当初忠于朝廷，固守深州的报复。

裴度无意中又叹了一口气。

上官氏拿来巾子，给老爷擦了手，安慰说：

"大局如此，也不是老爷一个人所能改变的。随他去吧。"

"老爷我几岁了？"

"老爷已过耳顺之年了。"

"要是再年轻十岁，就好了。"

正说着，王义匆匆走来，说：

"老爷，中使到。"

裴度整衣出迎。

皇帝圣旨到，加裴度同平章事，并召他回京。

中使走后，上官氏及王义夫妇上前，对老爷表示祝贺，裴度说：

"回京，我又能做什么呢？"

（六）

裴度回京，必然中有些偶然。

李湛经历了张韶之变，越想越后怕，再加上王庭凑无视朝廷法制，乱杀大臣家属，使他感到朝中没有能干的宰相实在不行。没有人替他管好朝廷大事，他玩起来也不放心。在一次朝会上，他不禁叹了一口气，说：

"宰相非才，才使凶贼纵暴。"

他这一叹一说，满朝文武都大为吃惊。这个少年天子从来没有这样认真过。翰林学士韦处厚说：

"有现成的好宰相，就看圣上用不用？"

"现成的，谁？"

"裴度。"

"裴度？"

李湛对裴度的名字并不陌生。他在东宫，常常有人提起裴度。但是大都讲的是他的坏话。最使他难忘的是，李逢吉说，当初立太子时，裴度极力反对。先帝即位两年多了，尚未立太子，先帝中风之后，大臣们都很着急。李逢吉上书，力主立嫡为长，即立陛下为太子。而裴度、李绅等人极力反对，主张立深王李宗为太子。理由是李宗是先帝的弟弟，年纪大，国家多事，不可立幼君。

要是当初先帝听信了裴度的话，我不是当不成皇帝了吗？

韦处厚并不知道皇帝想些什么，他只管按自己的思路说下去：

"是的，陛下。臣说的就是裴度。"

他提高嗓门，大声说：

"臣闻汲黯在朝，淮南不敢谋叛；干木处魏，诸侯不敢加兵。王霸之理，皆以一士而止百万之师，以一贤而制千里之难。臣以为裴度勋高中夏，声播外夷。若置之庙堂，委以朝政，河北、山东必听命于朝廷。管仲曰：'人离而听之则愚，合而听之则圣。'理乱之本，非有他术，顺人则理，违人则乱。陛下叹息，憾无萧何、曹参辅政，现成的裴度何以不置之朝廷？臣与李逢吉并无个人恩怨，然而，裴度是在没有过错的情况下被贬官外放的。陛下何不把裴度请回朝廷呢？"

李逢吉越听越不安，韦处厚话音刚落，他就站出来，说：

"裴度为人阴险，请陛下三思。"

他是提醒李湛，不要忘记立太子时，裴度的态度。

李湛看看这个，又看看那个。说：

"众位爱卿以为如何？"

许多人高声说：

"裴度贤能，不能久任藩镇。"

李湛的心动了一下，说：

"让我想想，以后再说吧。"

退了朝，李湛也就把这事给忘了。

有一天，李湛玩腻了，把先皇留下的文书拿来乱翻，偶然间，发现有裴度的奏章，一看，是裴度请求立他为太子的奏书。

李湛不信，再看一遍，一点也没错，是裴度请求立景王湛为太子的奏书，下面是几个宰相的署名：裴度、李绅、杜元颖。

李逢吉怎么搞的，乱说话。

他把李逢吉召进宫，把裴度等人的奏章拿给他看。李逢吉说：

"臣老朽，记性太差。不过，裴度的确是个危险人物，不宜入朝伴驾。"

李湛说：

"又是为什么？"

李逢吉向前进了一步，说：

"陛下难道没有听说这样的童谣：'绯衣小儿坦其腹，天上有口被驱逐。'绯衣即'裴'字，天上有口，即是'吴'字，说的是裴度擒吴元济。

这分明是裴度让人散布的，目的是提高自己的威信。再说，长安西南，有横亘六道坡冈，风水先生认为，此六冈恰应《乾卦》中的六划之象，有帝王之气，常人不宜居住在此。而裴度宅正在第五冈。裴度名应图谶，宅占冈原，不可入京。"

李湛听了笑起来，说：

"裴度不是早就住在那里了吗？胡扯。"

说得李逢吉不敢再出声。

第二天，李湛下诏，让裴度官复原职，回京辅政。

（七）

裴度回到长安，许多人来祝贺，裴度宴请大家，表示感谢。刘栖楚也来了。为了表示亲热，刘栖楚附在裴度的耳边，说起了悄悄话。

舒元舆"哼"了一声，端着杯子走过来。他随裴度入朝，拜监察御史。

舒元舆说：

"宰相不能允许所由官附耳私语。罚酒一杯。"

所由官是对府县官的称呼，舒元舆这样说，显然是对刘栖楚的轻蔑。

裴度不由得会心大笑，认罚。一口将酒喝干。刘栖楚感到很不自在，偷偷地溜走了。

刘栖楚走后，舒元舆说：

"他也有脸来。"

裴度说："林子大了，什么鸟都有。"

舒元舆对坐在对面的张籍、韩愈等人说：

"败兴的人走了，我们吟诗助兴，如何？"

张籍说："好啊，舒大人先来。"

舒元舆也不推辞，放下杯子就吟起来。他新近作了一首怀古诗，想借此机会显露一下：

> 轩辕厌代千万秋，
> 绿波浩荡东南流。
> 今来古往无不死，
> 独有天地长悠悠。
> ……

舒元舆吟罢，张籍也吟了自己的新作。

韩愈坐在一边没说话，一脸倦容，裴度说：

"韩大人一脸病容，可要当心啊。"

韩愈动了一下身子，有气无力地说：

"近来常感不适。"

说话间，脸上的肉松沓沓地摇晃着，没有一点生气。裴度看了有些揪心。韩愈的身体一直很好，很有朝气。他不禁想起他几年前的一首诗：

> 窜逐三年海上归，
> 逢公复此著征衣。
> 旋吟佳句还鞭马，
> 恨不身先去鸟飞。

那个时候，他奉旨讨伐河北，而韩愈从潮州归朝，拜国子监祭酒，奉旨宣慰成德。

"要注意身体啊。"裴度关切地说。

韩愈笑道：

"没事。今天高兴，喝酒。"

说着，举起杯子，一饮而尽。

张籍说：

"晋公此次回朝，必能重振朝纲，大有可为。"

裴度苦笑了一下：

"大局似不可为。我想为朋友们办一点好事。"

韩愈与张籍对看了一下。

裴度又说："刘梦得离京二十年了。"

韩愈叹了一口气：

"白乐天在杭州，也有点可惜。"

张籍说：

"他似乎有些灰心，'终当求一郡，聚少渔樵费。合口便归山，不问人间事。'我劝过他……"

裴度笑了笑，随口便吟出张籍的诗句：

"三省比来名望重，肯容君去乐樵渔。"

张籍不好意思地笑了笑。裴度说：

"大局如此，皇上如此……天不见怜，淮南、浙西、宣、襄、鄂、潭、湖南等州，旱灾又十分严重。不容我们乐观啊。"

说话间，他们听得一阵鼾声。韩愈靠在椅背上睡着了。

裴度没有想到，这竟是他与韩愈的最后一次聚会。半年后，韩愈在其安静坊的府第病故，享年五十七岁。

（八）

裴度对大局不乐观，但他还是信守一条古训，在其位，谋其政，尽力而为。

李湛还有一点孩子气，前一阵子，他对李逢吉言听计从，现在，他把李逢吉放到襄州，充山南东道节度使，对裴度，有话必听。

京畿一带缺少耕牛，裴度建议，让度支到河东等地购买耕牛，分给百姓。李湛立即下敕：

农功所切，实在耕牛，疲氓多乏，须议给赐。委度支往河东、振武、灵、夏等州市耕牛一万头，分给畿内贫下百姓。

度支对此贯彻不力，李湛索性把度支使免了，让裴度判度支。

李湛在宫里玩腻了，刘克明鼓动他到东京游玩。天下并不安宁，到东京要花费许多人力、财力，许多人劝他都不听，还说：

"朕去意已决，其从官宫人悉令自备粮食，不劳百姓供给。"

裴度看皇帝耍起小孩子脾气，你越说不行，他越是要去，便微笑地奏道：

"国家营建两都，就是为了皇帝巡幸的。但是，自从安史之乱以来，就没有皇帝到东都巡幸了。东都的宫阙及六军营垒、百司廨署，都已荒废。陛下如果一定要去，也得让人稍作修葺，一年半岁之后，方可成行。"

李湛听了，心里觉得很舒服，说：

"群臣意不及此，只说不适合去。如若如卿所奏，不去也罢，何必等到以后呢？"

李湛也就不再提起到东京去的事了。

可是，修东都的风声传了出去，幽州节度使朱克融故意捣乱。前些时候，皇帝派中使到幽州赏赐朱克融时令衣服，朱克融认为太粗糙了，把中使扣留下来，并上表说，本道春衣不足，请度支发给三十万匹绸布。又说，想带兵马和五千工匠，到东都去帮助修宫殿。

这分明是无理取闹，是轻视朝廷的一个举动。

李湛感到十分忧虑，对宰相说：

"克融所奏，如何处置？我想派一重臣，前往宣慰，好让春衣使回来。"

裴度说：

"克融家本凶族，无故又行凌悖，必将自取灭亡。陛下不足为虑。辟如一豺虎，于山林间自吼跃，但不以为事，则自无能为。此贼只敢在巢穴中无礼，不敢有所动作。"

"那就不管他了。"

"也不是不管。是要管得得体，不失朝廷尊严。让他乖乖把春衣使送回来。"

"有如此好事？"

"陛下依臣之计，朱克融必然臣服。"

"爱卿快快说来。"

裴度从容道：

"陛下十天之后，给他下一道诏书，说，'听说中使到你那里，行为稍有失礼之处，等他回朝，朕自有处分。时令服装，有司制作不谨，请把服装送回来，朕好了解毛病出在何处。至于你那里士兵的春衣，本来就不是由朝廷发给的，各道都是自己准备的。朕不会吝惜数十万匹布物，只是没有这个先例，总不能只给范阳而不给其他道吧。'"

"五千工匠之事呢？"

"臣想他是说说而已，哪有那么多工匠？陛下就下诏，请他速将五千工匠派来，各地已做好供应准备。朱克融收到陛下的诏书，必然慌乱而不知自处。"

李湛依计行事，果然皆如裴度所料。

不久，幽州出现内乱，朱克融被部下杀死。与他一同被杀的还有他的长子朱延龄。部将拥立他的小儿子朱延嗣为留后。事隔不久，朱延嗣又因不遵朝廷旨意，在军中多行暴虐，被部将杀死，同时被杀的有他的全家三百多人。

几件事情下来，裴度似乎对李湛开始有了一点信心，针对他的贪玩，不理朝政，不上早朝，他劝道：

"最近陛下每月上朝六七次，天下人心，无不知道陛下躬亲庶政，乃至河北贼臣远闻，亦皆耸听。如今国家多事，臣伏请陛下常入延英殿，与群臣商议大事。同时，臣以为，颐养圣躬，在于顺适时候。如若陛下饮食有节，寝兴有常，四体唯和，万寿可保。道书云：'春夏早起，取鸡鸣时；秋冬晏起，取日出时。' 盖在阳则欲及阴凉，在阴则欲及温暖。今陛下忧勤庶政，亲览万机，每御延英殿，召群臣奏对，实在是大唐中兴之所在也。"

李湛听了，十分高兴。第二天，起了个大早。

一年来，群臣散漫惯了，早朝时，竟有几十个大臣迟到。李湛笑嘻嘻地看着裴度，表现出一个顽皮少年的淘气与可爱。

裴度心中升起一股暖流，他仿佛看到一轮红日从东方升起。

（九）

可是好景不长。几天之后，李湛又故态复萌，并由此导致死亡。

起因是右神策军在宫苑内古长安的未央宫中，挖出了一张汉代的白玉床。这张白玉床长六尺，设计精巧。刘克明建议把床放到清思殿，说，有了新床，自然会有新人，李湛龙颜大悦。

李湛下旨把白玉床安放在清思殿，然后就四处走动，想选一个可心的宫女，好在白玉床上唱一出从来没有唱过的风流戏。

李湛选人，方法别致。他不喜欢把所有的宫女叫到殿内，一个一个地选，他喜欢自己找。他造了一种箭，叫风流箭，竹皮做的弓，纸做的箭。在纸里密藏龙麝末香。他拿着弓箭到处走，看中了谁，就把箭射向谁，被射中的，浓香触体，了无痛楚，所以宫女们都愿意中箭。

李湛拿着弓箭在宫里转了一圈，没有看到中意的。再一转，转到乐坊。首先吸引他的是方响的音乐。他在门外听了好一阵子，然后悄悄地走进去。

他看到沈翘翘。

这个宫女从没见过，看样子年纪大了一点，却有一种凄凄楚楚的美。李湛说：

"你刚才奏的是什么曲？"

"禀皇上，是《凉州曲》。"

她的声音像幽涧清泉。李湛说了声，"就是你了"，举起弓箭就射。

沈翘翘听说过"风流箭"，她说："不，皇上。"可还没等她说完，皇上的箭就把她射中了。她闻到自己身上散发出来的阵阵浓香。

这天晚上，在白玉床上，皇帝把沈翘翘的衣服脱得精光。沈翘翘流着泪说：

"皇上，千万不要。"

"为什么？"

"奴婢不吉。"

"为什么？"

"奴婢当初是淮西吴元济的侍女，吴元济想亲近奴婢时，就灭亡了；后来进了宫，宪宗皇帝喜欢奴婢时，驾崩了；穆宗皇帝喜欢奴婢时，也驾崩了。"

沈翘翘凄凄凉凉地说，说得李湛毛骨悚然。

"再说，这床，这白玉床，在地里埋了几百年，阴气太重……"

李湛爬起来，就着灯光把沈翘翘从头到脚看了好几回，越看越喜欢，越看越心急火燎，说：

"朕管不了许多，就是死也要死个痛快！"

沈翘翘在李湛的身下挣扎着：

"不，皇上，不！"

她越是挣扎，李湛越感到从来没有过的刺激。在宫里，没有一个被"风流箭"射中的宫人对他说过不要，她们总是百依百顺的。

李湛在白玉床上唱戏时，刘克明在董淑妃的床上唱戏。刘克明为了达到这个目的才把皇帝引到清思殿的。

刘克明身强力壮，又有许多新花样，把董淑妃折腾得神魂颠倒，死去活来。他要走，董淑妃不让走，两人竟睡到了天亮。

刘克明赶到清思殿时，李湛还没有起床。

沈翘翘看到自己在大堂上唱歌，唱的还是那首《花非花》，堂上还是那么多人，裴度还是那么慈祥地捋着胡子，说："妙啊，天上之音，人间少有。"她一下子醒了过来。

她发现自己赤身裸体地躺在一个年轻的男人身边，想起了昨晚的一切，羞愧难当。

太阳斜照进来，光柱中可以看到许多灰尘在滚动。世界本来就不干净。

她轻轻地掀开被子，想起来。没想到皇帝像只恶狼一样地再一次扑到她身上。

刘克明站在清思殿外，听到里面的动静，微微地笑了。

误了早朝，李湛觉得无颜见裴度。刘克明说：

"一两个早朝算什么？就是太宗文皇帝也不是每个早朝都上的。索性玩个痛快，明日再说。"

李湛想，也是。刘克明进一步鼓动皇上，一不做二不休，干脆到骊山去打狐狸，省得裴度见了，唠叨个没完。

李湛便带着董淑妃与刘克明等人到骊山打狐狸去了。

刘克明趁着皇帝半夜起来打狐狸之机，偷偷跑去同董淑妃幽会。不料事有凑巧，刘克明所经过的偏殿，正是李湛狩猎狐狸的地方。李湛听得一阵窸窸窣窣的声音，以为是来了狐狸，拉弓一射，正中"狐狸"。忽听得"狐狸""啊唷"一声，滚到阶下。

李湛大喜，走近一看，不是什么狐狸，是自己的心腹太监刘克明。

"你怎么在这里？"

刘克明是个机灵人，忍痛说道：

"奴才听说万岁爷半夜出来，怕万岁爷有什么闪失，跟出来，想暗中保护万岁爷。"

李湛笑了笑，什么也没说。

回到长安，刘克明足足躺了半个月，越想越忐忑不安。他总感到李湛已经发现了什么。又怕又恨，便想出一条一了百了的办法。

在一个夜黑风高的夜晚，李湛夜猎回宫，与董淑妃喝完酒，进了更衣室。殿内的红烛突然熄灭，一片漆黑。

忽听得一声惨叫，所有人都惊慌起来。

刘克明重新点起红烛，说：

"皇上已经驾崩了。"

与刘克明同谋的还有宦官苏佐明等人，他们假传遗诏，令绛王李悟权领军国事。

李悟是宪宗第六子，见中使半夜迎他入宫，恰似喜从天降，便跟着中使进了宫。

第二天早朝时，刘克明宣读李湛遗诏，然后拥绛王出紫宸殿，接见百官。百官面面相觑，不发一言。

所有目光都盯着裴度。裴度捋了一下雪白的胡须，显得十分沉静。

刘克明的心越来越虚。他毕竟只是一个不到二十岁的青年，没有政治斗争经验，没有军队。他的弑君，只是凭着他凶残的本性，他把事情看得太简单了，他把对手看成是一个和他一样的十八岁的荒唐少年，他不知道他的背后有一个庞大的机制和坚定的传统。

刘克明的脚有些发软了。

裴度看了一下刘克明，从容说：

"度等只知奉诏行事。皇上猝崩，遗言犹在，当然应该遵行。"

刘克明喜出望外，说：

"裴公三朝元老，一切政策，全仗主裁。"

裴度说："度已老朽，但凭公等裁定。"

刘克明等人以为大功告成，决定在宫内清洗异己。

（十）

李湛的突然驾崩，对刚刚升起希望的裴度来说，是一个很大的打击。国家大事岂能轻易听任刘克明等人的摆布！

他在朝堂的话只是一种缓兵之计，稳住对方。他决定讨伐叛逆，却苦于手中无兵。正在这时，神策军中尉梁守谦求见，裴度当即请入内室。

梁守谦可以说是裴度的老朋友了，他对裴度十分敬重。刘克明拥立绛王，在宫内实行清洗，直接危害到王守澄、梁守谦、陈弘志等人的地位和利益。他们决定要除掉刘克明。他们手中有兵，要除掉刘克明等人，易如反掌。但他们比刘克明更成熟，他们知道，要取得最后的胜利，没有朝臣的支持是不行的。他们自然想到了裴度。裴度德高望重，内外倚重，连藩国上贡的使者，都要探听裴度近来身体如何，几岁了，有没有在朝廷主政。王守澄知道，因为他与元稹的关系，裴度对自己并无好感，便推梁守谦出面。

裴度说："我正想邀中尉，今日之事，中尉以为如何？"

梁守谦说："弑君逆贼，可恨可杀。"

裴度说："度在外，公等在内，究竟弑逆与否，请公等查明，再作处置。"

梁守谦说："何必多查。闻逆贼刘克明要驱逐我辈。事出紧急，所以请裴公同靖大难。"

"中尉手中有兵，一呼百应。何不速入宫中杀贼？"

"朝中之事……"

"朝中我自会处置。请中尉放心。"

梁守谦又说：

"果能灭贼，绛王亦不应继立。"

"这个自然，名不正，言不顺。"

"是否立皇子普？"

裴度略一沉思，说：

"国家多难，不宜立幼主。不如立江王涵。以度之见，诸王中，江王最贤。"

江王李涵是穆宗二子，李湛的弟弟，今年十八岁。裴度听说江王温顺谦恭，聪明文静，好学不倦，特别喜欢《贞观政要》。

梁守谦点头称是。

二人计定，梁守谦立即回宫去。很快，就传来了诛灭刘克明的消息。绛王李悟死于乱军之中。

诛灭刘克明等叛逆之后，梁守谦到裴府，报告讨贼结果，裴度听了十分满意，说：

"公等处事果断，功在千秋。但如何向朝廷内外发令？江王又如何登基？你们可曾想过？"

梁守谦说："事出仓促，实在来不及考虑，请裴公明示。"

裴度想了想，说：

"翰林学士韦处厚博古通今，又识大体，公等可向他请教。"

梁守谦拜别裴度，直奔韦府。

韦处厚说："《春秋》之法，大义灭亲，内恶必书，以明逆顺。讨伐贼党是为端正名分，裴公代表朝臣，大胆发令，不必怕有什么嫌疑。"

"那么江王如何登基？"

"明日百官上朝，首先应以江王名义发布公告，称已平定宫内叛乱，然后百官再三上表，劝江王登基，最后由太皇太后下令，正式册立江王即皇帝位。"

第二天，裴度率百官在紫宸殿外廊拜见江王。江王身着素服，哭泣流泪，向文武百官宣布平定宦官刘克明、苏佐明等人的叛乱，任命司空平章事裴度为冢宰，主持敬宗的治丧事宜。

裴度率百官三次上表劝江王即位。

十二月十二日，江王李涵在宣政殿即皇帝位，是为唐文宗。唐文宗即位之后，改名李昂。

从李湛被弑到李昂即位，前后只有四天。大唐王朝避免了一次危机，裴度功不可没。

（十一）

裴度一觉醒来，看到自己的床边站着一个陌生女子，吃了一惊。

裴度好酒量，轻易不醉，可昨夜皇上赐宴，喝多了。裴度突然想起什么，诚惶诚恐地对站在床边的女子说：

"你是沈翘翘？"

"是，老爷。"

沈翘翘红着脸说。

"你怎么在这里？"

"皇上把奴婢赐给了老爷，所以奴婢就在这里。"

"不对，不对。"

裴度大声叫：

"来人。"

"我在这里哩。"

是上官氏的声音。裴度一看，上官氏就站在床的另一边。

"不是做梦吧？"

上官氏和沈翘翘一人一边，把裴度扶起来。裴度洗了脸，把沈翘翘看了又看，说：

"没变，跟十年前一样，一点也没变。那个时候，你几岁。"

"禀老爷，十三岁。"

261

"出了宫，委屈你了。"

"不，这是奴婢梦寐以求的事。"

裴度笑了一下，他不相信她的话。现在的女孩子都很会说话，说一些讨人喜欢的话。上了年纪的人，就喜欢听这种话。

沈翘翘看老爷不相信她，很委屈，眼眶红了起来。上官氏在她耳边偷偷地说了句什么。沈翘翘看了她一眼，她又向她微笑地点了点头。她们虽然是初次见面，可在老爷沉沉入睡时，她们聊了一个晚上，成了好朋友。沈翘翘还是不好意思，上官氏说，唱吧。沈翘翘便唱起来：

> 花非花，
> 雾非雾，
> 夜半来，
> 天明去。
> 来如春梦不多时，
> 去似朝云无觅处。

睡在门外阶上的"将军"跳了起来，在院子里跑了一圈。王义站在门外，笑了笑，又转了回去，在院子里挡住了飞燕，在她的耳边说了句什么，飞燕笑了一下，两个人一起走了。

裴度笑道：

"这是白乐天的诗。"

"这是奴婢当时为老爷唱的。"

"不记得了。"

"我时时记得。"

上官氏在一边笑道：

"这是缘分，老爷。"

她走上前，在老爷的耳边说：

"老爷，她在老爷的床边站了一个晚上。"

"老夫醉了，真醉了，从来没有过。"

裴度坐了下来。他想起昨天的事情，的确有些失态。

新皇帝登基以后，下诏释放宫女三千人，裁减冗员一千二百人，放五坊鹰犬，罢地方进献。这使他感到太平可望。他入宫，去向皇帝表示自己的祝贺。李昂正在读书，读的是《贞观政要》，裴度眼睛为之一亮。

裴度早就听说李昂喜欢读《贞观政要》，今日亲自所见，自然感觉更是不同。可惜自己老了，要不然，真是可以辅佐皇上做一番中兴的大业。

李昂放下手中的书，指着对面的一幅横轴，对裴度说：

"爱卿可认得此轴？"

裴度说："此《开元东封图》也，原在三殿东亭。"

"朕命移至此。"

李昂站起来，拿起御案上的白玉如意，指着图上的张悦等人，说：

"假如朕能得其中一人，则可再见开元盛世矣。"

裴度说："臣老朽，已不堪重任，但臣荐一人，不在张悦之下。"

"何人？"

"兵部侍郎、故相李吉甫之子李德裕。"

李德裕刚刚从浙西观察使任上进京。

"是那个给先皇献《丹房箴》的李德裕？"

"正是。"

《丹房箴》是李德裕写在屏风上的六首诗，意在劝敬宗皇帝勤政爱民。李昂信口念出其中第一首《宵衣箴》："先王听政，昧爽以俟。鸡鸣既盈，日出而视。伯禹大圣，寸阴为贵。光武至仁，反支不忌……"

"陛下圣聪。"

李昂笑了一下。君臣二人谈起朝政，谈得很投机，李昂高兴起来，便传旨赐宴。君臣二人喝酒聊天，气氛更加轻松。

在席下演奏伴乐的是沈翘翘。沈翘翘边奏边唱：

行行重行行，与君生别离。

相去万余里，各在天一涯；

道路阻且长，会面安可知！

胡马依北风，越鸟巢南枝。

相去日已远，衣带日已缓；

浮云蔽白日，游子不顾返。

思君令人老，岁月忽已晚。

弃捐勿复道，努力加餐饭！

沈翘翘还没有唱完，裴度便叫了一声，"好。"

李昂说："爱卿喜欢？"

"喜欢。"

"那就把她赐给爱卿。"

裴度也没有推辞，站起来就说：

"谢陛下。"

裴度不知不觉地笑了笑，老了，果然老了。要是以前，他怎么会这样做呢？上官氏在一边说：

"老爷笑什么？"

"荒唐，真是荒唐啊。"

"谁呀？"

"老爷我，还有谁？"

"老爷，这是缘分，不是荒唐。"上官氏说，"沈翘翘在宫中，常常想老爷，想了十年。如今，她不但来了，还带来了玉方响，这不是缘分是什么？"

裴度笑了笑，说：

"看来，我是真的老了。"

上官氏与沈翘翘对看了一下，她们不理解老爷为什么总是说他已经老了。

裴度突然动了向皇帝请求致仕的念头。他对自己感到十分吃惊。但是，仔细想想，这种念头由来已久。当今圣上虽然想有所作为，但未必会有所作为。

"将军"懒洋洋地躺在台阶上。

这个早晨没有阳光。

第八章
洛阳"残春"

（一）

清悠悠的伊水从长厦门进入洛阳，向北穿过归德里、正俗里、永丰里、修善里，转向东南，穿过嘉善里、陶化里，然后在集贤里绕了一个"凹"字形，最后从履道里、利仁里、归仁里以建春门出洛阳城，汇入运渠。

年过古稀的裴度就住在这伊水环绕的集贤里。

裴度府第，是洛阳的一道风景。筑山凿池，竹木葱翠，又有凉亭水榭、梯桥架阁，岛屿回环。

这时，裴度的官衔是中书令，东都留守。

唐文宗大和四年（830 年），六十六岁的裴度因年老多病，上表请求辞去机要政务，表文是刘禹锡代写的，"伏以三公非旷职之地，宰相非卧理之官。伏枕之初，已有陈乞，请罢真食，兼辞贵阶。伏蒙优诏，才遂一事。"文宗不许，恩礼弥厚，经常派御医为他看病，不断派中使到府上去慰问，六月，又进封他为司徒、平章军国事。裴度上表推辞。九月，新任宰相李宗闵因忌妒裴度，又恨他推荐自己的政敌李德裕为宰相，乘裴度辞职之机，在皇帝前面对他进行诋毁，把裴度挤出朝廷，到襄阳，充山南道节度使。

当初，裴度征讨淮西时，推荐李宗闵为节度判官，从此李宗闵逐步得到重用。而李宗闵却与另一位宰相牛僧孺相勾结，排斥裴度。刘禹锡气愤地对裴度说：

"如今世风日下，为了自己的目的，连恩人都可以不要了。"

裴度笑了笑。他向文宗推荐李德裕，可是李德裕从浙西入朝才一个多月，又被排挤出朝，由兵部侍郎出为滑州刺史、义成军节度使，以后，又把他调到更远的地方，当剑南西川节度使。一直到几年后，在裴度的一再推荐下，李德裕才入朝为相。这是后话。

临别，刘禹锡送他一首诗。刘禹锡在外任刺史十几年，由于他的推荐，回京任集贤殿学士、礼部郎中。刘禹锡诗云："金貂晓出凤池头，玉节前临南雍州。暂辍洪炉观剑戟，还将大笔注春秋。管弦席上留高韵，山水途中入胜游。岘首风烟看未足，便应重拜富民侯。"

裴度吟罢，微微一笑。他理解刘禹锡，他希望他再出来干一番大事业。可他明白，大势已不可逆转。当务之急不是干事业，而是保住自己。

裴度在襄阳办了一件好事。早在元和十四年（819 年），朝廷在襄阳设临汉监牧，放养三千二百多匹马，占去了百姓四百顷良田。裴度到襄阳后，奏请文宗批准，撤销了临汉监牧，将四百顷良田还给百姓耕作。

不久，裴度再次上表，请求致仕，皇帝不许。大和八年（834 年）三月，调裴度任东都留守，以后，又加中书令衔。

东都留守并无多少政务，其实是一个闲职。这对于七十一岁的裴度，是再好不过了。

如今朝廷，宦官当权，朝臣又忙于朋党之争，实在是无可作为。再说，自己也老了，精力大不如前了。

洛阳的春天是美丽的。裴度府第，更是百花盛开，争奇斗艳。裴度坐在花丛中，阳光暖洋洋地照着他的脸，雪白的胡须在阳光下闪着银光。他微微动了一下眼皮，又闭上去。

沈翘翘在对面的长廊里奏方响。

几只花蝴蝶在裴度的四周飞来飞去。上官氏坐在他的身边，为他念《庄子·逍遥游》："……楚之南有冥灵者，以五百岁为春，五百岁为秋；上古有大椿者，以八千岁为春，八千岁为秋。而彭祖乃今以久特闻，众人匹之，不亦悲乎……"

裴度微笑了一下。

对面池边，一对仙鹤慢悠悠地走来走去。

裴度的爱犬"将军"几年前死了，死得很奇怪。"将军"总是跟着裴度赴宴，吃剩下来的食物，裴度用碗盛着，让"将军"吃。裴度的女婿李甲不喜欢狗，认为裴度没有必要这样宠爱它。裴度说，"狗是通人性的，你为什么这样讨厌它？""将军"正吃啃着一根肉骨头，听到李甲的话，便放弃骨头，冲着李甲看。裴度说："小心，它恨上你了。"李甲以为是玩笑的话，不在意。午睡时，他看到"将军"蹲在那里看他，眼光不大对头，不敢睡，爬起来。"将军"也跟着起来，走到外面。李甲拿一块木头，放在床上，用被子盖好，在枕头上放了衣服，做得像有个真人睡在那里的样子。自己却躲在床后偷看。一会儿，"将军"悄悄地走进来，以为李甲睡在床上，跳上床，冲着喉咙咬过去，知道上当，号吠而死。

"将军"跟了裴度十几年，裴度把它埋在后花园，在四周种了许多桃树。如今桃花盛开，这也算是裴度对"将军"的一点回报吧。

仙鹤突然展开翅膀，飞到池中的小岛上去。

与此同时，从花园长廊的尽头，走来一群人——裴度的孩子们，他们是：老大裴识，检校户部尚书、凤翔尹凤翔陇右节度使。老二裴撰，长庆元年（821 年）进士，后因科举案，复试落榜，皇帝以裴度功高，赐进士出身，现为秘书省校书郎。老三裴让，京兆府参军。老四裴谂，检校右散骑常侍、御史大夫。老五裴议，系上官氏所生，年轻，尚无功名。走在最后的是女婿李甲，大和三年（829 年）进士，监察御史。

裴度笑道："来了一群俗物，难怪仙鹤跑掉了。"

（二）

上官氏笑了一下，放下书。

裴度的子婿们鱼贯而入，跪在裴度的面前，齐声说：

"孩儿给父亲大人请安。"

"都起来吧。不在京城供职，为朝廷效力，跑到东都来做什么？"

大家站起来，老五站到母亲身边，上官氏摸了摸他的脸。老大裴识说：

"禀父亲大人，是皇上让我们来看望父亲大人的。"

"中使不是常来吗？"

"皇上说，他梦见父亲身体不适，不放心，所以让孩儿们再来看看。"

裴度笑了一下，说：

"你们回去禀奏皇上，就说我身体还好，能吃饭，能写诗，有时还到处走走看看。还有，我正在读《庄子》。"

裴度还有一句话没有说，就是请皇帝放心。前一阵子，有人说了他的许多坏话，主要是与宦官梁守谦、陈弘志的关系。裴度不否认梁、陈二人对他很尊重，也正因为这样，他才支持他们杀了刘克明等人，扶立李昂。他之所以这样做，主要是考虑到，自肃、代以来，宦官势力已不可忽视，他们手中掌有神策军兵权，在紧急时刻，不借助他们的力量是不行的。

文宗登基之后，却不愿意受宦官的摆布，想在朝臣中寻找帮手，彻底消灭宦官势力。但朝臣中朋党之争正烈，他选中了没有参与朋党之争的翰林学士宋申锡，封他为平章事，决定采取非常手段，诛杀宦官。在没有军队的情况下，他们想得到京兆尹的支持。但京兆尹王璠却在关键时刻把消息泄露给神策军中尉、宦官头目王守澄。王守澄先下手为强，诬陷宋申锡准备拥立漳王李凑为皇帝，迫使文宗把漳王贬为巢县公，宋申锡为开州司马。

宋申锡事件之后，王守澄更是威震朝野，为所欲为。他们的所作所为引起另一派宦官的反感，也引起大多数朝臣的反对。文宗为分化宦官势力，接受李训的建议，任命另一派宦官仇士良为左神策军中尉，而王守澄为右神策军中尉。仇士良原来与王守澄有矛盾，就与大臣李训、舒元舆合谋，提出一个消灭王守澄集团的计划。他们首先从追查唐宪宗的死因入手，因为当时宫廷内外都怀疑是王守澄和陈弘志谋害的，仇士良证明，确有其事。于是朝臣们主张追查前凶。其时，陈弘志在兴元府任监军，仇士良派人到兴元把陈弘志骗进京，并在半路上将他杀害。接着，文宗皇帝任命王守澄为左右神策军观军容使，表面上提升，实际上是让他离开京城。仇士良在为王守澄饯行时，在酒中放了毒，将他毒死。以后，又诛杀了梁守谦等人。王守澄一派宦官势力基本消灭。

对于梁守谦、陈弘志等人的死，裴度一直保持沉默。从感情上来说，和其他宦官相比，他们当然与裴度更亲近一些。梁守谦常来看望裴度，在裴度面前，从来都是十分谦恭的。裴度一直记得他的一点好处，就是在处理淮西降将的问题上，他虽然手持尚方宝剑，却能听从他的意见，论罪而处。陈弘志两次到外地出任监军之前，都到裴度府上告别。裴度让他站在朝廷的立场上，维护大唐的统一，他也都唯唯诺诺，说到做到。这次到兴元，也做了不少好事。其时兴无节度使李绛是裴度的老朋友。

至于宪宗皇帝的死因，本来就是一团谜，千古之谜。

裴度什么也没说，什么也没做。他是一个老练的政治家，他知道如何保护自己。他一再地请求辞去机要。到了东都，他表现得像一个游手好闲的老官僚。

所有的一切，都是为了让那些谣言不攻自破，让皇帝放心。

"你们回京去吧。这里有她们照料就行。"裴度说。

裴识等舍不得走，站在原地不动。裴度又说：

"你们好好做人，好好读书，裴家只求文种不绝，其间有成功者，能致身为万乘之相，则是上天之力。五郎，你可听明白了？"

裴议说："孩儿明白，一定多读书，不辜负父亲的期望。"

裴度说："前不久有人让我向朝廷推荐。这是个很有文才的人，但我没有答应。我对他说，灵芝珊瑚很宝贵，只能作为吉祥物，盖房子还得用杞、梓、樟、楠；庐山瀑布，状如天汉，天下无之，可以入画，却无助于世人，灌溉良田，还得靠江河。而公，德行文学、器度标准，为大臣仪表，望之可敬。然长厚有余，心无机术，遇事不果断，非王佐之材。"

裴识等屏气恭听，不敢有半点疏漏。

"前古人民质朴，征赋未分，地不过千里，官不过百员，内无权幸，外绝奸术，画地为狱，人不敢逃；以赭染衣，人不敢犯。虽曰列郡建国，侯伯分理；当时国之大者，不及今之一县，易为匡济。今天子设官一万八千，列郡三百五十，四十六连帅，八十万甲兵，礼乐文物，轩裳士流，盛于前古。非王佐之材，万不可有非份之想。尔等明白？"

裴识等人齐声说道：

"孩儿明白。"

"明白就好。走吧。"

裴识等只好跪下去说：

"请父亲大人多加保重，孩儿等告退。"

"走吧。"

裴识等低头而去，只有五郎回头向母亲笑了一下。

裴识等人走后，上官氏说：

"老爷对孩子们也太严厉了一点，我看大郎、四郎，也是很有才干的。"

裴度说："我只是有感而发。无宰相之才而居宰相之位，误国误民啊。"

（三）

裴识等人走后，沈翘翘重新奏起方响。两只仙鹤又从湖心岛飞回岸上。上官氏又拿起《庄子》接着念："……夫列子御风而行，泠然善也，旬有五日而后反。彼于致福者，未数数然也……"

雪白的仙鹤在翠绿的湖边欢快地扑打着翅膀，仰起脖子，长鸣一声。

裴度说："白乐天来了。"

沈翘翘正唱着《花非花》。

"不会那么巧吧。"上官氏放下书，说。

"它们认得老主人。"

果然，裴度的话音刚落，白居易就出现在花园门口。

双鹤飞跃而去，在白居易的身边跳跃着。

这对仙鹤是白居易送给裴度的，十分可爱。这是有名的华亭鹤。吴郡华亭谷，以产白鹤著称。西晋大诗人陆机将死，叹曰："华亭鹤唳，岂可复闻呼？"白居易从杭州带到洛阳，刘禹锡《叹鹤》诗云："寂寞一双鹤，主人在西京。故巢吴苑树，深院洛阳城。徐引竹间步，远含云外情。谁怜好风月，邻舍夜吹笙。"裴度看中了，写了一首诗，乞之。诗云：

> 闻君有双鹤，
>
> 羁旅洛城东。
>
> 未放归仙去，
>
> 何如乞老翁。
>
> 且将临野水，
>
> 莫闭在樊笼。
>
> 好是长鸣处，
>
> 西园白露中。

白居易虽然有些舍不得，却也割爱相送。同时还给裴度寄了一首诗，这诗是写给白鹤的，《送鹤与裴相临别赠诗》：

> 司空爱尔尔须知，
>
> 不信听吟送鹤诗。
>
> 羽翮势高宁惜别？
>
> 稻粱恩厚莫愁饥。
>
> 夜栖少共鸡争树，

晓浴先饶凤占池。

稳上青云勿回顾，

的应胜在白家时。

裴度得鹤与诗，哈哈大笑。

白居易一手抚摸一只仙鹤，说：

"去吧。"

白鹤果然听话，应声长鸣，飞到池边。白居易走过长廊，拱手长揖：

"晋公近日可好。"

裴度站了起来：

"再好也没有香山居士好。"

裴度说着，吟起白居易的近作《池上篇》："十亩之宅，五亩之园，有水一池，有竹千竿。勿谓土狭，勿谓地偏，足以容膝，足以息肩。有堂有亭，有桥有船，有书有酒，有歌有弦。有叟在中，白须飒然，识公知足，外无求焉。如鸟择木，姑务巢安；如蛙作坎，不知海宽。灵鹊怪石，紫菱白莲，皆吾所好，尽在我前。时引一杯，或吟一篇。妻孥熙熙，鸡犬闲闲。优哉游哉，吾将老于乎其间。"

随着裴度的吟诵，沈翘翘的方响越发清亮。仙鹤在水边和着音乐散步。

白居易哈哈大笑。

（四）

白居易刚刚从香山上下来。

自长庆年间，李逢吉当政以来，白居易渐生去意。长庆二年（822年）七月，罢中书舍人之后，到杭州当了两年刺史，宝历元年（826年）回京，任太子右庶子分司东都，不到一年，又出任苏州刺史，大和元年（827年），裴度再度为相，白居易除秘书监，迁刑部侍郎，除太子宾客分司东都，河南尹。官似乎当得还顺当，但他看到朝廷朋党之争不断，宦官当权，宦情消沉，决意退隐。他在《戊申岁暮咏怀三首》第三首中这样写出自己的心情："人间祸福愚难料，世上风波老不禁。万一差池似前事，又应追悔不抽簪。"

洛阳郊外龙门山上有香山寺。白居易与香山寺僧人职满等组织净社，谈论佛理，吟咏古事。有时整月不吃肉，自称香山居士。

二人坐定，沈翘翘换了个曲子。白居易微微一笑，这是他喜欢的《凉州曲》，有些凄凉，有些伤感，有些悲怆。白居易拿出他最近写的诗，说："昨日偶得二绝，请晋公赐教。"

诗写在浅蓝色的薛涛笺上，题为《香山寺二绝》：

空门寂静老夫闲，
伴鸟随云往复还。
家酝满瓶书满架，
半移生计入香山。

爱风岩上攀松盖，
恋月潭边坐石棱。

　　　　且共云泉结缘境，

　　　　他生当作此山僧。

　　裴度读罢，笑道：

　　"真要当和尚了，樊素、小蛮可如何是好？"

　　樊素、小蛮是白居易宠爱的侍妾，能歌善舞。白居易也笑道：

　　"在下说的是他生。裴公无机可乘啊。"

　　沈翘翘的曲子戛然而止。上官氏在一边小声地说："你怎么啦？听到小蛮就生气。快奏，别让老爷看出什么来。"

　　沈翘翘说："看出什么也不怕，最多把我送到娟家去。"话虽这么说，她还是接下去演奏。

　　白居易听到方响断了曲子，向裴度探了探身子，说：

　　"晋公小心，翘翘不高兴了。"

　　裴度哈哈大笑。

　　前不久，白居易求马，裴度赠以马，因戏曰："君若有心求逸足，我还留意在名姝。"引以妾换马之事。白居易答云："安石风流无奈何，欲将赤骥换青娥。不辞便送东山去，临老何人与唱歌？"这是主人之间的玩笑，可沈翘翘偏偏当真，也不知为什么就认定老爷看中了白大人家的小蛮。小蛮来过几回，歌唱得实在好，舞也跳得好，人又长得十分水灵，是那种江南风格的女孩。说起话来，更如唱歌一般，老爷喜欢和她说话，问了许多这样那样的事情，家在哪里啊，有几个兄弟姐妹啊，记得小时候什么事啊。小蛮说的全是假话，可老爷听得津津有味。

　　沈翘翘把方响奏得很酸。裴度看了她一眼，小声对白居易说：

　　"小蛮也会使性子吗？"

　　"比翘翘厉害多了。"

　　"怎么个厉害法？"

　　白居易附在裴度耳边说了句什么，二人纵声大笑。

沈翘翘以为老爷在说她，脸阵阵发烫。

笑过之后，裴度说：

"近来可听得京城里的消息？"

"舒元舆当了宰相，什么消息也没有了。"白居易说。

大和五年（831年），舒元舆任著作郎，分司东都。李训当时在洛阳丁母忧，二人交往甚厚。以后，李训为相，舒元舆也得到重用，先拜御史中丞，兼判刑部侍郎，以后又以本官同平章事。在洛阳时，他与白居易有些交往，二人一起游龙门，舒元舆回京时，白居易还写诗为他送行，诗云："三岁相依在洛都，游花宴月饱欢娱……从此求闲应不得，更能重醉白家无。"

裴度对舒元舆是了解的，他是好人是人才，否则当初就不会荐他到自己门下，但是，他不是宰相之才。不是什么人都可以当宰相的。

裴度说：

"圣上用人不当。李训、舒元舆成事不足，败事有余。"

"朝中无人啊。"

"唯李德裕可用。"

"可惜朋党之争太烈。"

"宋申锡一介书生，虽有忠心，绝非可图大事之才。圣上却把诛除宦官的大事交付给他。"

"朝廷的事，不去说了吧。让人烦。"

"好，不说。说说我们的事。我想在午桥造个园子，到时候请大家去热闹一番，如何？"

"好啊。刘梦得要在洛阳就好了。"

"听说他在苏州做得不错。苏州大水，难为他了。考课得了'政最'，朝廷优诏嘉奖，特赐紫金鱼带。听说，苏州百姓建'思贤堂'，岁时致祭，可有此事？"

白居易不好意思地笑了一下。

苏州百姓建"思贤堂"是为了纪念曾在苏州当过刺史的三位"贤人"：韦应物、白居易、刘禹锡。

裴度望着蓝天。天上白云悠悠。

裴度突然叹道：

"君子之于天下也，无适也，无莫也，义之与比。"

这是孔子的话。

（五）

长安大明宫文思殿内，年轻的李昂心绪不宁。为了掩盖自己的烦躁与不安，他一边看竹屏风上的画，一边有口无心地说，画得好，画得好。

这竹屏风上的画是冀州人程修已画的。

内侍说："皇上何不题诗一首？"

李昂看了内侍一眼。这些太监们管得也太宽了。近日来，他感到处处受到宦官的监视。在他四周，有许多怪模怪样的眼光。

也许，这是他心中有事。

他想消除宦官之患。几年前，他利用宋申锡诛灭宦官失败之后，更显得格外小心，宫里都是宦官的耳目，他虽然贵为天子，一举一动，都在人家的监视之中。最近，他利用李训、舒元舆之谋，诛杀了王守澄一伙，但仇士良也不是省油的灯。李昂的目标是把所有当权的宦官都消灭。所以他必须格外小心。

"好吧。朕就题一首诗。"

李昂说，虽然很不情愿，却不想过分地表现出自己的不满。

也许是李昂多心了，这个内侍听说皇上要在屏风上题诗，高兴得手舞足蹈。他很快就为皇上备好了笔墨。

皇帝提起御笔，在屏风上写下一首诗：

> 良工运巧思，
> 巧极似有神。
> 临窗忽睹繁阴合，
> 再盼真假殊未分。

内侍说："皇上写得太好了。"

李昂说："好在何处？"

内侍指着殿外，说："快下雨，吹了风，云四合，可是，是不是真下，还不知道哩。"

李昂笑了笑，说："是这个意思。"

真正的意思，只有他心里明白。一个人整天生活在别人的监视之中，是十分孤独和痛苦的。最要命的是，他分不清谁好谁坏，谁忠谁奸，该信任谁？

李训、舒元舆真的能把事情办好吗？

计划像是很周到。

王守澄被毒死后，对外宣称是"暴病身亡"。李昂追赠他为"扬州大都督"，并定于十一月下旬在长安城外的浐水入葬。届时，凤翔节度使郑注以故旧情深，率亲兵入护丧事，不会引起仇士良等人的怀疑；李昂令内臣齐集送葬，李训关起城门，郑注在城外令亲兵尽诛宦官。

想到这个计划，李昂便心跳不已。李训靠得住吗？他不是对他的忠心有所怀疑，而是对他的能力和威信有所担心。他把全部的希望都放在他的身上。而他，就像河边沙滩上的柱子，未必可靠。

他突然想到裴度。

"裴度近日可好？"

李昂脱口而出。

内侍说：

"中使刚从东都回来，说裴相公身体很好。还养了一对白鹤。"

"他倒是拿得起放得下啊。"李昂说。

此时，他对裴度的心情是复杂的。

他最初想依靠的就是裴度和韦处厚。他依靠他们平息了最初的藩镇叛乱。大和元年（827年），忠武节度使王沛去世，宰相裴度、韦处厚奏请任命太仆卿高禹接任，改变了由禁军出任节度使的习惯。禁军将领为了得到节度使的位子，不惜重金贿赂神策军中尉，到任后，就加倍盘剥百姓，百姓称为"债帅"。改变这种状况，是十分有意义的。接着，文宗对各节度使进行调整。横海节度副使李同捷，自其父节度使李全略死后，擅自代理节度使，这次又拒不受命。朝廷决定讨伐。魏博节度使史宪诚与李全略是儿女亲家，李同捷叛乱后，暗中运送粮食，支持李同捷。韦处厚对史宪诚的亲信使者说："裴晋公在皇上面前，用他全家百余口的性命为史宪诚作保，保证他对朝廷忠心耿耿。如果史宪诚暗中支持李同捷，就会让裴晋公为难。回去告诉史宪诚，辜负朝廷不行，辜负裴晋公更不行！"史宪诚的亲信使者回去告诉史宪诚，史宪诚得知后，心中恐惧，不敢再支持李同捷。最后，李同捷兵败伏诛。

可是，有人说裴度与梁守谦等人关系密切。

裴度本人几次以病告退，他推荐李德裕。李德裕是一个干才，他在剑南西川节度使任上，很有政绩。但李宗闵、牛僧孺不断地说李德裕的坏话，让他拿不定主意。

李昂不相信裴度会支持宦官，但他显然不想卷入与宦官的斗争之中。

他只好起用没什么根基的李训、舒元舆了。

"皇上。"

内侍在一边叫。

李昂吓了一跳："何事？"

内侍指了一下皇上的手。李昂这才发现，他手里还提着笔。他笑了笑，把笔递给内侍。内侍双手接过笔，在玉笔洗中洗了洗，放在玉笔架上。

"吴加。"

李昂叫了一声内侍的名字。

"奴才在。"

"你是福建人？"

"禀皇上，奴才是福建泉州人。"

"原来出于谁的门下？"

"禀皇上，奴才小时候跟仇士良。"

李昂愣了一下。

吴加又说："后来跟了飞龙厩使马存亮。"

马存亮在宦官中比较正直的。在宋申锡事件中，保护过宋申锡。当时，王守澄想派两百个骑兵到靖恭里宋申锡府中杀害宋申锡。马存亮说，宰相宋申锡罪状还不明显，马上加以杀戮，岂不要引起众怒！这样，京城肯定大乱，如何应付？最好还是先召集其他几位宰相一起商量这件事。王守澄这才作罢。

但是，李昂弄不清吴加心里想些什么，是不是对自己忠心。

"今年几岁了？"

"二十，皇上。"

李昂没有再问下去，怕引起他的怀疑。倒是吴加主动说：

"皇上，御花园里，牡丹开得很好，皇上去散散心吧。"

"散散心？"

"是的。皇上喜欢牡丹，奴才知道。"

"你怎么知道？"

"皇上不是问过程修已，京城里传唱牡丹诗，谁写得最好。程大人说，是中书舍人李正封，'国色朝酣酒，天香夜染衣'。而皇上更喜欢舒相的《牡丹赋》，'俯者如愁，仰者如语，合者如咽'。"

李昂心里发凉，他什么都记得那么清楚，对他可得小心一点。

"好吧。摆驾御花园。"

（六）

裴度在洛阳午桥建了别墅，栽花木万株，中起凉台暑馆，起名"绿野堂"。

这是一个夏日，裴度在绿野堂的凉风亭看书。

凉风亭实际上盖在湖心，翠竹环绕。此湖裴度名之为软碧池，与洛水相通，池内养了许多绣尾鱼。池的东边，是一片山坡，名为小儿坡，小儿坡上绿草如茵，白羊星散。羊是裴度让人放的，他说："有了白羊，更显得芳草多情。"过了小儿坡，是一片杏林。杏花开时微红，落时雪白。每看杏花，裴度便想起老朋友韩愈，吟唱他的诗句："居邻北郭古寺空，杏花两株能白红……今旦胡为忽惆怅？万片飘泊随西东。明年花发应更好，道人莫忘邻家翁。"池的西边地势较高，裴度种了一片雪松，他想让冬天有一点绿色。

这里与集贤里府第相比，更幽静，更清爽，更有远离尘世的感觉，正如白居易诗中所云，"青山为外屏，绿野是前堂。"

微风送来阵阵荷香。沈翘翘在轩外的竹丛下奏方响。白鹤慢条斯理地在水边踱方步。

裴度半躺在绳床上。绳床也叫胡床，是一种可以折叠、随身带的床。书从裴度的手上慢慢地滑到地上。

沈翘翘看到老爷的书掉在地上，便停下手中的角槌，轻轻地走上台阶。这凉风亭严格地说是一座楼阁，原来叫听雨轩，老爷说，听雨轩不如凉风亭来得平实，大家也就跟着叫凉风亭。

亭是没有四面墙的，而这里却是有墙有窗有门。这是上官氏的主意，她说，老爷上了年纪，经不起风。

沈翘翘从地上捡起书。还是《庄子》，近日来，老爷不知怎的，喜欢上这本书。老爷难得专门喜欢什么，可是一旦喜欢上了，就难得放弃。这么想着，不知为什么自己就红了脸。老爷曾经告诉她，他喜欢她。

她看着老爷的脸。老爷年轻时长得并不帅，可现在却有一种说不出的魅力。他的微笑，他说话的口气，他的一举一动，在她看来都是超凡脱俗的。她见过很多大人物，包括几个皇帝，他们都不如他，不如这个现在躺在绳床上，安详地闭着眼睛的老人。

她走到南边的窗下，那里有一只小炉子。她用蒲葵扇把炭火扇了起来，水很快就开了。她沏了壶建州茶。

微风吹拂着。散落在老爷胸前的雪白的胡须轻轻地起伏着。几只绿色的小飞虫绕着老爷的脸飞来飞去。

沈翘翘沏了茶，走到老爷床边，用手中的蒲葵扇，轻轻地驱赶着飞虫。

裴度做了个梦。

他梦见一个仙女从天上飞来，脚上踩着一团白云。她对他说："你小时候不是很信神仙的吗？当了宰相之后就不信了。这不好。神仙永远和你在一起的。"裴度笑道："那是小时候，术士说我命属廉贞星神，宜每存敬，祭以果酒。"现在为什么就不信了呢？裴度笑了起来，对她吟起《庄子》，"若夫乘天地之正，而御六气之辩，以游无穷者，彼且恶乎待哉！故曰：至人无己，神人无功，圣人无名。"仙女笑了起来，说："这不好，不好。说着，飞走了。"

"等等，等等，我还有话说。"

裴度睁开眼睛。他看到沈翘翘。沈翘翘的眼睛正对着他，深潭一样清爽。他在深潭中看到了自己雪白的胡须。

"原来是你。"

沈翘翘笑了一下，转身给老爷递上新沏的茶。裴度一边喝茶，一边拿眼睛看沈翘翘，看得她脸红起来。她接过空杯子，娇嗔地叫了声"老爷"。

裴度张开双臂将她揽进怀里。

"老爷好像在做梦。梦见了谁？又是那个小蛮？"

"不，是神女，踩着白云来的。"

"在哪里？"

"在这里。"

沈翘翘在他的怀里咯咯地笑了起来。说：

"老爷，好痒啊。"

"是你自找的。"

"人家是怕蚊虫咬了老爷。"

"就不怕老爷咬了翘翘？"

"老爷！"

沈翘翘娇喘吁吁，香汗淋淋。

（七）

上官氏端着一碗绿豆莲子羹，从拱桥上走来，走到亭外，听到老爷和沈翘翘的笑声，又悄悄退了回去。

两只白鹤在湖边互相追逐着。

沈翘翘在亭里叫道：

"老爷，老爷！"

"老爷比敬宗皇帝如何？"

"老爷！"

"比吴元济如何？"

"老爷不敢冤枉了沈翘翘。"

"听说他是个风流将军。"

"那时翘翘还小，再说，夫人也不许他碰我。"

"她倒是个好女人。可怜的女人。现在在哪里？"

"就在香山寺。"

"什么时候去看看她。"

沈翘翘嘻嘻地笑。

风吹起窗帘。沈翘翘从老爷的怀里跳了起来，站在窗前梳理被弄乱了的秀发，自言自语地说："上官姐姐怎么还没来。"老爷不作声。沈翘翘回头看，老爷正在案上写字。

她凑过去，只见老爷写道：

凉风亭睡觉

饱食缓行新睡觉，

一瓯新茗侍儿煎。

脱巾斜倚绳床坐，

风送水声来耳边。

沈翘翘拿起粉红色的"薛涛笺"，把诗吟了一遍，脸更红了。那不是"坐"，那不是"水声"。不是，都不是。老爷说假话！

这时，风再次把窗帘吹起。沈翘翘发烫的脸上感到阵阵清凉。

"到外面走走。"

"老爷行吗？"

裴度说："老爷这个时候心情最好，兴致最高。"

"老爷和年轻人一样。"

沈翘翘扬了扬手中的诗笺，说：

"这是我们的秘密，不与他人说。"

他们来到亭外。穿过丛丛翠竹，来到水边。白鹤在对面的水边嬉戏。沙鸥沿洛水而来，它们飞过软碧池，无声地跟在他们后面。沈翘翘回头朝它们笑了笑。她的手中还捏着老爷的诗笺。

裴度突然吟道：

> 闲余何处觉身轻，
> 暂脱朝服傍水行。
> 鸥鸟亦知人意静，
> 故来相近不相惊。

沈翘翘拍手叫好。

裴度说："好在何处？"

翘翘说："好在末句。"

裴度指着她手中的诗笺，说："难道这首不好？"

"不好不好，就不好。老爷坏。"

裴度哈哈大笑，笑得翘翘满脸通红。沙鸥在裴度的笑声中，飞到空中去了。

这时，上官氏在他们的身后说：

"老爷，白老爷、刘老爷他们来了。"

她的话音刚落，就听到白居易、刘禹锡喊道：

"晋公，带着美人散步，好逍遥啊。"

沈翘翘转身，大声叫道：

"二位老爷总是和翘翘过不去。"

前不久，白居易除同州刺史，辞疾不拜。朝廷改授白居易为太子少傅分司东都。刘禹锡移同州刺史，兼御史中丞，充本州防御、长春宫使。他去同州，经洛阳小住。

裴度说：

"二位来得正好，我刚刚吟成一诗，请二位赐教。"

说着，就把刚才的傍水闲行吟了一遍。

刘禹锡说：

"好诗。在下和诗一首。"

说罢，扬声吟道：

>为爱逍遥第一遍，
>
>时时闲步赏风烟。
>
>看花临水心无事，
>
>功业成来二十年。

沈翘翘拍手道：

"好诗，好诗，轮到白大人了。"

白居易看她手上还拿着一张诗笺。沈翘翘的脸红了一下，把诗笺藏到身后。白居易说：

"我要和那一首。"

翘翘后退，拼命地摇头。

裴度说：

"让他们看看。"

"老爷！"

"怕什么？让他们看看。"

"老爷！"

"给吧。"

沈翘翘把诗笺扔了出去，自己转身就跑。

白居易拾起诗笺。三人哈哈大笑起来，他们笑得很放肆，笑得上官氏的脸也跟着红了起来。

绯红的双颊使年逾不惑的上官氏显得格外迷人。

（八）

又是一个春天来临了。

长安城外的桃花开得满山遍野。粉红的桃花如云如盖，把大地装点得分外妖娆。可桃花却开不进长安。连玄都观里的几百亩桃花，现在也荡然不存，荒芜的庭院中只有兔葵燕麦在春风中摇摆。

只有街道两旁的槐树在春风中披上了翠绿的衣裳，给死气沉沉的长安城带来一点生气。

人们在街上匆匆忙忙地走来走去，时不时，有人停下来，交头接耳。宦官骑着马从宫内跑出来，大声地吆喝着，他们的身后，扬起一阵灰色的尘土。人们惊慌失措地向后躲避。有人小声地骂道："不得好死。"

这是"甘露事变"之后的第一个春天，京城长安还显得动荡不安。

李训、舒元舆与皇上原计划于十一月二十七日，在长安郊外利用为王守澄送葬之机，诛杀仇士良等另一派宦官，以求将宦官势力一网打尽。不久，李训得到密报，说郑注从凤翔带兵入京的消息已传入宦官耳中，便决定利用天降"甘露"一事，提前举事。

大和九年（835 年）十一月二十一日，李昂在大明宫紫辰殿上朝，金吾大将军韩约入奏，说："在左金吾厅后面石榴树上，出现甘露，这是天降吉兆，皇上圣明，感动上苍，才得见甘露。"李训、舒元舆率百官拜贺，并请皇帝亲临观赏。李昂欣然同意。于是登上龙辇出紫辰门，升含元殿。他让李训先去看看。李训按计划布置亲兵，埋伏在金吾大厅的幕后。然后回到含元殿，说："甘露已经看不见了。暂时不要张扬出去。"文宗说："有这样的事吗？"示意让宦官仇士良等去看看。

仇士良来到金吾厅，遇见韩约，见他神色紧张，惊讶地问："将军为何如此紧张？"话还没有说完，忽然看到金吾厅内风吹幕起，里面藏着甲兵。仇士良见状，连忙往回跑，进了含元殿，拉着皇帝说："快走，宫里要发生暴乱了。"李昂不走，被仇士良硬拉着，走出含元殿。事出突然，李训追上来，抽出匕首要杀仇士良，被宦官拦住。这时，宦官们拥着皇帝走进宣政门，把大门紧紧关上。

宦官们劫持了皇帝。李训知道消灭宦官的计划已经失败，化装出宫，逃出京城。

宣政门内，仇士良恶狠狠地对李昂说："你干的好事！"他转身下令左右神策军大开杀戒，从宫内杀到宫外，杀遍长安城。

李训、舒元舆等人，一切参与事变的人，还有许多无辜的人，全部惨死在宦官禁军的刀下。皇宫内外，尸横血流，狼藉涂地。

这就是甘露之变，一次失败的反击。

北风把血腥味吹走了，大雪把血迹淹没了。

转眼，又是一个春天开始了。

一个消息随着动荡的春风吹遍长安城：宰相李石遇刺受伤。

李石，字中玉，陇西人。元和十三年（818年）进士及第，从凉国公李听历四镇从事。大和三年（829年），入为工部郎中，五年（831年）改刑部郎中，九年（835年），权知京兆尹事迁户部侍郎，判支度事。甘露之变后，以本官同平章事。自京师变乱之后，宦者气盛，凌辱南司。每次延英殿议事，仇士良之流总是引李训之事，指责朝官，百官都不敢出声，只有李石敢于站出来说话。他说：

"京师之乱，是李训引起的，那么，李训的事又是何人引起的？"

李石的话说得仇士良无言以对。

这一天清晨，李石自他的府第亲仁坊出发入朝。一伙强盗突然从尚父郭子仪的故宅冲出来，他们拿着弓箭追杀李石，射中了李石的肩膀，李石掉转马头往回走，走到坊门，埋伏在门内的强盗挥刀向李石砍去，李石眼快躲过，强盗砍断了李石坐骑的马尾巴。李石伏在马背上，逃回李府。

这是唐宪宗元和十年（815年）六月初三的黎明之后，又一起刺杀当朝宰相的事件。

朝野震惊。

是日，京师大恐，上早朝的大臣十个只剩下一两个，一直到十天之后，才恢复正常。

谁干的？

查来查去，最后查出，是宦官仇士良指使人干的。

长安城成了宦官的天下。

一伙宦官骑马从朱雀大街朝北冲去，为首的正是仇士良，他高高地举起鞭子，在半空中一甩，凄厉的响声在春风中抖擞。

（九）

李昂站在大和殿门前，一动不动地看着天空。

天空中除了一抹白云，什么也没有。

吴加在皇上的身后轻轻地叫道：

"皇上。"

李昂闻若不闻。

"皇上。"

吴加提高了声调。

李昂转过身来，说：

"天上什么也没有。"

"是的。可地上什么都有。"

"是的，什么都有。那是你们的，你们什么都有。"

"我们？"

"是的，你们。"

吴加跪了下去，说：

"请皇上恕罪。"

李昂把他认真地看了好一阵子，才说：

"起来吧。"

李昂朝御案走去。吴加紧跟上来，为皇上研墨。自从甘露之变后，皇帝的行止言谈有些古怪。他开始不知所措，现在总算摸出了一点头绪。他知道皇上此时要写诗。

果然，李昂提笔，迅速地写下了一首诗：

辇路生春草，
上林花满枝。
凭高无限意，
无复侍臣知。

吴加在一边说：

"好诗，好诗。"

"好在何处？"

"奴才不懂诗。只要是皇上写的，就是好诗。"

李昂苦笑了一下。

这时，值班的翰林侍读周墀走进来。吴加说："周大人快来看，皇上写了一首好诗。"周墀先跪下来，给皇帝请安，然后再双手接过诗笺。他看了皇上的诗，知道皇上心里很苦，却找不到什么话来安慰皇上。大局如此，似乎没有什么转机的希望。

李昂对吴加说：

"传旨，赐宴翰林学士周墀。"

"奴才遵旨。"

一会儿，酒席摆上，君臣二人对饮。

李昂说：

"周爱卿，朕可与前代王朝中的哪个帝王相比？"

周墀为了安慰他，说：

"陛下可与尧、舜相比。"

李昂苦笑了一下：

"朕哪能比尧、舜？希望你告诉我，我能否比得上周赧王和汉献帝？"

周墀大惊，说：

"周赧王和汉献帝都是亡国之君，怎么能与陛下相提并论！"

李昂摇了摇头，说：

"周赧王、汉献帝不过受制于各地强大的诸侯，而今朕受制于宦官家奴。就此而言，我恐怕还不如他们！"

周墀看了吴加一眼，吴加把脸转向殿外，做出一副什么也没听见，什么也没看见的样子。

李昂说着，便大哭起来。

吴加走出殿外。

周墀小声地劝皇上，李昂却越哭越伤心，越哭越大声。

突然，吴加在殿外高声叫道：

"神策军中尉仇士良觐见。"

李昂还没有把眼泪擦干净，仇士良就蹿了进来。他看到周墀，愣了一下，跪下去说：

"臣仇士良叩见皇上。"

李昂冷笑了一下，说：

"爱卿平身。起来说话吧。"

仇士良站起来，说：

"皇上，你看看这首诗，是什么意思。"

李昂吃了一惊，看了一下刚才写的诗。御案上的诗笺不翼而飞。

他接过仇士良呈上来的诗，只见上面写道：

> 尊前花下长相见，明日忽为千里人。
>
> 君过午桥回首望，洛城犹自有残春。

诗是好诗，可字写得歪歪扭扭的。

这显然是一首送别诗，可仇士良从哪里抄来的，又是为了什么？

"这是何人所作，爱卿抄来又有何用？"

"启奏皇上，这是太子宾客分司东都刘禹锡所作。寓意十分明显，他们把希望寄托在裴度的身上。"

"什么希望？"

"皇上明知故问。"

"朕还是不明白。"

"依臣之见，裴度不能在东都待下去了。他收罗一批人，刘禹锡、白居易、李绅、张籍、崔群、李德裕……"

"没那么严重吧。"

"'洛城犹自有残春'是什么意思？请皇上三思。臣告退。"

说着，仇士良看了一眼周墀，走出大殿。

李昂脸色铁青地对周墀说：

"这就是我的家奴！"

周墀看了一下站在门外的吴加，小声说：

"陛下，仇士良倒说出了一个真情：裴度可用。"

"可用？"

"陛下，宦者之防，正是陛下可用之处。"

李昂觉得周墀说得有理，过去他一度听信了李宗闵等人的话，对裴度的忠诚产生疑问，现在想来，这是他最大的失误。现在，唯一能救大唐的，只有裴度了。他说：

"如何用法？"

"让他到方镇去，掌有兵权，日后自有用处。"

李昂的心动了一下。

这是这个春天以来，他那孤寂的心灵的第一次萌动。

也许，唐文宗李昂心中的春天这才真正开始。

（十）

洛阳的春天比长安更像春天。

李石遭暗杀的消息传到洛阳，没有引起多大的震动，宦官的横行也显得那么遥远。

洛阳的花开得无比灿烂。

裴度泛舟软碧池，其意融融。

这是一条大船，船仓里可以放下几张桌子，裴度与文友们饮酒吟诗，歌伎们在一边弹唱、陪酒。这样的宴乐已是常事，春夏秋冬，各有乐趣。

昨天，他接到大郎从长安来的信，都是坏消息，一是李石遇刺，二是王义病故。他一夜没有睡好，不停地对上官氏说，"我老了，老了。"上官氏只好叫沈翘翘来陪他。沈翘翘在老爷的房里奏了一夜方响，总是一个曲子：《花非花》。一直到四更，老爷才在方响乐声中睡去。

他从太原回京后，给王义夫妇买了一所大房子和四个佣人。对他们说，你们侍候我一辈子，也该让人侍候了。王义的儿子在太学读书，这自然也是因为他的缘故。听说读得不错，明年应试，或许能中榜。大郎说："飞燕常常到府里来，心中挂念的还是老爷的安全，说，李石遇刺，她更放心不下老爷。"

今天一早起来，裴度给长安写了信，让大郎厚葬王义，并在信中附了他的祭文。让飞燕不用为他担心。说他老了，没有用了，不会对什么人构成威胁，所以也就安全了，没人会来暗杀一个又老又病的老头子。

写了信，他对沈翘翘说："把刘大人、白大人、张大人、崔大人他们请来，我要乐一乐。"张籍不久前授太子宾客分司东都。崔群元和年间与裴度同为宰相，二人志同道合，配合默契。后因反对奸相皇甫缚，受到皇甫缚的陷害，出为湖南观察都团练使。现在是秘书监分司东都。

客人们到齐之后，裴度说：

"今日不论政事，只谈风月。"

白居易把他的家伎小蛮和樊素带来了，沈翘翘虽然不高兴，也不便说什么。刘禹锡、张籍、崔群也带来了几个家伎，船上男男女女，热闹非常。

女人们坐在老爷们的身边，小蛮坐在裴度身边，不时地为裴度夹菜斟酒。沈翘翘看不过去，坐到老爷的另一边。白居易说：

"翘翘，没有你的方响，我们可是喝不下酒，吟不出诗来的啊。"

裴度拍拍她的肩膀，说：

"去吧，去吧。"

翘翘不动。裴度附在她的耳边说了句什么，沈翘翘红着脸站起来，走到后舱。方响奏响，小蛮自告奋勇站起来，唱了一首歌。

裴度捋着雪白的胡子，微笑着说：

"今天哪位大人先来啊？刘二十八，你先来吧。"

刘禹锡说：

"恭敬不如从命，我就先来。"

刘禹锡吟道：

"凤池新雨后，池上好风光。"

裴度接下去吟道：

"取酒愁春尽，留宾喜日长。"

接下去是崔群：

"柳丝迎画舸，水镜写雕梁。"

白居易接下去：

"潭洞迷仙府，烟霞认醉乡。"

接下来是张籍：

"莺声随笑语，竹色入壶觞。"

回过来还是刘禹锡：

"晚景合澄澈，时芳得艳阳。"

接下去又是裴度：

"飞凫拂轻浪，绿柳暗回塘。"

崔群高声吟道：

"逸韵追安石，高居胜辟强。"

白居易站了起来：

"杯停新令举，诗动彩笺忙。"

张籍收尾：

"顾谒同来客，欢游不可忘。"

诗人每吟一联，歌伎们都拍手叫好，喝一杯酒。末了，又把所吟之诗，唱了一遍。在众伎的叫好声中，裴度突然想到韩愈，要是他现在在这里多好，他的诗，还有他的侍妾绛桃，也是一首诗啊。自从韩愈去世之后，就没有她的消息了。

诗声歌声，荡漾在绿水蓝天之间。鸥鸟在船上盘旋。

画舸缓缓而行。裴度指着岸上的蔷薇说：

"以蔷薇为题，如何？"

众人响应。裴度说：

"还是刘二十八起句。"

刘禹锡站起来，先喝了一杯酒，又说了句，"恭敬不如从命"，略一思索，吟道：

"似锦如霞色，连春接夏开。"

裴度接吟：

"波红分影入，风好带香来。"

崔群接吟：

"得地依东阁，当阶奉上台。"

接下去本来是白居易的，刘禹锡却激动起来，抢了两句：

"浅深皆有态，次第暗相催。"

裴度对着白居易笑了一下，接下去吟道：

"满地愁英落，缘堤惜棹回。"

崔群对白居易拱了拱手，吟道：

"芳浓濡雨露，明丽隔尘埃。"

白居易笑着说，这一下轮到我了，高声吟道：

"似著胭脂染，如经巧妇裁。"

还是张籍收尾：

"奈花无别计，只有酒残杯。"

吟罢，裴度举杯，大声说：

"喝酒，喝酒！不谈国事！"

裴度的话声刚落，岸上有人高声喊道：

"中使到，请裴度裴晋公接旨。"

白居易说了声"扫兴"。刘禹锡脸有喜色，他一直希望裴度重新出
山，自己也希望得到裴度的再次提携，再展报国夙愿。

人们看不出裴度此时的心情，他捋着雪白的胡子，一脸平静。

（十一）

开成二年（837 年）五月，裴度以七十三岁高龄，再度出镇太原。

这次出镇，以本官兼太原尹、北都留守、河东节度使。诏出，裴度几次上表，以老病辞，更不愿再掌兵权。李昂派吏部郎中史庐弘到洛阳宣旨，说：

"卿虽多病，年未甚老，为朕卧守北门可也。"

话说到这份儿上，裴度不能再推辞了。

他不愿再掌兵权，是怕引起宦官的猜忌，危及自己的安全。裴度的担心不无道理，在朝臣与宦官的矛盾中，最后得胜的都是宦官，在关键时刻，一边是家奴，一边是外人，皇帝总是站在家奴一边。而李昂要他再掌兵权，自有他的目的，二人没有交底。如果君臣二人作一次深谈，或许，裴度会做出另一种选择，或许历史就会是另外一种样子。

裴度是带着无可奈何的心情来到太原的，七十三岁的他已经没有什么雄心壮志了。两年前，在甘露事变之后，他上书保护了几十个家族免遭诛杀，宦官们已经对他恨之入骨了，他稍有不慎，便会惹来麻烦。虽然，他估计，宦官们再怎么猖狂也不会拿他开刀，但他们会想法子拿他的朋友们开刀，这更是他所不愿意看到的。

刘禹锡在送别诗上这样说：

> 星使出关东，兵符赐上公。
> 山河归旧国，管龠换离宫。
> 行色旌旗动，军声鼓角雄。
> 爱棠余故吏，骑竹见新童。

汉垒三秋静，胡沙万里空。

其如天下望，旦夕咏清风。

裴度在胡床上重吟刘禹锡的这首诗，脸上现出无可奈何的微笑。

上官氏说：

"老爷，这诗写得很好。"

"那就让翘翘来唱。"

"老爷还不老。"

"人生七十古来稀。"

"老爷的名字永远不老。"

"难得你这几十年来对我的理解和体贴。"

"老爷，好好的，怎么说起这种话，把妾羞死了。"

裴度笑了起来，说：

"说心里话，近日来，我总有一种衰老的感觉。这一辈子太累了。本来想在东都过几年清闲的日子，却又让我到北都来。"

"老爷的名字就足以使北方各族臣服了。刘大人说得是，'汉垒三秋静，胡沙万里空。'"

"一旦我死了，走了，那就更糟了。边疆的安宁，不能靠个人的威信，要靠国家的强盛，朝廷的清明。如今宦官当道，藩镇拥兵，圣上软弱，朝中无人。长此以往，国将不国啊。"

裴度说着，不觉老泪纵横。

上官氏为他拭泪，说：

"老爷，天气这么好，上晋祠散散心吧。"

"好吧，好久没有上去了，几年了？近二十年了吧？把飞燕也叫上，听说李师道的那两个侍妾在那里当道姑，她们是老冤家，见见面，叙叙旧也好。"

上官氏笑了。老爷就是这样，想得开，刚刚还为国事担心落泪，现在又显得很洒脱。

飞燕听说要上晋祠，要见蒲大姐和袁七娘，又把自己打扮成一个男人。可现在年纪大了，怎么化装都不像。最后是沈翘翘出了个点子，在她的脸上贴几撮胡子，才勉强有点样子。

裴度看了，哈哈大笑，说：

"凭着这副老态，真打起来，你还是她们的对手？"

"老爷不是说不打了吗？没人想暗杀老爷了吗？"

"那是自然。"

裴度说，但他的心中却有另一番想法：

"世事难料。此一时，彼一时。在东都是这样，到了北都就不同了。我现在手中有兵，宦官们怕我，或许他们希望我早一点死。暗杀李石就是一个信号。"

他微微一笑，把这不愉快的想法轻轻抹去。

"老爷，妾让备轿，如何？"

上官氏说。她是一个细心人，担心老爷骑马受累。

裴度说："好吧。我先骑马。真不行了再换轿子，行吗？"

沈翘翘在一边拍手道：

"这样好。我先坐轿子，等老爷想坐轿子时，我来骑老爷的马。"

"你不怕马把你从马背上掀下来？"

"它认得我，不会的。"

沈翘翘说这话时，有点信心不足。大家都笑了起来。

（十二）

古老的晋祠，在春风之中似乎没有什么沧桑感。

裴度在太宗文皇帝的《晋祠铭并序》的碑前站了很久。

这是贞观二十年（646年），唐太宗回晋阳时御书的。以六合为家的气魄讴歌大唐王朝的统一事业，赞美壮丽河山。笔势劲秀挺拔，飞逸洒脱。

他什么也没说。

他想得很多，想说的话也很多。一个曾经如此辉煌的王朝，如今却眼睁睁地看着它没落，作为当朝重臣，他的心情是可以理解的。

他转身，看到晋水在山下闪光，脱口说出了一句别人听起来不着边际的话：

"逝者如斯夫，不舍昼夜。"

他们在山上转了一圈。难老泉还是老样子，和他上次来时没什么两样。裴度想，再过一千年两千年，难老泉还是这个样子。他想起李白的诗："时时出向城西曲，晋祠流水如碧玉。……红妆欲醉宜斜日，百尺深潭写翠娥。"

裴度微微一笑，只有这诗是永在的。

这时，飞燕拾阶而上，她还像当年一样，风风火火，快步如飞。

她对裴度说："找遍了整个晋祠，没有她们的踪影。"

上官氏说：

"或许她们真的走了。"

裴度捋了捋胡子，点了点头。

裴度上山，便向长春道长探听蒲大姊和袁七娘的消息。长春道长说，从来就没有这两个人。裴度想，她们或许走了，或许不愿意见他。

飞燕说,"上一次来见过,怎么会没有?"上一次是什么时候? 二十年前。道长笑了笑,什么也没说。

裴度说:

"不找也罢。下山吧,我有点累了。"

裴度这么说,大家都十分紧张,老爷从来不说累的。上山时还坚持不坐轿子,可能是走累了,毕竟是七十三岁的老人。上官氏怪自己太大意了,让老爷由着性子来。

下山时,裴度在轿子里睡着了。

他做了个梦,梦见他在长安府中的院子里散步,一个天神从天而降,对他拱手道:

"裴相公,久违了。"

裴度认不得他,从来没见过。

"裴相公真是贵人多忘事,我是廉贞将军啊。"

裴度想起来了,小时候有人给他看相,说他命属北斗廉贞星神。前不久,一个仙女向他提醒过这件事,可他不在意。他从来没有见过廉贞将军。他想认真地看一下他,眼睛总是睁不开。

下了山,裴度就病倒了。

(十三)

李昂接到裴度请求回京的上表,精神为之一振。他对翰林学士周墀说:

"裴度想回京。"

"这是一件大好事。"

周墀也为之一振。

李昂说:"朕让他带兵回朝如何?"

周墀说：

"陛下不可操之过急。裴度出将入相几十年，近年又在太原掌兵，听他话的将军一定不少，等需要的时候，可让他秘密调兵。眼下先不要打草惊蛇。"

"那就让他再度出任宰相，再掌朝政。"

"这是第一步。"

于是，唐文宗下诏，拜裴度为中书令。

此诏一下，朝野震动。

按唐制，中书令掌总判中书省事，出纳王命，决策、制令、佐皇帝执大政。大祭祀群神，则随皇帝登坛，赞相礼仪；祭宗庙，从登阼阶；册命亲王、大臣，皇帝临轩，则宣读册文；册立皇太子则授玺绶。更主要的是，知政事，是真正的宰相。自从大历以后就不单授，成为荣宠将帅的阶官。

而如今却单授，而且是授给德高望重的裴度。

这个诏书意味深长。

朝中忠直大臣无不欢欣。仇士良等人却感到十分恐慌，皇帝不足惧，如果皇帝与裴度相结合，那就十分可怕了。裴度不比李训，他的手段，他的威望，他的党羽……他几乎是不可动摇的。

唯一值得安慰的是，裴度毕竟已经七十五岁了，又老又病，说不准什么时候一命呜呼，那就万事大吉了。但是，他们决不能掉以轻心。他们派人化装，天天守在裴府门口，监视裴府动静。

仇士良突然想到暗杀，就像对付李石那样。虽然没有成功，但也把他吓跑了，吓到江陵当荆南节度使去了。

他立即否定了自己的想法。裴度暗杀不得。二十年前，暗杀裴度的结果是，非但没有吓倒他，反而使他更加坚定了平叛的决心，最后失败的是吴元济和李师道。万一把老头子惹恼了，可不是好玩的。

当初，他利用刘禹锡的诗，想把他赶出东都，没想到，反而让他绕了个弯，回到长安，对他们构成更大的威胁。

"快点死吧。"

仇士良恶狠狠地诅咒着。

就在仇士良诅咒裴度的时候，裴度上表，以病辞任。

李昂下诏，说：

"司徒、中书令裴度，绰有大勋，累居台鼎。今以疾恙，未任谢上，其本官俸料，宜自计日支给。"

李昂仍没有放弃他的希望。

（十四）

裴度走在洛阳香山寺的山门外。

碎石铺成的路面似乎比以前更光滑了。从树上不时地落下几滴昨夜的露水，在地上开出一朵朵湿润的梅花。风似有似无，空气甜丝丝的。裴度不由自主地、深深地吸了一口气。

一位老道士迎面而来，作揖道：

"相爷，别来无恙。"

裴度看此人鹤发童颜，连忙回礼：

"老神仙早。"

"相爷贵人多忘事啊。"

"多有得罪。在下实在想不起来，在哪里见过老神仙。"

"五十年前，也是这个地方，贫道为相爷看过相。"

裴度想起来了。那天，他拾得一只橘红色的袋子，站在寺院的台阶上等失主，等了一整天。这个道士先说他没有出息，以后又说他位及人臣。

"原来是你。幸会，幸会。"

"贫道是来讨酒喝的。"

裴度笑了起来。当初他答应过，真当了宰相，要请他喝酒的。可他来得也太晚了一些。

"请到敝府去。"

"敝居就在对面山间，先到敝居小坐喝茶，再上贵府如何？"

"甚好。"

裴度跟着老道士下了台阶，拐入一条小径。这里境界清幽，林木森森。裴度想，上了几次香山，竟不知有如此清静的去处。真是山外有山啊。

转了个弯，便见半山腰有几间茅舍。老道士用手指道："此间便是山居了。"

进了门，裴度眼睛一亮。这茅屋虽无华屋富贵气，却有琪花瑶草香。堂上一幅《洛神赋》，走近细看，竟是顾恺之真迹。

老道士朝里高声道：

"裴相爷来了，快上茶。"

两位仙姑奉茶出来。裴度一看，竟是蒲大姊和袁七娘，惊喜道：

"你们在这里啊！"

不见她们回答。却听得有人说：

"醒了，醒了。"

裴度睁开眼睛，原来是南柯一梦。

裴识等人站在床头，见父亲醒来，齐声请安。

裴度说："又是一个春天了。"

裴识说："是的。等父亲病好了，请刘大人、白大人他们到长安来，陪父亲吟诗。"

裴度摇了摇头，说：

"可惜午桥庄松树林还没有长成。软碧池中的绣尾鱼长大了吗？自由自在地游翔，多好啊。"

众人交换了一下眼色，老人病糊涂了。

裴度又说：

"我一直想写一部'汉书'，说一说汉代的宦官之祸，可惜没有写成。"

这有点像在交代后事的样子。慌得裴识等跪在地上，说：

"父亲很快就会好起来的。"

裴度笑了起来，说：

"还亏得你们都是读书明理之人，天底下哪有不死之人。我这一辈子，没有白活，为子之道，备乎家牒，为臣之道，备乎国史。且早过古稀之年，死而无憾矣。"

他示意让上官氏和翘翘扶他坐起来。

"都起来吧。凡是顺其自然的事，都是好事。起来吧。"

裴识等站了起来，他们之中有两个是节度使，兄弟并为方镇，在当时是非常荣耀的事。裴度对裴议说：

"五郎，我让你起草的上表写好了吗？"

裴议说：

"写好了。"

说着，便呈了上去。裴度看了一下，满意地点点头。

裴度征淮西时，宪宗皇帝赐给他一条通天御带，裴度想把这玉带送回宫中，让门人作表，可是门人们写的，他都不满意，便让五郎试试看。五个儿子当中，只有五郎尚无功名。他说：

"你念一念。"

裴议念道：

"内府之珍，先朝所赐。既不敢将归地下，又不合留向人间，谨却封进。"

大家都说，写得好，简切明了。

裴度笑了笑，说：

"你们都走吧，办自己的事去吧。"

众人退下之后，裴度对两位侍妾说：

"你们猜，我看见什么人了？"

上官氏和沈翘翘都摇头。

"看见那两个女人了。"

"哪两个？"

"就是想暗杀我的那两个啊。"

上官氏倒抽了一口冷气，这不是好兆头。

她说："她们改邪归正，当了道姑。"

"是的。她们画了一个圆圈。懂吗？一个圆圈。"

上官氏摇了摇头。裴度笑道：

"以后就会懂的。翘翘，奏方响。"

"是，老爷。奏什么？"

"随你的便。"

沈翘翘走到方响架边，拿起角槌，回头看了一下老爷，给老爷一个甜甜的微笑，然后奏起方响。还是那首她最喜欢的《花非花》，她一边奏一边唱：

花非花，

雾非雾，

夜半来，

天明去。

来如春梦不多时，

去似朝云无觅处。

上官氏对裴度说：

"老爷，躺下来听，舒服一些。"

她扶着老爷慢慢躺下。裴度微笑着说：

"那就是我。"

"谁？"

"非花非雾。"

"当"的一声，从方响架上掉下了一块玉。沈翘翘、上官氏大惊失色。

屋内，檀香弥漫。

（十五）

开成四年（839 年）三月初四，这是一个美好的春日。唐文宗李昂驾幸曲江池，大宴群臣。

曲江在天宝年间盖了许多殿宇，安史之乱后，大都圮废。文宗读杜甫诗，"江头宫殿锁千门，细细新蒲为谁绿。"决定再现当时的繁荣，令建紫云楼、落霞亭。同时诏令百司在两岸建了许多亭馆。

如今，文武百官云集落霞亭。李昂问身边的宦官吴加："怎么不见裴度？"吴加奏道："裴晋公以疾告假。""你不是说，裴度近来日见好转吗？""是的。可老人的病，难说。""你不希望他好起来吧？""奴才不敢。""人心难测啊。"吴加强忍着涌出眼眶的泪水，说："奴才之心，天地可鉴。"

唐文宗李昂的脸上掠过一丝冷笑。

无穷的宫内阴谋，不尽的朋党之争。只有这宴席上是和平的。

也只有在这宴席上，李昂才感觉到他是这大唐帝国的皇帝。

李昂命群臣赋诗。

宰相们先吟，都是一些很一般的赞美诗。李昂一句也没有听进去，他突然来了灵感，挥笔给裴度写了一首诗：

注想待元老，识君恨不早。

我家柱石衰，忧来学丘祷。

皇帝想了想，又在诗后附了几句话：

"朕诗集中欲得卿唱和之诗，故令示批。卿疾恙未瘥，固无心力，但可异日进来。千百胸怀，不具一二。药物所须，无惮奏请之烦。"

书罢，李昂对吴加说：

"你马上送到裴度府中。"

"奴才遵命。"

李昂的诗和话，非常迫切地表达了他对裴度复出的希望。"千百胸怀，不具一二。"短短八个字，情真意切，意味深长。

可是，吴加的马刚刚走到集贤里宰相府门口，裴度就去世了。

裴度走了，唐文宗最后的希望破灭了。

大唐复兴的希望破灭了。

裴度是他所处的那个时代大唐王朝权威的一个象征。威望德业，侔于郭子仪，出入中外，以身系国之安危、时之轻重者二十年。

裴度之后，大唐没有名相。

六十八年后，唐亡。

图书在版编目（CIP）数据

大唐中兴宰相裴度 / 青禾著 .—北京：
中国华侨出版社，2016.10
　ISBN 978-7-5113-6364-0

　Ⅰ.①大… Ⅱ.①青… Ⅲ.①长篇历史小说 – 中国 – 当代
Ⅳ.① I247.5

　中国版本图书馆 CIP 数据核字（2016）第 237329 号

大唐中兴宰相裴度

著　　者 / 青　禾
出 版 人 / 方　鸣
责任编辑 / 林　炎
责任校对 / 孙　丽
经　　销 / 新华书店
开　　本 / 670 毫米 × 960 毫米　1/16　印张 /20　字数 /276 千字
印　　刷 / 北京建泰印刷有限公司
版　　次 / 2016 年 11 月第 1 版　2016 年 11 月第 1 次印刷
书　　号 / ISBN 978-7-5113-6364-0
定　　价 / 35.00 元

中国华侨出版社　北京市朝阳区静安里 26 号通成达大厦 3 层　邮编：100028
法律顾问：陈鹰律师事务所
编辑部：（010）64443056　　64443979
发行部：（010）64443051　　传真：（010）64439708
网　　址：www.oveaschin.com
E-mail：oveaschin@sina.com